중학생 국어 교과서
소설 읽기

중학생 국어 교과서 소설 읽기: 중1 첫째 권

1판 1쇄 발행 2023년 6월 25일

지은이   박완서 외
펴낸이   애슐리
엮은이   조찬영, 엄인정
편집   엄인정
추천인   김슬옹, 김윤정, 박현성, 오호윤
감수   오호윤
그린이   신병근
함께 그린이 선주리, 이혜원
발행처   가로책길
주소   서울시 중구 퇴계로 409
등록   제 2021-000097호
e-mail   garobook@naver.com
ISBN   979-11-975821-8-9(44810)
                979-11-975821-9-6(세트)

가로책길 출판사는 독자 여러분의 의견에 항상 정성껏 귀를 기울이고 있습니다. 책을 출간하는 아이디어가 있으신 분은 언제든지 이메일(garobook@naver.com)로 보내주세요. 잠재된 생각을 가지고 있으면 망설이지 말고 도전하시길 바랍니다.

중학생 국어 교과서

소설 읽기

중1 [첫째 권]

조찬영 · 엄인정 엮음

가로책길

◆'중학생 국어 교과서 소설 읽기'를 펴내며◆

《중학생 국어 교과서 소설 읽기》를 기획하고 제작한 것은 여러 면에서 큰 의미를 지닙니다. 그 의미들은 빠르게 변화하는 4차 산업혁명이라는 거대 담론 속에서 더 큰 상징성을 가집니다. 아무리 과학기술이 발달해도 결국 인간은 감정적인 존재이기 때문에 만족감과 행복은 그들의 경험에 의해 적용될 수밖에 없습니다. 그래서 산업이 변하는 패러다임을 살펴보면 결국 모든 것은 인간을 향하고 있습니다. 미래 교육도 수학과 과학 등 기술에 대한 활용만큼이나 인간을 이해하는 능력이 중요하기 때문에 소설 읽기는 현대를 살아가는 중학생들에게 사람과 세상을 이해하는 데 매우 중요한 요소입니다.

미래학자 앨빈 토플러는 "한국 학생들은 미래에 존재하지 않을 지식과 직업을 위해 하루 종일 학교나 학원에서 시간을 낭비하고 있다. 학교는 더이상 교육 공장이어서는 안 되며, 한국의 주입식 대량교육시스템의 전면적인 변화가 필요하다."라며 대한민국 교육시스템에 일침을 가했습니다. 우리는 그가 하는 말이 무엇인지 모두 알고 있습니다. 그래서 정부는 교육개혁을 시도하고 있습니다. 창의성과 도전 정신, 바른 인성과 문제 해결 능력을 중시하는 교육을 강조하면서도 빠르게 교육시스템을 바꾸기에는 아직 혼란할 수밖에 없습니다. 하지만 미래 교육은 교육부가 강조하는 창의융합형 인재교육이라는 방향으로 점차 변화할 것입니다. 창의융합 교육과 미래교육에서 기본적으로 강조하는 것은 사람과 우리 사회를 이해하는 능력입니다. 그러기 위해서 키워야 할 첫 번째 역량이 '이해 능력'입니다. 여기에서 말하는 이해 능력은 사람, 정보, 자료 등을 이해하는 것입니다. 그리고 그 이해를 바탕으로 소통하며 미래를 예측해 올바른 선택으로까지의 전환을 의미합니다. 이러한 역량을 개발하기 위해서 먼저 해야 할 것이 바로 소설 읽기입니다. 우리가 공부를 열심히 하고 어떤 목표를 이루기 위해서는 분명 이 사회와 세상을 이해하고, 폭넓게 보는 안목이 필요하기 때문입니다. 그런 면에서 《중학생 국어 교과서 소설 읽기》는 현재의 교육과 미래의 교육을 점차 거쳐 가야 할 중학생들에게 더할 나위 없이 중요한 과정입니다. 또한 간접적으로 세상과 자기성찰을 경험하고 사회비판적인 사고능력과 의사소통능력, 공동체협업 능력을 함양하며 깊이 사고하는 방법, 의미와 상징성을 부여하는 방법, 문제해결 방법 등을 알게 하는 중요한 역할을 할 것입니다.

대학교에서 문예창작을 전공하던 시절, 〈광장〉의 저자 최인훈 교수님께 '소설론'을 배웠습니다. 그때 교수님께서 강조했던 말 중 하나가 바로 '관찰'이었습니다. 소설을 읽고 글을 쓰는 사람에게 중요한 것은 '관찰'이라는 것이었습니다. 사람의 행동을 관찰하고, 마음을 관찰하고, 사회를 관찰하고, 세상을 관찰하는 태도는 스스로 생각하는 힘을 주고, 모든 일에서 구체적이고 명확한 결과를 내어주는 과정이 된다고 하셨습니다. 그래서 소설을 읽을 때에도 경험과 함께 자연스레 세상과 나를 이해하게 된다는 것이었습니다. 또 시를 가르치셨던 오규원 교수님께서 저를 연구실로 부르시더니 '여행'이라는 과제를 주셨습니다. 아직 세상을 이해하는 글 읽기와 글쓰기에 미흡한 제게 중요한 과제였습니다. 방학 동안 여행하며 보고, 듣고, 어떤 사람들을 만났는지에 대해 잘 기억하고 기록하라고 했습니다. 세상을 더 넓게 보기 위해서는 경험도 중요하고 생각할 시간도 필요하다는 의미였습니다. 지금 돌이켜보면 교수님들은 글을 읽고 이해하며 쓸 줄 아는 능력을 높이기 위해서는 이론보다 경험과 생각으로 자신만의 철학과 가치를 가지는 것이 중요하다고 강조한 것입니다. 중학생들에게 교과서 소설 읽기는 읽기 능력을 함양하는 것을 넘어 간접경험이라는 중요한 과정을 거치고 스스로 깊이 생각하는 시간을 가지게 합니다. 그리고 소설 속에서 등장하는 인물을 이해하고, 그들이 사는 삶의 모습을 통해 공감하며 '나'를 알아가는 시간이 될 것입니다.

우리의 목표는 무엇일까요? 학생들은 학교에서 공부를 잘하는 것, 학생 스스로가 꿈을 키우는 것, 부모님들이 자녀를 올바른 길로 인도하는 것 등 모두 미래를 잘 살아가기 위한 것이라 생각합니다. 하지만 이 세상은 빠르게 변하고 있기 때문에 시간에 따른 속도의 변화를 잘 이해하는 것도 중요합니다. 즉, 변화하는 사회 속에서 멈춰 있는 교육은 의미가 없다는 것입니다. 그래서 산업이 바뀌면 교육이 변하고, 교육이 질적으로 더 좋아지면 그 사회 산업도 더 좋게 발전합니다. 독서논술과 창의융합교육은 지금의 학생들이 사회로 진출할 때, 이 시대를 더 좋게 발전시킬 수 있는 능동적인 창의적 설계 능력을 키우기 위함입니다.

이 책에 선정된 교과서 소설들은 교육 전문가들이 교육 목표에 따라 고심해서 선별한 작품들일 것입니다. 여러 종의 교과서 작품 중에서도 특히 학생들이 사람과 사회, 세상에 대해 더 깊이 고민하고 독서 활동을 할 수 있도록 각 권마다 중학생 수준별 작품 8편씩 선별하였습니다. 그리고 현행 교육과정과 개정 교육 과정의 내용과 성취 기준을 참고하여 작품을 분석하였습니다. 또한 학교 시험과 수행평가 대비, 대입의 기초가 될 수 있도록 독서 활동을 폭넓게 준비했습니다. 소설을 읽으며 작품 속 인물들의 생각을 살피고, 나의 생각을 더하며 고민하는 순간 여러분은 이미 미래의 창의적인 인재가 될 것입니다. 차근차근 소설을 읽고, 독서 활동을 따라해 보세요. 그리고 미래가 원하는 인재상으로 크게 성장한 '나'를 발견할 수 있기를 바랍니다.

• 2023년 5월, 조찬영 씀

미래 세대, 창의융합 인재교육에 부합한
21세기 국어 학습의 역작

1988년쯤인가 제5차 고등학교 교육과정이 고시되기 이태 전인 1986년 즈음으로 기억됩니다. 예비고사 학력고사가 한창 시행되고 입시 중심 교육과 맞물려 주입식 교육이 당연시됐던 시절이었습니다. 당시 저는 면목고등학교에 국어 교사로 근무하고 있었는데, 서울시교육청에서 연례적으로 실시하는 장학지도가 있었습니다. 제일의 핵심은 장학사가 교실에 들어와 교사의 수업을 참관하고 평가받는 일이었습니다. 모든 교사가 부담되면서 걱정스러워 했습니다. 저도 예외는 아니었습니다. 일곱 명의 국어 선생님 중 저는 교사 10년 차지만 막내였습니다. 당시 평가를 받는 국어 선생님 중 지금은 고인이 되신 유명한 국어학자 빨간펜 이수열 선생님도 계셨습니다. 수업 후 장학지도 시간에 수업에 대한 평가가 있었는데, P 장학사는 선배 선생님들의 평가는 일언이폐지하고 시종 막내인 제 수업만을 예로 들며 칭찬하고 학교 전체 평가 자리에서도 거론하며 미래를 여는 수업이라며 흥분했습니다. 사실 그날 수업이 소설 감상 단원이었고 해서 저는, 대입 준비 주입식 위주 수업을 잠시 내려놓고 겁도 없이 학생 중심의 토론과 발표 수업을 했습니다. 학생의 내용이 옳고 그름을 떠나 자신의 생각을 펼치는 수업이었습니다. 창의적인 발표뿐만 아니라 엉뚱한 대답에도 칭찬과 격려를 했습니다. 큰 지적을 받겠다 싶어 욕먹을 각오를 하고 있었습니다. 그런데 평가는 예상과는 반대로 칭찬뿐이었습니다. P 장학사는 서울시교육청 장학사로 오기 전 교육부에서 새로운 제5차 교육과정을 연구하고 있었고, 그 핵심이 '개방적 사고
의 학생 중심 미래 교육'이었다고 했습니다. 그런 관점으로 작심하고
참관하였는데, 그 방향에 맞게 수업하는 교사가 유일하게 존재함을 발
견하고 흥분했다 했습니다. 이런 방향으로 교육이 변해가는 것이 옳다고 했지만 그 변화
는 미비했고, 참으로 오랜 시간이 걸려 주입식 교육에서 창의적 인재를 바람직한 인재상
으로 여기는 지금에 이르게 되었습니다. 이런 점에서 《중학생 국어 교과서 소설 읽기》는
한 단계를 뛰어넘는 미래세대에 부합한, 창의융합인재교육을 전공한 조찬영 선생님의 21
세기 국어 문학 감상 교육의 역작이요, 참 지침서로 여겨집니다.

어떤 사람이 달빛도 없는 캄캄한 밤길을 더듬더듬 가고 있었습니다. 그때 또 다른 어떤
이가 맞은편에서 등불을 밝히고 천천히 걸어오고 있었습니다. 반가워 가까이 다가와 보
니 앞 못 보는 노인이었습니다. "아니, 눈도 보지 못하시는 어르신께서 왜 등불을 들고 다
니셔요?" 그러자 노인은 활짝 웃으며 말했습니다. "나야 밤이든 낮이든 등불이 필요 없지
만, 상대편에서 오는 사람에게 밝은 길을 열어주고 싶어서라오."

이 책이 바로 이런 따뜻한 마음으로 만든 참고서로, 편집과 구성, 내용이 어두운 밤에
등불을 밝혀 길을 안내해 주는 중학생들의 진정한 소설 읽기의 과정이라 생각합니다.

학습(學習)이란 단어는 현대에 나온 단어가 아니라 공자가 최초에 한 말에서 유래합니
다. 공자는 논어 [학이편]에 "學而時習之면 不亦說乎아" 즉, "배우고(學) 때때로 그것을 익
히면(習) 또한 기쁘지(說) 아니한가" 하여 학습(學習)이 기쁘다(說=悅)고 하였습니다. 학습은 괴로
운 일이고 힘든 일인데 왜 공자는 학습이 기쁘다 했을까요? 스승에게 배운(學) 뒤에는 내가
익혀야(習) 하는데 그것도 가끔이 아니라 때때로(時) 내가 열심히 익히면, 그 속에서 진리를
깨닫고 지혜가 솟아나며 실력이 쑥쑥 올라가는 걸 느끼게 됩니다. 그게 기쁨이요, 학습의
경지라는 것입니다. 이 책이 바로 중학교 9종 교과서 수록된 모든 소설을 감상하고 그것
을 통해 스스로 익혀 기쁨을 느끼고 맛보도록 꼼꼼하게 정성 들여 편찬한 것임을 알고 있
습니다.

1980년대 후반 5차 교육과정이 시행되고 1990년대에 1종 국정 교과서 한 종류만 있다
가 검인정 교과서가 5종 이상 발행되고 참고서가 국어 상하뿐만 아니라 현대문학, 고전문

학, 작문, 문법, 등 다양화되어 국어만 5종 하위 교과까지 수십 종의 참고서가 쏟아져 나왔습니다. 이에 교육부에서는 참고서의 부실을 막기 위해 참고서 인증제도를 한시적으로 시행한 적이 있었습니다. 그때 교육부 요청으로 수일 동안 호텔에 갇혀 당시 40여 가지 국어 참고서를 검토하고 심의하면서 인증 점수를 매긴 일이 있었는데, 교사 생활 중 가장 힘든 극한 작업이었습니다.

지금 중학교 교육과정 속에서 9종이나 되는 교과서와 연계한 참고서가 출판사마다 수십 곳에서 나오니 가히 홍수 출간이 아닐 수 없습니다. 그러니 참고서를 고르기가 학생은 물론이요, 학부모, 학원 교사, 학교 교사도 엄두가 나지 않을 것입니다. 그러나 저의 지난 극한 작업의 경험을 살려 보면, 조찬영, 엄인정 선생님이 편찬한《중학생 국어 교과서 소설 읽기》는 편찬자 경력에서 나온 창의가 곳곳에 묻어나 있고, 알찬 학습 안내로 공부의 즐거운 맛을 느끼게 하는 책입니다. 그래서 학생들이 주저함이 없이 이 책을 선택해 공부한다면 자기 주도적인 감상과 학습 참여를 통해 수행평가와 학교 내신에 큰 성과를 거두는 것은 물론이고, 고등학교와 연계된 상승효과를 얻어 고등학교 국어 학습에도 큰 효과를 볼 것입니다.

이 책을 보는 모든 학생이 "진실로 날로 새롭게 나날이 새롭게 또한 날로 새로워지길 바란다." "구일신(苟日新) 일일신(日日新) 우일신(又日新)" ~ 대학(大學) 중용(中庸)에서

• 2023년 5월 푸르른 신록이 우거진 날에, 오호윤 씀

(고등학교에서 39년 동안 국어교육에 헌신하고 창덕여자고등학교에서 정년퇴임을 하다.)

디지털 환경에 익숙한 세대에게 문학의 본질을 심어주는 창의적 교육 설파

조찬영 선생님은 교육을 숲과 나무로 봤을 때, 숲 전체를 살피고 좋은 환경으로 만들어 그 속에 담긴 모든 요소들을 올바르게 성장시키는 것을 최고의 교육 가치로 여기는 사람입니다. 또한 변해가는 교육 환경과 구조 속에서 교육의 본질을 추구하며 지속적이고 창의적으로 시도하는 도전적인 교육자입니다. 교육은 본질을 통해 학습자 한 사람 한 사람을 이끌어 올바른 사고와 역량을 개발해내는 것, 새로운 교육환경에서 교육자는 목적에 따라 학습 과정과 자원을 설계해 학습자가 올바르게 활용할 수 있게 하는 것입니다. 이러한 점에서 조찬영 선생님은 지난 3년 간 대학원에서 더 나은 교육 환경과 교수법을 만들기 위해 다양한 이론과 기술을 연구했습니다. 인공지능 융합교육을 활용한 독서논술 교육 프로그램 개발 연구에 몰두하면서 다양한 시행착오를 겪었고, 독서교육방법과 쓰기지도방법, 창의성 개발 프로그램 등을 차근차근 개발해가며 교육현장에서 활용했습니다.

문학 작품을 읽는 것은 인간의 삶의 방향을 이끌어 가는 아주 중요한 부분입니다. 이는 작품을 감상하고 그 속에 담긴 의미를 이해하면서 사회와 역사, 정치, 철학 등 풍부한 지식이 함양될 뿐 아니라 감수성과 공감 능력을 함양하는 데에도 큰 영향을 미칩니다. 또한 비판적 사고 능력과 창의적 사고력이 함양되며 인간관계를 이루는 데에도 큰 도움을 줍니다. 변화하는 개정 교육에서도 '전인교육'을 중시하고 있습니다. 인간이 지닌 모든 자질을 전면적이고 조화롭게 육성하려는 차원에서 소설 읽기는 그 기본이 될 수밖에 없습니다. 또한 지·덕·체(智·德·體)를 고르게 성장시켜 넓은 교양과 건전한 인격을 갖춘 인재상을 추구하는 현대를 살아가는 청소년들에게 올바른 소설 읽기 교육은 필수적입니다. 이러한 점에서《중학생 국어 교과서 소설 읽기》는 교육적 차원에서 학생들이 지녀야 할 기초지식 뿐 아니라 타인을 이해하고 세상과 소통하는 데 필요한 요소를 담고 있습니다.

조찬영 선생님은 OTT^(Over The Top) 콘텐츠, 인공지능^(AI), 메타버스, Chat GPT 등과 같이 디지털 환경에 익숙한 알파 세대에게 글의 개념과 문학적 본질을 이해하게 만드는 창의적 기법을 시도하고 있습니다. 20년 간 독서·논술 분야에 몸담아 교육한 경험과 학생을 공감하고자 하는 노력이 저서의 곳곳에서 드러나고 있습니다. 또한 자칫 지루한 기존의 교육 방식으로 문학에 대한 호기심을 떨어뜨리지 않도록 다양한 유형의 독서활동을 담아 냈습니다. 《중학생 국어 교과서 소설 읽기》를 한 장 한 장 넘기다 보면 어느새 완독하게 되고 사고가 확장되는 경험을 할 것입니다.

이 책을 통하여 우리 학생들이 현행 교육제도와 변화하는 교육과정 속에서의 내신과 수행평가, 그리고 대입에 이르기까지 기초 소양을 갖추는 것은 물론 국어 실력과 문해력이 크게 향상되기를 희망합니다. 또한 다양한 글 읽는 즐거움을 누리고 문학 작품의 본질을 꿰뚫는 역량도 함양하길 소망합니다. 이 책의 진가를 알아보는 많은 학생들에게 나침반 같은 선물이 되길 진심으로 바랍니다.

• 김윤정, 서울시립대학교 교육연구 교수/ 교육공학 박사

우리 사회의 다양한 사례들을 접목시킨
창의융합 국어교육을 선보이다!

　　청소년들이 학교에서 공부하는 여러 과목은 우리 말과 글로 되어 있습니다. 영어나 제2외국어도 언어라는 공통적 속성을 가지고 있어 우리 말과 글을 잘 이해하고 활용할 수 있어야 다른 언어도 잘할 수 있습니다. 즉, 국어가 제대로 공부되지 않으면 다른 여러 과목들도 이해가 힘들거나 어렵게 느껴진다는 의미입니다. 또한 국어는 학교에서 공부의 수단으로만 쓰이는 것이 아니라 세상을 살아가고 인간관계를 맺는 데 중요한 소통 수단입니다. 따라서 청소년들이 국어를 공부한다는 것은 '나와 소통'하고, '타인과 소통'하며 '세상과 소통'하는 방법을 배워 올바른 인성을 가진 사람으로 성장한다는 의미이기도 합니다.

　　2022 개정 교육과정 중학교 국어과 공통 교육과정 설계의 개요를 살펴보면, 국어과 교육과정에서는 '비판적·창의적 사고 역량, 디지털·미디어 역량, 의사소통 역량, 공동체·대인관계 역량, 문화 향유 역량, 자기 성찰·계발 역량'을 국어과 역량으로 설정하였습니다. 특히 문학 영역의 경우, '지식·이해'는 문학의 갈래와 맥락, '과정·기능'은 문학 작품의 이해, 해석, 감상, 비평 등 문학 활동 관련 요소, '가치·태도'는 문학에 대한 흥미와 타자 이해, 가치 내면화 등과 같은 정의적 요소를 중심으로 내용 요소를 구성하였습니다. 현행 2015 개정 교육과정에서 큰 틀은 유사하지만 좀 더 구체화 되었고, 국어교육에서 추구하고자 하는 방향의 강조점을 중심으로 국어 과목의 성격과 목표를 반영하였습니다. 공교육에서 추구하는 방향에 따라《중학생 국어 교과서 소설 읽기》는 새로운 개정 교육과정에서의 영역별 요소를 최대한 적용하려 했고, 변화하는 교육의 방향에 맞춰 창의적이고

깊이 있는 독서활동으로 청소년들의 문학교육에 고심한 흔적들을 살필 수 있었습니다.

특히 이 책을 엮은 조찬영 선생님은 독서 · 논술 교육뿐 아니라 변화하는 시대가 요구하는 인재교육을 위해 국어교육의 중요성을 강조하고 있습니다. 이에 따라 국어과 교육에서 중시하고 있는 역량 강화를 위해 구체적인 사례로 학생들의 직접체험 활동을 더하고, 우리 사회의 다양한 사례들을 접목시켜 창의융합 인재교육에 앞장서고 계십니다. '우리말을 정확히 이해하고 우리 글을 바르게 쓸 줄 알아야, 올바르게 사고하고 더 깊은 창의적 설계가 가능하다'는 조찬영 선생님의 교육 가치관에 동감합니다. 그 이유는 우리 사회가 요구하는 인재는 결국 바른 인성, 빠르게 변화하는 불확실한 상황에서의 올바른 선택을 하는 현명함, 창의적인 문제해결 능력을 갖춘 사람이기 때문에 깊이 있는 모국어 실력과 사고력이 동반되지 않을 수 없기 때문입니다. 이러한 기초 소양을 채워 나가기 위한 첫 단추가 《중학생 국어 교과서 소설 읽기》입니다.

현직 국어교사로 재직하며 학생들에게 국어공부와 문학 읽기는 내신과 수능공부는 물론이거니와 변화하는 시대에 필수적이며 의미 있는 활동이라는 점을 강조하고 있습니다. 답을 찾는 능력보다 문제를 해결해가는 과정에서의 사고와 논리가 더 중요한 시대입니다. 《중학생 국어 교과서 소설 읽기》를 탐독하며 여러분이 추구하는 목적을 재설정해보는 계기가 되기를 바라며, 그 목표가 이루어지기를 바랍니다.

• 2023년 5월, 박현성 씀

경북대 사범대 국어교육학과 졸업, 현재 상인고등학교 국어 교사로 재직 중

깊게 읽기의 즐거움
융합 독서의 의미와 가치

⊙ '문학소년, 문학소녀'의 꿈

우리는 중고등학교 때 누구나 문학소년, 문학소녀의 꿈이 있었습니다. 문학에 소질이 있든 없든 소설책이나 시집 한 권 정도는 끼고 살며 그런 꿈을 살포시 꾸곤 했습니다. 요즘 같은 영상 세대들에게는 그런 꿈이 보이질 않습니다. '유튜버 청소년'의 꿈 때문일까요? 어쩌면 유튜버의 꿈을 이루기 위해 우리는 문학적 상상력이 절실할 것입니다.

조찬영 선생은 창의 · 융합 독서 문해력 관련 제 수업을 들었는데, 이미 이 분야에서 오래 강의해온 전문가였습니다. 특히 요즘 흐름에 맞게 교재를 구성하는 능력이 돋보였는데 실제 그런 책을 낸다고 하니 반가웠습니다. 《중학생 국어 교과서 소설 읽기》가 우리 학생들이 문학을 좋아하고 문학책을 품에 안게 하는 그런 책으로 자리 잡기를 바랍니다.

⊙ 깊게 읽기의 즐거움

영상 세대의 공통점은 유튜브 영상들이 그러하듯 빠른 시간에 많은 것을 눈 안에 담는 것이다 보니 무언가를 깊게 읽고 생각하는 여유가 없는 듯합니다. 창의융합 독서의 가장 훌륭한 방법은 깊게 읽는 태도에 달려 있습니다. 모든 책을 깊게 읽을 필요는 없지만, 교과서 수록 작품이라도 깊게 읽기를 해볼 필요가 있습니다. 학생들이 이 책을 통해 깊게 읽기를 배워서 그 어떤 문학 작품이라도 깊게 읽는 재미에 빠져들기를 바랍니다.

이 책은 다양한 방식의 발문을 통해 매우 짜임새 있게 작품을 분석하고 이해하기를 이끌고 있습니다. 객관식 방식에서 논술 방식까지를 모두 아우르는 이유도 거기에 있을 것입니다.

◉ 융합 독서의 길

융합독서의 핵심은 맥락을 따지는 능력입니다. 이때의 융합이란 책 속의 정보나 지식을 우리 삶 속에 녹여내는 것인데 그러기 위해서는 책을 읽으면서 맥락을 따지는 태도가 중요하기 때문이죠.

그래서 융합독서는 한 책을 요리조리 깊게 읽는 태도가 중요한데 바로 맥락을 따지는 것이 깊게 읽는 지름길입니다. 사실 맥락을 따지는 게 특별한 배경지식이 필요한 게 아닙니다. 맥락은 어떤 사건이나 내용이 어떤 상황에서 어떤 배경을 가지고 일어났는가를 말합니다. 한 책의 맥락을 따진다고 한다면 책 내용뿐만 아니라 저자에 대한 맥락, 표지에 대한 맥락, 삽화에 대한 맥락 등등 모든 구성 요소 맥락을 따질 수 있습니다.

저자는 어떤 배경을 가지고 언제 어디서 왜 이 책을 썼는지를 살피는 것이 저자의 맥락이 됩니다. 이렇게 미주알고주알 맥락을 캐보다 보면 책 읽기의 책 따져묻기의 재미와 깊이가 생길 것입니다. 이 책이 그런 융합독서의 길잡이가 되길 바랍니다.

• 2023년 5월, 김슬옹 씀

한국외국어대학교 교육대학원 객원교수, 세종국어문화원 원장, 훈민정음가치연구소 소장, 간송미술문화재단 객원연구위원, 한글학회 연구위원, 세종대왕기념사업회 전문위원, 한글문화연대 운영위원, 3·1운동 100주년 기념 국가대표 33인상, 문화체육부장관상(한글운동 공로)

✦ 등장인물 주인공 소개 ✦

작품명: 〈자전거 도둑〉

수남

시골에서 상경해 전기용품 판매원으로 일하는 소년으로 여러 인물을 만나며 다양한 갈등을 겪으며 성장해 나가고 있어.

작품명: 〈선생님의 밥그릇〉

노진 선생님

상훈이의 도시락 통의 속사정을 알고 상훈이와 은밀한 약속을 하고 평생 밥그릇의 밥을 절반으로 줄이셨어. 늘 학생들에게 따뜻한 선생님이 되려고 애쓰신 인물이야.

작품명: 〈꿩〉

용이

초등학교 4학년, 아버지가 남의 집 머슴살이를 하는 것을 부끄러워하며, 학교에서 아이들의 책 보퉁이를 메고 다니기 싫어 학교에 가지 않으려는 인물이야.

작품명: 〈소를 줍다〉

동명

늘 남의 소만 돌보다가 우연히 소를 줍게 되어 아버지한테 칭찬을 받을 생각에 뿌듯해하지만, 이를 못마땅하게 여기는 아버지에게 서운함과 원망을 갖고 있어.

작품명: 〈목걸이〉

루아젤 부인

상류층 파티에 초대를 받았으나 허영심과 과시욕이 있기에 입고 갈 옷도 치장할 보석도 없다며 남편에게 불만을 토로하고 있어.

작품명: 〈고무신〉

남이

처음에는 엿장수에게 아이들을 꼬드겨 가져간 옥색 고무신을 내놓으라고 성화를 부리지만 나중에는 엿장수에게 호감을 가지게 돼. 하지만 적극적으로 표현하지는 못했어.

작품명: 〈홍길동전〉

홍길동

재상 집안에서 태어난 서자로 적서 차별에 반대하고, 당시 부조리한 현실을 바꾸려는 의지를 보이는 인물이야.

작품명: 〈토끼전〉

토끼

욕심이 많고 귀가 얇아 유혹에 잘 넘어가지만, 위기 상황에서 기지를 발휘하는 인물이야.

✦ 차례 ✦

✦ 자전거 도둑 ✦

수남

잠깐!

작가에 대해 알아볼까요?

박완서
1931~2011

1931년 경기도 개풍군에서 태어났다. 1971년 〈나목〉으로 장편소설 공모전에 당선되어 작가로 등단하였고, 그 후에도 다양한 소설과 산문을 발표했다. 한국의 전통문화와 역사를 소재로 하면서도 현대적인 감각과 풍부한 인간성을 작품에 잘 담아내는 작가로 평가받고 있다.

자전거 도둑

수남이는 왜 자전거를 가지고 도망쳤을까?

수남이는 청계천 세운 상가 뒷길의 전기 용품 도매상의 꼬마 점원이다.

수남이란 어엿한 이름이 있는데도 꼬마로 통한다. 열여섯 살이라지만 볼은 아직 어린아이처럼 토실하니 붉고, 눈 속이 깨끗하다.[1] 숙성한 건 목소리뿐이다. 제법 굵고 부드러운 저음이다. 그 목소리가 전화선을 타면 점잖고 떨떠름한(흐리멍텅하여 어딘가 똑똑하지 않은 데가 있는) 늙은이 목소리로 들린다.

이 가게에는 변두리 전기 상회나 전공들로부터 걸려오는 전화가 잦다. 수남이가 받으면,

"주인 영감님이십니까?"[2]

하고 깍듯이 존대를 해 온다.

"아, 아닙니다. 꼬맙니다."

수남이는 제가 무슨 큰 실수나 저지른 것처럼 황공해하며 볼까지 붉어진다.[3]

"짜아식, 새벽부터 재수 없게 누굴 놀려. 너 이따 두고 보자."

이런 호령이라도 들려 오면 수남이는 우선 고개를 움츠려 알밤을 피하는 시늉부터 한다.[4]

---

[1] 수남이의 외모는 직접적으로 묘사하고 있지만, 수남이의 순수한 성격은 간접적으로 제시하고 있다. 또한 수남이가 '꼬마'로 통하는 이유이기도 하다.

[2] 수남이의 제법 굵고 부드러운 저음의 성숙한 목소리로 인한 오해가 생기기도 한다.

[3] 수남이의 성격① - 순진함을 간접적으로 표현했다. 자신의 실수가 아닌데도 당황해하고 있다.

내신 준비!

'국어 공신' 선생님

설마 전화통에서 알밤이 튀어나올 리는 없는데 말이다. 실수만 했다 하면 알밤 먹을 것을 예상하고 고개가 자라 모가지처럼 오그라드는 게 수남이가 이곳 전기 상회에 취직하고 나서부터 얻은 조건 반사다.

이곳 단골 손님들은 우락부락한 전공들이 대부분이어서 성질들이 거칠고 급하다. 자기가 요구하는 것을 수남이가 빨리 알아듣고 척척 챙기지 못하고 조금만 어릿어릿하면 '짜아식' 하며 사정없이 밤송이 같은 머리에 알밤을 먹인다.

수남이는 그 숱한 전기 용품 이름을 척척 알아들을 수 있을 만큼 일에 익숙해질 때까지 숱한 알밤을 먹었다.

그런데 일에 익숙해진 후에도 수남이는 심심찮게 까닭도 없는 알밤을 얻어먹는다. 이 거친 사내들은 그런 짓궂은 방법으로 수남이를 귀여워하는 것이다. 예쁜 아이를 보면 물어뜯어 울려 놓고 마는 사람이 있듯이, 이 사내들은 그런 방법으로 수남이에게 애정 표시를 했다.

"짜아식, 잘 잤냐?"

"짜아식, 요새 제법 컸단 말야. 장가들여야겠는데, 짜아식 좋아서……."

그러곤 알밤이다. 주먹과 팔짓만 허풍스럽게 컸지, 아주 부드러운 알밤이다.**5** 그러니까 수남이는 그만큼 인기 있는 점원인 셈이다.

수남이는 단골 손님들에게만 인기가 있는 게 아니라, 주인 영감에게도 여간 잘 뵌 게 아니다. 누구든지 수남이에게 알밤을 먹이는 걸 들키기만 하면 단박 불호령이 내린다.**6**

"왜 하필 남의 머리를 쥐어박어? 채 굳지도 않은 머리를. 그게 어떤 머린 줄이나 알고들 그래, 응? 공부 많이 해서 대학도 가고 박사도 될 머리란 말야. 임자들 같은 돌대가리가 아니란 말야."

그러면 아무리 막돼먹은 손님이라도 선생님 꾸지람에 떠는 초등 학생처럼

4 수남이의 성격② – 소심함을 간접적으로 표현했다. 고개를 움츠리며 몸을 사리는 시늉을 한다.
5 수남이에 대한 애정의 표시로, 실제로 때리려는 의도는 없다.
6 주인 영감이 수남이를 아낀다는 사실을 알 수 있다.

'국어 공신' 선생님

풀이 죽어서 수남이에게 진심으로 미안해했다. 그러고는,

"꼬마야, 그럼 너 요새 어디 야학이라도 다니니?"

하며 은근히 부러워하는 눈치까지 보였다. 그러면 영감님은 딱하다는 듯이 혀를 차며,

"아니, 야학은 아무 때나 들어가나. 똥통 학교라면 또 몰라. 수남이는 내년 봄에 시험 봐서 들어가야 해. 야학이라도 일류로, 그래서 인석이 그저 틈만 있으면 책이라고. 허허……." **7**

수남이는 가슴이 크게 출렁거린다.**8** 수남이는 한 번도 주인 영감님에게 하다못해 야학이라도 들어가 공부를 해 보고 싶단 말을 비친 적이 없다. 맨손으로 어린 나이에 서울에 와서 거지도 안 되고 깡패도 안 되고 이런 어엿한 가게의 점원이 된 것만도 수남이로서는 눈부신 성공인데, 벼락맞을 노릇이지, 어떻게 감히 공부까지를 바라겠는가. **9**

그러면서도 자기 또래의 고등 학생만 보면 가슴이 짜릿짜릿하던 수남이다. 처음 전기 용품 취급이 서툴러 시험을 하다 툭하면 손 끝에 감전이 되어 짜릿하며 화들짝 놀랐던 것처럼, 고등 학교 교복은 수남이의 심장에 짜릿한 감전 전기에 감응함을 일으키며 가슴을 온통 마구 휘젓는 이상한 힘이 있었다.

그런 수남이의 비밀**10**을 주인 영감님은 알고 있었던 것이다. 수남이는 부끄럽고도 기뻤다.**11**

그래서 수남이는 "내년 봄에 시험 봐서 들어가야 해. 야학이라도 일류로……." 할 때의 주인 영감님이 그렇게 좋을 수가 없다. 그 소리를 듣기 위해서라면 그까짓 알밤쯤 하루 골백번

여러분, 집중해야 해요!

'국어 굥신' 선생님

7 주인 영감은 공부에 대한 수남이의 소망을 이용해 수남이를 치켜세우고 있다.
8 수남이는 자신의 소망을 알아주는 듯한 주인 영감의 말에 감동을 받았다.
9 시골에서 가진 것 없이 상경한 수남이의 형편과 순진하고 소박한 수남이의 성격이 드러났다.
10 수남이의 비밀은 수남이가 공부하고 싶어 하는 마음이다.
11 자신의 마음을 들킨 것에 대한 부끄러움과 그런 마음을 알아주는 주인 영감에 대한 고마움이다.

을 맞으면 대수랴 싶다. 그런 소리를 자기를 위해 해 주는 주인 영감님을 위해 서라면 뼛골이 부러지게 일을 한들 눈곱만큼도 억울할 것이 없을 것 같다.[12] 월급은 좀 짜게 주지만, 그 감미로운 소리를 어찌 후한 월급에 비하겠는가.

수남이의 하루는 눈코 뜰 새 없이 고단하지만 행복하다.[13] 내년 봄 — 내년 봄은 올봄보다는 멀지만 오기는 올 것이다. 그리고 영감님이 잘못 알아서 그렇지 시험 볼 때는 봄이 아니라 겨울이다. 겨울은 봄보다 이르다.

수남이는 온종일 눈코 뜰 새 없이 바쁘게 일을 하고 밤에는 가게 방에서 숙직(관청.회사.학교 등 직장에서 밤에 교대로 잠을 자면서 지키는 일)을 한다. 꾀죄죄한 다후다 이불에 몸을 휘감고 나면 방바닥이야 차건 더웁건 잠이 쏟아진다.

그럴 때 "인석은 그저 틈만 있으면 책이라고" 하던 주인 영감님의 목소리가 생생하게 들려 온다. 수남이는 낮 동안 책은커녕 신문 한 귀퉁이 읽은 적이 없다. 도대체가 그럴 틈이 없다. 점원이 적어도 세 명은 있어야 해낼 가게 일을 혼자서 해내자니 여간 벅찬 것이 아니다. 그래도 수남이는 혹사당하고 있다는 억울한 생각 같은 것은 전혀 없다. 어쩌다 남들이 영감님에게

"꼬마 혼자 데리고 벅차시겠습니다. 좀 큰 애 하나 더 쓰셔야죠."

[14] 영감님은 그런 소리를 제일 싫어한다. 벌레라도 씹어 먹은 듯이 이상야릇한 얼굴로 상대방을 흘겨보며,

"누가 뭐 사람 더 쓰기 싫어 안 쓰나. 어디 사람 같은 놈이 있어야 말이지. 깡패 놈이라도 걸려들어 봐. 우리 수남이가 물든다고.[15] 이런 순진한 놈일수록 구정물 들긴 쉽거든."

수능에 나올 수 있어!

'국어 공신' 선생님

[12] 주인 영감에 대한 수남이의 애정이 드러나 있지만, 자신을 이용하는 주인 영감의 속내를 알아채지 못하는 수남이의 순진한 모습이 드러난 부분이기도 하다.

[13] 점원 일을 하면서도 바쁘고 힘든 와중에 야학에 들어갈 희망을 품고 있기에 행복한 수남이의 속마음이 드러난 부분이다.

[14] 점원을 한 명 더 쓰면 돈이 더 들기 때문에, 주인 영감의 인색한 성격이 드러난 부분이다.

[15] 자신의 이익을 위해 사람을 쓰지 않는 것임에도 수남이를 위한 것이라고 둘러댄다. 주인 영감의 위선적이고 이중적인 모습이 드러난 부분이다.

얼마나 고마운 주인 영감님인가. 이런 고마운 어른을 위해 그까짓 세 사람이 할 일 혼자 못 할까[16] 하고 양팔의 근육이 팽팽히 긴장한다. 그런 고마운 어른이 보지도 않는 책을 틈만 있으면 본다고 남들에게 자랑을 한 뜻은 밤에라도 잠만 자지 말고 열심히 공부해 두라는 뜻일 것이다. 수남이가 그렇게 풀이한 것이다.[17] 그런 생각을 하면 눈이 말똥말똥해지며 잠이 저만큼 달아난다. 혹시나 하고 보따리 속에 찔러 가지고 온 중학교 때 교과서랑 고등학교까지 다닌 형이 쓰던 참고서 나부랭이^(어떤 부류의 사람이나 물건을 낮잡아 이르는 말)를 이렇게 유용하게 쓸 줄은 정말 몰랐었다. 책이라야 통틀어 그것뿐이다.

주인 영감님이 심심할 때 사 본 주간지 같은 것이 굴러다닐 적도 있어서 소년다운 호기심이 동하지 않는 것도 아니었지만 "인석이 그저 틈만 있으면 책이라고" 하며 주인 영감님이 가리키는 책이란 결코 이런 주간지 조각이 아닐 것이라는 영리한 짐작으로 수남이는 결코 그런 데 한눈을 파는 법이 없다. 시간이 아까워서라도 그렇게는 할 수 없다.

가게를 닫고 셈을 맞추고 주인 댁 식모^(남의 집에 고용되어 주로 부엌일을 맡아 하는 여자)가 날라 온 저녁을 먹고 나서 혼자가 될 수 있는 시간[18]은 거의 열한 시경이다.

그때부터 공부라고 해야 되는 것이다. 그러고도 수남이는 이 동네 가게의 누구보다도 먼저 일어나야 하는 것이다. 수남이의 부지런함은 이 근처에서도 평판^(세상 사람들의 비평)이 자자했다.

제일 먼저 가게 문을 열고, 물뿌리개로 골목길에 물을 뿌리고는 긴 골목길을 남의 가게 앞까지 말끔히 쓸고 나서 가게 안 물건 먼지를 털고, 어떡하면 보기 좋을까 연구를 해 가며 다시 진열을 하고 제 몸단장까지 개운하게 끝낸다. 그제야 주인 영감님이 나온다.

ZAP!

[16] 주인 영감의 말을 곧이곧대로 받아들이는 순진한 수남이다. 수남이의 속마음이 따옴표 없이 직접적으로 제시된다.
[17] 서술자의 해설로, 전지적 작가 시점의 특징이다.
[18] 수남이가 쉴 수 있는 시간, 공부할 수 있는 시간이다.

'국어 공신' 선생님

주인 영감님은 만족한 듯 빙긋 웃고 '짜아식' 하며 손으로 수남이의 머리를 더듬는다. 그러나 알밤을 먹이는 일은 한 번도 없었다. 따뜻하고 큰 손으로 머리를 빗질하듯 두어 번 쓸어내려 주고는, 부드러운 볼로 해서 둥근 턱까지를 큰 손바닥에 한꺼번에 감쌌다가는 다시 한 번 '짜아식' 하곤 놓아 준다. 수남이는 그 시간[20]이 좋다. 그래서 남보다 일찍 일어나야 하는 것이다.

아직은 육친애에 철모르고 푸근히 감싸여야 할 나이다. 그를 실제 나이보다 어려 뵈게 하는, 아직 상하지 않은 순진성이 더욱 그에게 육친애를 목마르게 한다. 주인 영감님의 든든하고 거친 손에서 볼과 턱을 타고 전해 오는 따뜻함, 훈훈함은 거의 육친애적이었고[21] 그래서 수남이는 그 시간이 기다려질 만큼 좋았고, 꿀같이 단 새벽잠을 떨쳐낸 보람을 느끼고도 남을 충족된 시간이기도 했다.

그 어느 해보다도 긴 겨울이 가고 봄이 왔다.[22] 내년 봄이 아니라 올봄이 온 것이다. 캘린더에는 벚꽃이 만발해 있었다. 그런데도 그 어느 해보다도 길게 해 먹은 겨울은 뭘 아직도 덜 해 먹었는지 화창한 봄날에 끼여들어 심술을 부렸다. 별안간 기온이 급강하하더니 바람[23]까지 세차게 몰아쳤다.

낮 동안 떼어서 세워 놓은 가게 판자 문이 요란한 소리를 내고 나자빠지는가 하면, 가게 함석 지붕은 얇은 헝겊처럼 곧 뒤집힐 듯이 펄럭대고, 골목 위 공중을 가로지른 전화줄에서는 온종일 귀신의 휘파람 같은 이상한 소리가 났다.

낮에는 이 가게 골목에서 사고까지 났다.[25] 전선을 도매하는

여러분, 집중해야 해요!

'국어 골신' 선생님

[19] 수남이의 부지런함에 대한 만족감에서 비롯된 주인 영감의 애정 어린 행동이다.
[20] 주인 영감이 칭찬의 의미로 수남이를 쓰다듬어 주는 시간이다.
[21] 수남이는 주인 영감의 손길에서 부모의 사랑을 느끼고 있다. 또한 아직 어린 수남이가 부모님을 그리워하는 마음이 드러난 부분이기도 하다.
[22] 계절의 변화, 새로운 사건의 전개가 시작된다.
[23] 불길한 분위기를 조성하는 소재이다.
[24] 바람이 만들어 낸 소리들을 통해 앞으로 일어날 불길한 일을 암시한다.
[25] 불길한 분위기를 심화시킨다.

집 아크릴 간판이 다 마른 빨래처럼 훨훨 나는가 했더니, 곧장 땅으로 떨어지면서 때마침 지나가던 아가씨의 정수리를 들이받고 떨어졌다.

피가 아가씨의 분결 같은 볼을 타고 흘러 흰 스웨터에 선명한 붉은 반점을 줄줄이 그렸다. 피를 보자 다 큰 아가씨가 어린애처럼 앙앙 울어 댔다.

가게마다에서 사람들이 뛰어나왔으나 아가씨를 부축해서 병원으로 달려간 것은 바람에 간판을 날린 전선 도매집 주인 아저씨였다.

사람들은 모두 치료비를 톡톡히 부담해야 할 그 아저씨를 동정했다.[26] 지랄스런 바람이지, 그 아저씨가 무슨 잘못이 있기에 생돈을 빼앗기냐고, 그렇지만 돈지갑 옆구리에 차고 부는 바람 못 봤으니[27], 그 재수 나쁜 아가씬들 그 재수 나쁜 아저씨한테 떼를 쓸밖에 도리 없지 않겠느냐고 사람들은 쑥덕댔다.

하여튼 수남이가 알 수 있는 것은 그 아가씨도 그렇고 그 아저씨도 그렇고 오늘 재수 옴 붙었다는 것뿐이었다.

수남이는 문득 자기도 재수 옴 붙을 것 같은 예감이 들었다.[28] 그래서 화들짝 놀라 큰 간판을 다시 점검하고 힘껏 흔들어 보고, 대롱대롱 매달린 아크릴 간판은 아예 떼어서 안에다 갖다 두고, 떼어 세워 놓은 빈지문은 좁은 옆 골목 변소 앞에 끼워 놓았다.

바람 부는 서울의 뒷골목은 흉흉하고 을씨년스러웠다. 먼지는 물론 온갖 잡동사니들이 다 날아들어 쓰레기 무더기를 만들었다. 쓸어도 쓸어도 당해 낼 도리가 없었다.

손님도 딴 날보다 적고 수남이는 까닭 없이 마음이 울적했다.[29]

시골의 바람 부는 날 풍경이 생생하게 떠올랐다. 보리밭은 바람을 얼마나 우아하게 탈 줄 아는가, 큰 나무는 바람에 얼마나 안달맞게(속을 태우며 조급하게 구는 짓)

[26] 다친 아가씨보다도 금전적 손해를 본 아저씨를 더 걱정하는 사람들이다. 이해타산적인 사람들의 모습이 드러난 부분이다.
[27] 바람이 치료비를 내줄 리 없으니 말이다.
[28] 수남이에게 불길한 일이 일어날 것임을 암시한다. 수남이의 불안한 심리가 드러나 있다.
[29] 수남이의 울적한 심리가 잘 드러나 있다.

내신
준비메모!

'국어 공신' 선생님

들까부는가, 큰 나무와 작은 나무가 함께 사는 숲은 바람에 얼마나 우렁차고 비통하게 포효하는가, 그것을 알고 있는 것은 이 골목에서 자기 혼자뿐이라는 생각이 수남이를 고독하게 했다.[30]

전선 가게 아저씨가 어두운 얼굴을 하고 돌아왔다. 가게 주인들이 우르르 전선 가게로 모였다. 아가씨의 안부보다도 그 아가씨 때문에 손해가 얼마인가, 모두 그것이 궁금한 모양이었다.[31]

수남이네 주인 영감님도 가더니, 한참 만에 돌아오면서 하늘을 쳐다보며 욕지거리를 했다.

"육시랄 놈의 바람, 무슨 끝장을 보려고 온종일 이 지랄이야."

아마 전선 가게 아저씨 손해가 대단했던 모양이다. 그래서 동정삼아 그렇게 화를 내는 눈치다. 하긴 그런 일이 아니더라도 서울 사람들에게는 바람이 손톱만큼도 반가울 리가 없겠다. 바람을 그저 간판이 날아가게 하는 횡액, 먼지와 쓰레기를 한없이 날아오게 만드는 주범으로만 생각할 테니까.[32]

봄바람이 게으른 나무들에게, 잠든 뿌리들에게, 생경한 꽃망울들에게 얼마나 신기한 마술을 베풀고 지나갔나를 모르니까. 봄바람이 한차례 지나고 거짓말같이 화창하고 아늑하게 갠 날, 들판이나 산등성이에 있어 본 적이 없을 테니까.

수남이는 다시 한번 울고 싶도록 고독해진다.[33]

전화를 받은 주인 영감님이 좀 생기가 나더니 계산서를 작성해 주면서 ××상회에 20W 형광 램프 다섯 상자만 배달해 주고 오란다. 가까운 데 있는 소매상에서는 이렇게 전화 주문으로 배달까

내신 준비 철저히 하자고요!

'국어 공산' 선생님

[30] 수남이의 고독한 심리가 잘 드러나 있다.
[31] 사람의 안전보다도 금전적 손해에 더 관심을 가지는 물질 만능주의적 세태를 엿볼 수 있다.
[32] 서울 사람들이 생각하는 바람은 사람들에게 피해를 주는 부정적인 것이다. 이기적이고 삭막한 현대인에 대한 비판 의식이 드러난다.
[33] 시골의 아름다운 바람을 아는 이가 자기밖에 없기 때문에, 삭막하고 물질적 가치만을 중요하게 여기는 도시에서 고독감을 느낀다.

지를 부탁해 오는 수가 많다. 수남이는 자전거도 잘 타 배달이라면 문제도 없다.

그래도 오늘은 바람이 유난해서 조심하느라 형광 램프 상자를 밧줄로 꼼꼼히 묶는다. 주인 영감님까지 묶는 걸 거들어 주면서,

"인석아, 까불지 말고 조심해. 사고 내 가지고 누구 못할 노릇 시키지 말고."

오늘 장사가 좀 잘 안 돼서 그런지 말씨가 퉁명스럽긴 했지만, 나쁜 말은 아닌데도 수남이는 고깝게 듣는다.

꼭 네깟 놈 다칠 게 걱정이 아니라 나 손해 볼 게 겁난다는 소리로 들린다.㉟

수남이는 보통 때 같으면 "할아버지 다녀오겠습니다." 하고 신바람 나게, 그리고 붙임성 있게 외치고는 방긋 웃어 보이고 나서야 페달을 밟고 씽 달렸을 터인데, 오늘은 왠지 그래 지지가 않는다. 아무 말 안 하고 자전거를 무거운 듯이 질질 끌다가 뭉기적 올라타면서 느릿느릿 페달을 젓는다. 주인 영감님이 뒤에서 악을 쓴다.

"인석아 조심해. 까불지 말고."

주인 영감님의 목소리가 회오리바람을 타고 이상하게 날카롭고 기분 나쁘게 들린다. 수남이는 '쳇' 하고 혀를 차고는 도망치듯 씽 자전거의 속력을 낸다.

형광 램프를 ××상회에 부리고 나서 수금하는 데 또 한참이 걸린다. 장사꾼의 생리란 묘한 데가 있다.

수남이는 아직도 그 생리만은 이해가 안 될뿐더러 문득문득 혐오감까지 느끼고 있다.

금고에 돈을 수북이 넣어 놓고도 꼭 땡전 한 푼 없는 얼굴을 하고 도무지 돈을 내주려 들지를 않는다.㊱ 조금 있다 오란

㉞ 수남이의 안전보다 자신의 손해를 먼저 따지는 주인 영감의 이해타산적인 성격이 드러난다.
㉟ 전선 가게 아저씨 일을 겪고 난 뒤의 수남이의 심경 변화가 나타난다.
㊱ 돈이 있어도 물건값을 늦게 주려고 하는 인색함이 드러나고 이는 '장사꾼의 생리'와 연관된다.

'국어 공신' 선생님

다. 그동안에 수금이 되면 주겠다는 것이다.

그러나 이쪽에선 그 수에 넘어가지 말고 악착같이 지키고 서서 받아 내야 하는 것이다. 그것이 수남이가 서울에 와서 점원 노릇 하면서 배운 상인 철학 제1항이었다.

"아유, 오늘 더럽게 장사 안 된다.[37]"

××상회 주인은 니코틴이 새까맣게 달라붙은 이빨 안쪽을 드러내고 크게 하품을 한다. 돈을 빨리 안 주는 변명 같기도 하고, '인석아, 하루 종일 기다려 봐라, 누가 돈을 호락호락 내줄 줄 아니.' 하는 공갈 같기도 하다.

그러나 수남이는 들은 척도 안 하고 장승처럼 버티고 서 있다. 저런 수에 넘어가 호락호락 물러가면 주인 영감님에게 야단맞는 것도 맞는 거려니와, 앞으로 열 번도 넘게 헛걸음을 해야 수금을 끝마칠 수 있기 때문이다.

그것도 목돈이 아니라 오백 원, 천 원씩 푼돈을 녹여서 말이다.

이럴 때 수남이는 이 세상에 장사꾼처럼 징그러운 족속이 또 있을까 싶은 생각이 나서 한숨이 절로 난다. 그러면서도 자기도 어느 틈에 장사꾼다운 징그러운 수를 쓰고 만다.

"오늘 물건 대금은 꼭 결제해 주셔야 돼요. 은행 막을 돈[38]이란 말예요."

수남이는 은행 막는다는 말의 정확한 뜻을 잘 모른다. 그 번들번들하고 위엄 있는 은행이 뒤로 어디 큰 구멍이라도 뚫려 있단 소린지, 뚫려 있기로서니 왜 장사꾼이 막아야 하는지 잘 모르는 채로, 급하게 돈을 받아 내려는 장사꾼들이 으레 심각한 얼굴을 하고 그런 소리를 하길래 수남이도 그래 보는 것이다.

"짜아식, 알았어. 기다려 봐. 돈 들어오는 대로 줄게."

주인이 퉁명스럽게 대답하곤 수남이의 머리에 힘껏 알밤

여러분, 집중해야 해요!

'국어 공신' 선생님

[37] 물건값을 치르고 싶지 않은 마음에 일부러 하는 말이다. 돈이 있으면서도 주지 않으려는 ××상회 주인의 마음이 담긴 말이다.

[38] 수남이는 그 의미를 잘 모르지만 '급한 돈'이라는 의미로 사용했다. 실제로 '은행 막을 돈'은 은행에서 대출 받은 돈을 정해진 날짜까지 갚는 것을 의미한다.

을 먹인다. 수남이는 잽싸게 고개를 움츠렸는데도 눈에 눈물이 핑 돌 만큼 독한 알밤이다.

장사 더럽게 안 된다는 주인 말과는 달리 손님이 쉴 새 없이 들락거린다. 정말로 가게는 조그맣지만 길목이 아주 좋다. 수남이는 좁은 가게에서 이리 밀리고 저리 밀리면서 잘 버틴다. 버틸 뿐 아니라 속으로 돈이 얼마나 들어오나 암산까지 하고 있다.

소매상이라 큰돈은 안 들어와도 그동안 들어온 돈이 어림잡아 만 원은 됨직하다. 수남이는 비실비실 안 나오는 웃음을 웃으며[39],

"어떻게 결제 좀 해 줍쇼."

하고 또 한 번 빌붙는다. 주인은 '짜아식' 하며 또 한 번 알밤을 먹이곤 오백 원짜리, 백 원짜리 합해서 만 원을 세 번이나 세어 보더니 아까운 듯이 내준다.

"짜아식 끈덕지기가 꼭 되놈(중국 사람을 낮잡아 이르는 '되놈'을 세게 발음한 말) 같다니까, 됐어.[40]"

칭찬인지 욕인지 모를 소리를 하고 찍 웃는다. 수남이는 주인이 세 번씩이나 세어서 준 돈을 또 두 번이나 센다. 그러고 나서야 "고맙습니다. 안녕히 계십쇼." 하고는 저만큼 자전거를 세워 놓은 쪽으로 휭하니 달음질친다.

바람[41]이 여전하다. 저만큼서 흙먼지가 땅을 한꺼풀 벗겨 홑이불처럼 둘둘 말아오는 것같이 엄청난 기세로 몰려온다. 골목 안의 모든 것이 '뎅그렁', '와장창', '우르릉' 하고 제각기의 음색으로 소리 높이 비명을 지른다.[42]

드디어 흙먼지 홑이불이 집어삼킬 듯이 수남이의 조그만 몸뚱이를 덮친다.[43] 수남이는 눈을 꼭 감고 숨을 죽인다.

바람이 지난 후 수남이는 눈을 뜨고 침을 탁 뱉는다. 입 속에 모래가 들어와

[39] 돈을 받아내기 위해 주인의 비위를 맞추며 수남이는 장사꾼처럼 행동한다.
[40] 수남이의 끈기 있고 질긴 성격을 비유적으로 표현했다.
[41] 수남이에게 닥칠 위기의 원인이다.
[42] 바람의 기세를 시각적, 청각적으로 그려냈다.
[43] 바람이 가져온 불길한 기운이 수남이에게 미친 것이다. 이것은 수남이에게 좋지 않은 일이 생길 것을 암시하는 것이다.

수능에 나올 수 있어요!

'국어 공산 선생님'

깔깔하고 목구멍이 알싸하니 아프다. 다시 자전거 쪽으로 걷는다. 조금 전만해도 서 있던 자전거가 누워 있다. 그래도 날아가진 않았으니 다행이다.

자전거뿐 아니라 골목의 모든 것이 다 제자리에 그대로 있다. 수남이는 그것이 신기하다. 누워 있는 자전거를 일으켜 세우고 날렵하게 올라타 막 페달을 밟으려는데, 어디선지 고함 소리가 벽력같이 들린다.❹❹

"이놈아, 어딜 도망가는 거야, 게 섰거라. 꼼짝 말고."

수남이는 자기에게 지르는 고함은 아니겠지 싶어 그대로 페달을 밟는다.

"아니 이놈이, 어디로 도망을 가려고 이래.❹❺"

뒷덜미를 사납게 붙들린다. 점잖고 깨끗한 신사다. 이런 신사가 자기에게 어떤 볼일이 있다는 것인지, 수남이는 도시 짐작을 할 수 없다. 게다가 신사는 몹시 화가 나 있다. 신사를 화나게 할 일을 자기가 저질렀다고는 더구나 생각할 수 없다.

"인마, 꼼짝 말고 있어."

신사의 말이 아니더라도 꼼짝할래야 할 수 있을 처지가 아니다. 꼼짝은커녕 숨도 제대로 쉴 수 없을 만큼 수남이의 뒷덜미는 신사의 손에 잔뜩 움켜쥐어져 있다.

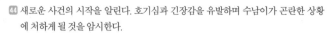

"인마, 네놈의 자전거가 쓰러지면서 내 차를 들이받았단 말야. 이런 고급차를 말야. 이런 미련한 놈, 왜 눈은 째려, 째리긴. 그러니 내 차에 흠이 안 나고 배겼겠냐. 내 차는 인마, 여자들 손톱만 살짝 닿아도 생채기가 나는 고급차야 인마, 알간?"

그러고는 거울처럼 티 하나 없이 번들대는 차체를 면면히 훑어보더니 "그러면 그렇지." 하고 환성을 질렀다. 아마 생채기를 찾아낸 모양이다.❹❼

❹❹ 새로운 사건의 시작을 알린다. 호기심과 긴장감을 유발하며 수남이가 곤란한 상황에 처하게 될 것을 암시한다.

❹❺ 신사는 아무것도 모른 채 가게로 돌아가려는 수남이가 도망을 친다고 생각하고 오해하고 있다.

❹❻ 바람 때문에 일어난 일로 신사는 수남이에게 화를 낸다. 이는 수남이에게 닥친 재수 없는 일을 의미한다. 이 작품에서 바람은 수남이에게 최대의 위기를 가져다주며 주된 갈등을 일으키는 소재이다.

내신 준비해요!

'국어 공신' 선생님

일은 컸다. "인마, 칠만 살짝 긁혔어도 또 모르겠는데 여봐라, 여기가 이렇게 우그러지기까지 했으니 일은 컸다, 컸어.❹"

신사가 덩칫값도 못하게 팔짝팔짝 뛰면서 잘 봐 두라는 듯이 수남이의 얼굴을 차에다 바싹 밀어붙였다.❹

수남이는 차체에 비친 울상이 된 자기 얼굴을 볼 수 있을 뿐이었다. 꼭 오늘 재수 옴 붙은 일이 날 것 같더라만 이런 끔찍한 일이 일어나고 말았구나. 울음이 왈칵 솟구친다. 그러자 제 얼굴도, 차체의 흠도 아무것도 안 보이고 온 세상이 부옇게 흐려 보일 뿐이다.

"울긴, 인마. 너 한 달에 얼마나 버냐?"

신사의 목청이 다분히 누그러지며 목소리에 연민이 담긴 것을 수남이는 재빨리 알아차린다. 그러나 흑흑 소리까지 내어 운다.❺

"울긴 짜아식, 할 수 없다. 너나 나나 오늘 재수 옴 붙은 걸로 치고 반반씩 손해 보자. 오천 원만 내."

수남이는 너무 놀라 울음까지 끄르륵 삼키고 신사를 쳐다본다. 그 사이 사람들이 큰 구경이나 난 것처럼 모여들어 신사와 수남이를 에워싼다.

누군가가 뒤에서 "빌어, 이놈아. 그저 잘못했다고 무조건 빌어." 하고 속삭인다. 수남이는 여러 사람들이 자기를 동정하고 있다고 느끼자 적이 용기가 난다.

"아저씨, 잘못했습니다. 한 번만 용서해 주십시오. 네, 아저씨."

제법 또렷한 소리로 용서를 빈다.

"용서라니, 이만큼 했으면 됐지 어떻게 더 용서를 해."

"아저씨, 그러시지 말고 한 번만 봐 주셔요. 네, 아저씨."

수남이는 주머니에 들은 만 원 생각을 하면 얼굴이 화끈대고 공연히 ^{(아무 까닭이} 나 실속이 없게) 무섭기까지 하다.❺ 그렇지만 주인 영감님을 위해 그 돈만

❹~❹ 신사의 외모와 어울리지 않는 신사의 경박한 행동을 나타내는 문장이다.
❺ 눈치가 빠른 수남이는 자신에게 연민을 느끼는 신사의 마음을 알아채고 큰 소리로 울면서 동정심을 유발하고 있다.

은 죽기를 무릅쓰고 지킬 각오를 단단히 한다.

"아니 욘석이 이제 보니 이런 큰일 저지르고 그냥 내뺄 심사 아냐? 요런 악
질 녀석 같으니라고."

신사의 표정은 은은히 감돌던 연민이 싹 가시고 점잖게 무표정해진다.[52]

그리고는 옆에 섰던 운전사인 듯한 남자에게,

"안 되겠네. 요런 악질 깡패 녀석하고 시비해 봤댔자 공연히 시간만 낭비니,
자네 자물쇠 하나 마련해다 주게. 이 녀석 자전걸 잡아 놓기로 하
세.[53] 언제든지 오천 원 가져와서 찾아가라고."

여러분, 집중해야 해요!

그리고는 주머니에서 오백 원짜리를 한 장 꺼내서 운전사
에게 주는 것이었다. 수남이로서는 전혀 예기치 못했던 사태
였다.

주머니의 만 원에 대해서만 생각했지 자전거에 대해선 전
혀 생각이 미치지 못했었다.

> [51] 수남이는 신사가 요구한 것보다 더 많은 돈을 가지고 있었기 때문에 그 사실
> 을 들킬까봐 두려웠다.
> [52] 신사의 감정이 연민에서 냉정함으로 변화했다.
> [53] 신사의 해결책은 수남이의 자전거를 묶어두는 것이었다.

'국어 골신' 선생님

운전사는 금방 커다란 자물쇠를 하나 사 가지고 왔다. 신사는 다시 네놈은 쳐다보기도 싫다는 듯이 수남이를 전혀 상대 안 하고, 묵묵히 자전거 바퀴에다 자물쇠를 채우고, 앞에 빌딩을 가리키면서,

"나 저기 306호실에 있으니까 돈 오천 원 갖고 와. 그러면 열쇠 내줄 테니.[54]"

하고는 수남이를 힐끗 흘겨보고 유유히 빌딩 속으로 사라져 갔다.

수남이는 울지도 못하고 빌지도 못하고 그냥 막연히 서 있었다.[55] 수남이와 신사의 시비를 흥미진진하게 구경하던 사람들도 헤어지지 않고 그냥 서 있었다. 아마 수남이가 앙앙 울거나, 펄펄 뛰면서 욕을 하거나 그런 일이 일어나 주기를 기다리는 눈치였다.

수남이는 바보가 돼 버린 아이처럼 조용히 멍청히 서 있었다. 누군가가 나직이 속삭였다.

"토껴라 토껴. 그까짓 것 갖고 토껴라.[56]"

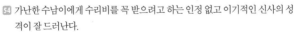

그것은 악마의 속삭임처럼 은밀하고 감미로웠다.[57] 수남이의 가슴은 크게 뛰었다.[58] 이번에는 좀더 점잖고 어른스러운 소리가 나섰다.

"그래라, 그래. 그까짓 거 들고 도망가렴. 뒷일은 우리가 감당할게.[59]"

그러자 모든 구경꾼이 수남이의 편이 되어 와글와글 외쳐 댔다.

'국어 공신' 선생님

주목!

[54] 가난한 수남이에게 수리비를 꼭 받으려고 하는 인정 없고 이기적인 신사의 성격이 잘 드러난다.
[55] 이러지도 저러지도 못하는 막막함과 난감함이 교차하는 수남이의 심정을 잘 드러냈다.
[56] 수남이의 내적 갈등을 유발하는 대목이다. 수남이가 자전거를 들고 도망치게 된 동기로도 볼 수 있다.
[57] 수남이는 자전거를 가지고 도망가고 싶은 강한 유혹을 느낀다.
[58] 내적 갈등이 고조되고 있다.
[59] 수남이는 자신에게 좀 더 용기를 주는 믿을 만한 어른의 목소리가 들리자 자전거를 가지고 도망갈 용기가 생긴다.

"도망가라, 어서어서 자전거를 번쩍 들고 도망가라, 도망가라."

수남이는 자기 편이 되어 준 이 많은 사람들을 도저히 배반할 수 없었다.⑩ 이상한 용기가 솟았다. 수남이는 자전거를 마치 검부러기처럼 가볍게 옆구리에 끼고 질풍같이 달렸다.⑪

정말이지 조금도 안 무거웠다. 타고 달릴 때보다 더 신나게 달렸다. 달리면서 마치 오래 참았던 오줌을 시원스레 내깔기는 듯한 쾌감까지 느꼈다.

주인 영감님은 자전거를 옆에 끼고 질풍처럼 달려온 놈을 눈을 휘둥그렇게 뜨고 바라볼 뿐이었다. 오늘 바람이 세더니만 필시 이 조그만 놈이 바람에 날아왔나, 설마 그럴 리야 없을 텐데 내 눈이 어떻게 된 것인가 그런 눈치였다.

수남이는 너무 숨이 차서 이런 주인 영감님의 궁금증을 시원히 풀어 주지 못하고 한동안 헉헉대기만 한다.

"인마, 말을 해. 무슨 일이야? 네놈 꼴이 영락없이 도둑놈 꼴이다, 인마.⑫"

도둑놈 꼴이라는 소리가 수남이의 가슴에 가시처럼 걸린다.⑬ 수남이는 겨우 숨을 가라앉히고 자초지종을 주인 영감님께 고해 바친다. 다 듣고 난 주인 영감님은 무엇이 그리 좋은지 무릎을 치면서 통쾌해한다.

"잘 했다, 잘 했어. 맨날 촌놈인 줄만 알았더니 제법인데, 제법이야."

내신 준비
철저히 하자고요!

그러고는 가게에서 쓰는 드라이버니 펜치를 가지고 자전거에 채운 자물쇠를 분해하기 시작한다. 엎드려서 그 짓을 하고 있는 주인 영감님이 수남이의 눈에 흡사 도둑놈 두목⑭ 같아 보여 속으로 정이 떨어진다.⑮ 주인 영감님 얼굴이 누런 똥빛⑯ 인 것조차 지

'국어 골신' 선생님

⑩ 수남이는 자신의 행동을 합리화하고 있다.
⑪ 수남이가 신사와의 갈등을 해결하기 위해 선택한 방법은 자전거를 가지고 도망가는 것이었다. 나중에 수남이의 내적 갈등의 원인이 되는 중요한 대목이다.
⑫ 수남이가 옳지 않은 일을 했다는 것을 간접적으로 나타낸다.
⑬ 수남이가 자신의 행동이 떳떳하지 못하다는 감정을 느끼고 있다. 수남이의 마음을 비유적으로 표현한 말이다.
⑭ 주인 영감에 대한 수남이의 새로운 평가로 고마운 어른에서 도둑놈 두목이라는 생각의 변화를 보인다.

금 깨달은 것 같아 속이 메스껍다.[66]

　마침내 자물쇠를 깨뜨렸다 보다. 영감님 얼굴에 회심(마음에 흐뭇하게 들어맞음)의 미소가 떠오르더니 자유롭게 된 자전거 바퀴를 시험이라도 하려는 듯이 자전거로 골목을 한 바퀴 빙그르르 돌아 들어와서는,

　"네놈 오늘 운 텄다.[67]"

　그러고는 수남이의 머리를 쓰다듬고 볼과 턱을 두둑한 손으로 귀여운 듯이 감쌌다. 영감님이 기분이 좋을 때면 수남이에 대한 애정의 표시로 으레 그렇게 했었고, 수남이도 그걸 좋아했었다.

　그런데 오늘은 싫다. 영감님의 손이 싫다.[68] 그것이 운 트기는커녕 재수 옴 붙었다는 생각이 여전하고, 수남이는 그날 온종일 우울했다. 그러나 자기가 왜 그렇게 우울한지 그걸 차분히 생각할 새도 없는 바쁜 하루였다.

　가게 문을 닫고 주인댁에서 날라 온 저녁밥을 먹고 나면 비로소 수남이 혼자만의 시간이다. 꿀 같은 시간이었다. 책을 펴 놓고 영어 단어를 찾고, 수학 문제를 풀어 보고, 턱을 괴고 소년답게 감미로운 공상에 잠길 수 있는 그런 시간이었다.

　그러나 오늘 수남이는 그게 되지를 않았다. 책을 집어던졌다.[69]

　낮에 내가 한 짓은 옳은 짓이었을까?[70] 옳을 것도 없지만 나쁠 것은 또 뭔가. 자가용까지 있는 주제에 나 같은 아이에게 오천 원을 우려 내려고 그렇게 간악하게 굴던 신사를 그 정도 골려 준 것이 뭐가 나쁜가? 그런데도 왜 무섭고

---

[65] 물질적인 탐욕과 비도덕적인 마음을 상징하는 표현으로 주인 영감에 대한 수남이의 생각이다.

[66] 주인 영감에 대한 수남이의 생각을 나타낸다.

[67] 오늘 수남이에게 일어난 일에 대한 주인 영감의 평가이다. 주인 영감에 대한 수남이의 생각이 달라지는 결정적 계기 중 하나이다.

[68] 주인 영감이 부모처럼 자신을 사랑하고 이끌어주는 존재라 생각했는데, 그렇지 않음을 깨닫게 된다.

[69] 낮에 한 행동이 마음에 걸려 마음이 복잡한 수남이의 내적 갈등을 보여준다.

[70] 수남이의 내적 갈등이 일어났다. 자신에게 질문을 함으로써 자신의 행동을 성찰하고 있다.

'국어 공신' 선생님

수능에 나올 수 있어!

떨렸던가.[71] 그때의 내 꼴이 어땠으면, 주인 영감님까지 "네놈 꼴이 꼭 도둑놈 꼴이다."라고 하였을까.

그럼 내가 한 짓은 도둑질이었단 말인가.[72] 그럼 나는 도둑질을 하면서 그렇게 기쁨을 느꼈더란 말인가.

수남이는 몸을 부르르 떨면서 낮에 자전거를 갖고 달리면서 맛본 공포와 함께 그 까닭 모를 쾌감을 회상한다. 마치 참았던 오줌을 내깔길 때처럼 무거운 억압이 갑자기 풀리면서 전신이 날아갈 듯이 가벼워지는 그 상쾌한 해방감 ─ 한 번 맛보면 도저히 잊혀질 것 같지 않은 그 짙은 쾌감, 아아 도둑질하면서도 나는 죄책감보다는 쾌감을 더 짙게 느꼈던 것이다.[73]

혹시 내 피 속에 도둑놈의 피가 흐르고 있기 때문이 아닐까.[74] 수남이의 내적 갈등의 원인이다. 과거 형이 도둑질한 사건을 떠올리며 나쁜 짓을 하게 만드는 본능적 기질이 있는 것은 아닌지 두려워하고 있다.

순간 수남이는 방바닥에서 송곳이라도 치솟은 듯이 후닥닥 일어서서 안절부절을 못하고 좁은 방안을 헤맸다.[75]

수남이의 눈앞에는 수갑을 차고, 순경들에게 끌려 와 도둑질 흉내를 그대로 내보이던 형의 얼굴이 환히 떠오른다. 그리고 서울 가서 무슨 짓을 하든지 도둑질만은 하지 말라고 신신당부하던 아버지의 얼굴도 떠오른다.

수남이의 형 수길이[76]는, 온 집안 식구가 기대를 걸고 고등학교까지 마쳐 준 보람도 없이 집에서 빈둥대다가, 어느 날 갑자기 서울 가서 돈 벌고 성공해서 돌아오겠다는 말 한마디를 남기고

여러분,
집중해야 해요!

'국어 공신' 선생님

---

[71] 옳지 않은 일이란 것을 마음속으로 알고 있었기 때문이다.
[72] 자신이 한 행동을 성찰하고 있다.
[73] 자전거를 들고 도망쳤을 때의 쾌감과 동일하다. 수남이가 고민하는 근본적 이유이기도 하다.
[74] 수남이의 내적 갈등의 원인이다. 과거 형이 도둑질한 사건을 떠올리며 자신에게도 나쁜 짓을 하게 만드는 본능적 기질이 있는 것은 아닌지 두려워하고 있다.
[75] 좌불안석(坐不安席) : 앉아도 자리가 편안하지 않다는 뜻으로, 마음이 불안하거나 걱정스러워 안절부절못하다.
[76] 형은 수남이의 내적 갈등을 더욱 심화시키는 대상이다.

훌쩍 집을 나갔다.

편지 한 장, 하다못해 인편에 안부 한마디 없는 2년이 지났다. 그동안 아버지는 푹 노쇠하고, 어머니는 뼈만 남게 야위어서 수남이랑 동생들을 들볶았다.

들볶는 푸념 속에서 무정한 장남에 대한 원망과 함께 그래도 행여나 하는 기대가 곁들여 있는 것을 수남이는 느낄 수 있었다.

수남이도 뭔가 형에 대한 기대를 안 할 수가 없었다. 동생들이 발바닥이 다 닳아 없어져 윗더껑이만 남은 운동화를 신고 다니는 걸 봐도 "조금만 참아, 큰형이 돈 많이 벌어 가지고 오면 운동화랑 잠바랑 다 사 줄게." 하는 말을 할 지경이었다.

형이 돈을 많이 벌어 오면 — 이런 기대에 온 집안 식구가 하루하루를 매달려 살았다. 어느 날 밤, 형은 돌아왔다. 옷과 운동화와 과자와 고기를 한 짐이나 되게 사 가지고. 형이 정말 돈을 벌어서 별의별 것을 다 사 가지고 온 것이었다. 아버지는 밤중이지만 동네 사람을 모아 큰 잔치를 벌이고 싶어 했다. 하지만 형은 험악한 얼굴을 하고 안 된다고 했다.

잔치는커녕 동생들이 좋아서 떠드는 것도 못 하게 윽박질렀다.

수남이는 지금도 그날 밤 일이 생생하다. 그날 밤 형의 누런 똥빛 얼굴[77]은 정말로 못 잊겠다. 꼭 악몽 같다.

다음 날 형은 읍내에서 온 순경한테 수갑이 채워져 붙들려 갔다. 형은 악을 써서 변명을 하며 갔다.

"2년 만에 빈손으로 집에 들어갈 수는 없었단 말야. 도저히 그럴 수는 없었단 말야.[78]"

그래서 읍내 양품점을 털어 돈과 물건을 훔친 것이다.[79] 다

'국어 귀신' 선생님

[77] 형의 부도덕하고 탐욕스러운 마음을 비유적으로 표현했다.
[78] 형이 도둑질을 한 이유이다. 빈손으로 돌아가 가족들을 실망시킬 수 없었기 때문이다.
[79] 형의 얼굴이 누런 똥빛이었던 이유이기도 하다.

음에 수남이가 형을 본 것은 읍내에 현장 검증인가를 나왔을 때다. 도둑질한 것을 다시 한 번 되풀이해 보여 주는 것인데, 딴 구경꾼들 틈에 섞여 수남이는 몸서리를 치면서 그것을 봤다. 그 도둑놈과 형제간이란 게 두고두고 생각해도 몸서리가 쳐졌다.[80]

아버지는 화병으로 몸져 눕고 집안 형편은 말이 아니었다. 수남이는 드디어 어느 날 형이 그랬던 것처럼 서울 가서 돈 벌어 오겠다고 집을 나섰다. 아버지는 말리지 않았다. 문지방을 짚고 일어나 앉아서 띄엄띄엄 수남이를 타일렀다.

"무슨 짓을 하든지 그저 도둑질을 하지 말아라, 알았쟈.[81]"

그런데 도둑질을 하고 만 것이다. 하지만 수남이는 스스로 그것은 결코 도둑질이 아니었다고 변명을 한다.

그런데 왜 그때, 그렇게 떨리고 무서우면서도 짜릿하니 기분이 좋았던 것인가? 문제는 그때의 그 쾌감이었다. 자기 내부에 도사린 부도덕성이었다. 오늘 한 짓이 도둑질이 아닐지 모르지만 앞으로 도둑질을 할지도 모르겠다는 생각이 들었다.[82] 형의 일이 자기와 정녕 무관한 일이 아니란 생각이 들었다.[83]

소년은 아버지가 그리웠다. 도덕적으로 자기를 견제해 줄 어른이 그리웠다.[84] 주인 영감님은 자기가 한 짓을 나무라기는커녕 손해 안 난 것만 좋아서 "오늘 운 텄다."고 좋아하지 않았던가.

수남이는 짐을 꾸렸다.[85] 아아, 내일도 바람[86]이 불었으면. 바람이 물결치는 보리밭을 보았으면.

내신
준비메모

'국어 공신' 선생님

[80] 도둑질에 대한 수남이의 생각을 알 수 있는 대목이다.
[81] 도덕성을 매우 중시하는 아버지의 성격을 알 수 있으며, 이는 수남이의 내적 갈등을 일으키는 궁극적인 이유이기도 하다.
[82] 도둑질은 아니지만 옳지 못한 일을 하면서 쾌감을 느꼈기 때문이다.
[83] 형이 했던 도둑질을 수남이 자신도 할지도 모르는 생각이 들었다.
[84] 아버지 ↔ 주인 영감 (대조) / 아버지는 도덕성을 중시하며 수남이를 견제해줄 어른이지만, 주인 영감은 이기적이고 금전적 이익만을 중시하는 부도덕한 인간이다.
[85] 갈등 해소를 위한 수남이의 선택으로 고향으로 돌아가려고 한다. 도시에서는 수남이를 더 이상 도덕적으로 견제해줄 어른이 없다고 생각했기 때문이다.

마침내 결심을 굳힌 수남이의 얼굴은 누런 똥빛이 말끔히 가시고, 소년다운 청순함으로 빛났다.

짚중 하자고요!

86 소설 앞에서 나온 '서울의 바람'과 대조적이다. '서울의 바람'은 사고와 먼지와 쓰레기를 불러오고, '고향의 바람'은 꽃과 나무에 생기를 불어넣어주는 바람이다.
87 수남이의 내적 갈등이 해소됐다.

'국어 공산' 선생님

OOPS!

내신·수능 만점 키우기

1 작가 소개

작가 박완서는 1970년 〈나목〉으로 등단하였다. 1950년대 한국전쟁에서 비롯된 비극적 체험을 통해 내면 의식을 더욱 밀도 있게 그려냈다. 또한 1970년대 대한민국 사회에서 일어난 물질 만능주의와 여성을 억압하는 현실을 비판하며 작가 자신이 체득한 것들을 문학 작품 속에 잘 녹여냈다.

2 핵심 정리

◉ 다음 내용에서 괄호 안에 알맞은 답을 쓰시오.

갈래	성장 소설, 성장 소설, 단편 소설
성격	사회 비판적, 교훈적
배경	· 시간적 배경 : 1970년대 · 공간적 배경 : 서울 청계천 세운 상가
시점	· 3인칭 (❶)시점
제재	· 자전거
주제	· 주제 : (❷)을 추구하는 현대인들의 (❸)에 대한 비판과 도덕성 회복의 필요 · 작가 의도 : 1970년대 실질적 공간을 배경으로 하여 물질적인 이익만을 추구하는 도시인들의 비도덕적이고 (❹) 세태를 비판하고 있다.
특징	· 순진무구한 소년의 (❺)으로 어른들의 부도덕적인 면모를 고발하고 있다. · 도덕성의 대립을 통한 인물 제시로 (❻)과 (❼)의 회복을 강조하고 있다. · 비양심적이고 물질적 이익만을 추구하는 (❽)들에 대한 작가의 비판적인 태도가 드러나고 있다. · 3인칭 전지적 작가 시점을 통해 사건 전개 과정에 따라 소년의 (❾) 변화를 구체적으로 그리고 있다.

3 이 글의 짜임

◉ 다음 내용에서 괄호 안에 알맞은 답을 쓰시오.

구분	소설 구성 단계에 따른 갈등 양상과 내용
발단	시골에서 상경해 전기 용품 도매상의 (❶)으로 일하며 주인 영감에게 육친애를 느낀다.
전개	바람이 심하게 부는 날, 수남이는 배달을 하러 가지만 (❷)을 느낀다.
위기	수남이의 자전거가 바람에 넘어지면서 고급 자동차에 흠집을 내 신사에게 자전거를 빼앗기자 수남이가 (❸)를 가지고 도망친다.
절정	수남이는 자신이 자전거를 가지고 도망친 것에 대한 양심의 가책을 느끼고 (❹)에 빠진다.
결말	수남이는 자신의 행동에 양심의 가책을 느끼고 (❺)으로 돌아가기로 결심한다.

◈ 그래픽 구조로 글의 짜임 한 번 더 이해하기

발단	전개	위기	절정	결말
수남이는 점원인 자신을 따뜻하게 보살펴주는 주인 영감에게 고마움을 느낌	배달을 가던 중, 바람이 심하게 불어와 수남이는 불안함을 느낌	바람에 자전거가 넘어져 신사의 차에 흠집을 내고 도망가는 수남이	자전거를 훔쳤다는 생각에 양심의 가책과 고뇌를 느끼는 수남이	더 이상 자신을 도덕적으로 견제해줄 어른이 없다는 생각에 수남이는 고향으로 돌아갈 결심을 함

4 소설의 특성과 전개 과정에 따른 변화 양상

1 주요 인물 소개 및 특성

○ 다음 각 인물에 대한 올바른 설명을 연결하시오.

그룹 채팅(주요 인물 소개)

수남
㉮ · ㉠ 시골에서 올라와 청계천 세운상가 전기용품 판매점에서 판매 사원으로 일하는 순진하면서도 부지런한 소년이다. 밤에는 열심히 공부해서 고등학교에 가는 것이 꿈이다.

주인 영감
㉯ · ㉡ 자가용까지 있는 부유한 처지이지만 끝까지 수리비를 받아 내려고 하는 야박하고 이기적이며 속물적인 사람이다. 자신의 이익을 중시하는 탐욕스러운 인물로, 주인공과 외적 갈등을 일으킨다.

신사
㉰ · ㉢ 도덕성을 매우 중시하는 인물로 아들이 도덕적인 삶을 살아갈 수 있도록 이끌어주는 역할을 하며, 유일하게 주인공을 도덕적으로 견제하고, 이끌어 줄 수 있는 어른이다.

아버지
㉱ · ㉣ 금전적 이익을 매우 중시하고 비도덕적이며 비인간적인 면을 가진 인물이다. 종업원 더 쓰라는 말을 싫어하고 이기적이고 교활하며 자신의 이익만을 중시한다.

XX상회
㉲ · ㉤ 정당하게 지불해야 할 돈이지만 본인의 돈은 무조건 아깝다고 생각하는 전형적인 장사꾼의 면모를 보이고, 인색하고 비열한 모습을 보인다.

2 사건 전개에 따른 수남의 심리 변화

○ 다음은 사건에 따른 수남의 심리 변화이다. 카톡 대화를 하듯 ①~②의 알맞은 답변을 쓰시오.

그룹 채팅(수남의 심리)	Q ≡

국어 공신

수남아 XX상회에서 돈 받으려고 애를 썼는데 그때 심정은 어땠어?

①

수남

국어 공신

수남아, 자전거가 넘어져서 신사의 자동차에 부딪혔을 때 심정은 어땠어?

완전히 당황하고 놀랐지, 이런 일이 일어날 거라고는 상상도 못했으니까. 이러지도 저러지도 못하는 진퇴양난의 상황에 빠졌지.

수남

국어 공신

수남아, 신사가 차 수리비 오천 원을 요구했잖아. 당시 오천 원은 정말 큰돈이었는데 심정이 어땠어?

②

수남

국어 공신

그래서 자전거를 가지고 도망쳐야겠다고 생각한 거야? 어떻게 자전거를 가지고 도망칠 생각을 했는지 대단해. 그땐 마음이 어땠어?

처음엔 나도 어디서 그런 용기가 났는지 정말 몸이 먼저 행동을 하더라구! 그런데, 나쁘지만은 않더라. 짜릿한 쾌감을 느꼈지. 그리고 어디에 얽매였던 것에서 풀려나는 해방감이 느껴졌어.

수남

국어 공신

정말? 고향으로 돌아가기로 결심했는데, 특별한 이유가 있어?

'도둑질'만큼은 절대로 하지 말라는 아버지 말씀이 떠올랐어. 이런 행동을 견제해줄 사람은 오직 아버지뿐이야. 아버지를 생각하며 고향으로 돌아갈 생각을 하니까 마음이 편안해졌어.

수남

⊕ [   ] ☺ #

5 창의융합 학습 이해하기

◦ 고향으로 돌아간 수남이에게 격려의 문자를 보내봅시다.

6 '수남'의 뇌 구조

◦ 책 내용을 참고하여 '수남'의 뇌 구조를 자유롭게 작성해봅시다.

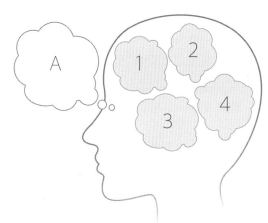

Ⓐ - 자전거를 가지고 온 것은 잘한 일일까 아니면 도둑질일까?

1 - 자동차 주인에게 오천 원을 줘야 하는 것이 맞았을까?

2 -

3 -

4 - 세상은 참 어려운 것 같아. 도덕적으로 나를 견제해줄 아버지에게
로 돌아가자.

7 '자전거 도둑'에서 나타난 갈등 양상과 해결 과정을 알아보자.

1 다음 빈칸에 들어갈 말을 다음 <보기>에서 찾아 작성해보시오.

> **보기**
>
> 주제, 비판, 심리, 외적, 내적, 사회, 인물, 운명, 자연, 집단, 희곡, 소설, 갈등, 도덕

문학 작품에서 인물간 생각이나 의견이 맞지 않는 상황을 (**1**   )이라고 한다. 갈등은 인물의 마음속에서 일어나는 (**2**   )갈등과 주변 상황에 따라 발생하는(**3**   ) 갈등으로 구분된다. 외적 갈등은 인물과 (**4**   ), 인물과 (**5**   ), 인물과 (**6**   ), 인물과 (**7**   ) 또는 집단과 (**8**   ) 등에서 발생한다. 갈등은 주로 (**9**   )이나, (**10**   ) 등의 문학 작품에서 등장 인물 사이에 일어나는 대립과 충돌로, 갈등의 진행과 해결 과정을 통해 작품의 (**11**   )가 드러난다.

2 <자전거 도둑>에서 나온 수남이의 갈등 양상과 해결 과정을 파악하여 ①~③에 알맞은 답변을 쓰시오.

	갈등 양상	수남이의 해결 방법 및 과정
외적 갈등	XX상회 주인 (돈을 주지 않으려 함) VS 수남이 (끝까지 돈을 받아 내려 함)	(**1**) 수남이는 들은 척도 안 하고 정승처럼 버티고 서 있다. (중략) 자기도 어느 틈에 장사꾼다운 징그러운 수를 쓰고 만다. "오늘 물건 대금은 꼭 결제해 주셔야 돼요. 은행 막을 돈이란 말예요."
	신사 (자동차 수리비를 받으려 함) VS 수남이 (자전거를 가지고 가려 함)	(**2**) "토껴라 토껴, 그까짓 것 갖고 토껴라." 그것은 악마의 속삭임처럼 은밀하고 감미로웠다. 수남이의 가슴은 크게 뛰었다.
내적 갈등	자전거를 들고 도망칠 때 느낀 쾌감과 도둑질이라는 부도덕성에 대한 죄책감이 서로 부딪치며 갈등한다.	(**3**) 소년은 아버지가 그리웠다. 도덕적으로 자기를 견제해 줄 어른이 그리웠다. 주인 영감님은 자기가 한 짓을 나무라기는커녕 손해 안 난 것만 좋아서 "오늘 운 텄다."라고 좋아하지 않았던가(중략). 마침내 결심을 굳힌 수남이의 얼굴은 누런 똥빛이 말끔히 가시고, 소년다운 청순함으로 빛났다.

내신 준비!

BAAM!

8 서술형 대비 문제

○ 다음 글쓰기 논제를 읽고, 한 편의 글을 완성하시오.

다음 <보기>를 읽고, 여러분이라면, 자물쇠가 잠긴 자전거에 대해 어떤 결정을 내릴 것인지 구체적인 근거를 들어 서술하시오.

보기

도덕성을 중시하는 아버지의 말씀을 떠올려보면, 수남이는 자전거를 가지고 결코 도망치지 못할 테지만, 주인 영감을 비롯한 서울 사람들은 도덕적인 양심보다는 금전적인 이익을 더욱 중시하는 모습을 보임으로써 수남이에게 자전거를 가지고 도망치라고 합니다. "토껴라 토껴, 그까짓 것 갖고 토껴라."라고 외치는 어른들의 말과 주인 아저씨가 자전거를 도둑질한 수남이에게 '잘했다.'라고 한 칭찬 등을 생각해봤을 때 무엇이 옳은지 판단할 수 있을까요?

도덕적 양심 때문에 도저히 도둑질은 할 수 없지만, 그렇다고 내가 하지 않은 일에 대해 큰 비용을 물어줘야 하는 것도 할 수 없습니다. 어떻게 해야 할까요?

9 토론해 보기

지구력을 발휘해 주세요!

○ 다음 논제를 파악한 후 주장과 근거를 서술하시오.

논제 : 수남이가 자전거를 가지고 도망간 것은 정당하다. (찬성 VS 반대)

집중!
BAAM!

논제	정당하다 (찬성)	정당하지 않다 (반대)
주장		
근거		

간단히 내용 파악하기

○ 다음 문제를 읽고 올바른 내용에는 O, 틀린 내용에는 X 표시를 하시오.

1 수남이는 순수하고 순진한 성격이면서 수시로 알밤을 맞을 만큼 인정받지 못하는 점원이다. [　O | X　]

2 수남이는 힘들게 일하지만 야학에 들어가서 공부하겠다는 야심찬 꿈을 가지고 있어 밝게 생활한다. [　O | X　]

3 수남이가 끌고 간 자전거가 세찬 바람에 넘어져 누워있다는 것은 새로운 사건이 시작됨을 암시한다. [　O | X　]

4 신사는 고급 승용차에 기사까지 딸린 부자이지만, 자전거로 자신의 차를 막았다고 야박하게 행동했다. [　O | X　]

5 수남이 아버지는 도덕성을 중요하게 생각하는 인물로, 수남이가 서울로 떠날 때 도둑질만은 하지 말라고 신신당부했다. [　O | X　]

○ 다음 문제를 읽고 올바른 답을 단답형으로 작성하시오.

1 이 소재는 을씨년스러운 골목의 풍경을 자아내며 불길한 사건이 일어날 것을 암시하며 결정적으로 간판을 떨어뜨리게 한다. '이 소재'는 무엇인가요?

[　　　　　　　　　　　　　　　　　　　　　　　　　]

2 가게 주인들은 간판에 머리를 맞은 아가씨의 안부보다 간판 가게 사장의 손해가 얼마인지 걱정했다. 이러한 일로 알 수 있는 도시 사람들의 가치관은 무엇인가요?

[　　　　　　　　　　　　　　　　　　　　　　　　　]

3 신사와 수남이의 주된 외적 갈등은 무엇인가요?

[　　　　　　　　　　　　　　　　　　　　　　　　　]

4 수남이는 자전거를 어떻게 했나요?

[　　　　　　　　　　　　　　　　　　　　　　　　　]

5 수남이와 XX상회 주인은 무엇 때문에 갈등을 일으켰나요?

[　　　　　　　　　　　　　　　　　　　　　　　　　]

실전 문제로 작품 정리하기 ----------------------

1 '수남이'에 대한 설명으로 적절하지 <u>않은</u> 것은?

① 열여섯 살이다.
② '꼬마'라는 별명으로 불린다.
③ 전기용품 도매상 일에 익숙하지 못하다.
④ 가게 일을 혼자 도맡아 하느라 온종일 바쁘다.
⑤ 목소리 때문에 종종 주인 영감으로 오해를 받는다.

2 '골목에서 일어난 사고'에 대한 설명으로 적절하지 <u>않은</u> 것은?

① 간판이 지나가던 아가씨의 머리 위로 떨어졌다
② 전선 도매집 주인은 아가씨를 데리고 병원으로 갔다
③ 구경하던 사람들은 또 다른 사고가 나지 않도록 대책을 세웠다
④ 수남이는 자신에게도 불길한 일이 일어날 것 같은 예감이 들었다.
⑤ 사람들은 치료비를 부담해야 하는 전선 도매집 주인을 동정했다

3 이 소설의 '서술자'에 대한 설명으로 적절한 것은?

① 서술자가 소설 속에 등장한다.
② 소설 밖에서 이야기를 전달한다.
③ 주인공을 관찰해 그의 심리를 전달한다.
④ 주인공의 내면을 자세히 묘사하지는 않는다.
⑤ 주인공이 자신의 관점으로 이야기를 전달한다.

4 이 소설의 내용으로 적절하지 <u>않은</u> 것은?

① 수남이도 장사꾼을 점차 닮아갔다.
② XX상회는 주인의 말과 달리 장사가 잘된다.
③ 수남이는 XX상회 주인에게 끈질기게 대금을 받아내었다.
④ 바람이 불었지만 골목에 어떤 변화도 일어난 것 같지 않았다.
⑤ 수남이는 넘어져 있는 자전거를 보고 무슨 일이 일어났음을 감지했다.

5 수남이가 고향으로 돌아간 이유로 가장 알맞은 것은?

① 고향이 그리웠기 때문이다.
② 부모님을 도와 농사를 지어야하기 때문이다.
③ 신사의 차 수리비를 물어줄 수 없었기 때문이다.
④ 도시에서는 수남이를 도덕적으로 견제해 줄 어른이 없기 때문이다.
⑤ 부모님과 떨어져 서울에서 혼자 생활하다보니 건강이 나빠졌기 때문이다.

OOPS!

글쓰기 --

○ **다음 글쓰기 논제를 읽고, 한 편의 글을 완성하세요.**

다음 <보기>를 읽고, 여러분이라면, 자물쇠가 잠긴 자전거에 대해 어떤 결정을 내릴 것인지 구체적인 근거를 들어 서술하세요.

> ──── 보기 ────
>
> 도덕성을 중시하는 아버지의 말씀을 떠올려보면, 수남이는 자전거를 가지고 결코 도망치지 못할 테지만, 주인 영감을 비롯한 서울 사람들은 도덕적인 양심보다는 금전적인 이익을 더욱 중시하는 모습을 보임으로써 수남이에게 자전거를 가지고 도망치라고 합니다. "토껴라 토껴, 그까짓 것 갖고 토껴라"라고 외치는 어른들의 말과 주인 아저씨가 자전거를 도둑질한 수남이에게 '잘했다'고 한 칭찬 등을 생각해봤을 때 무엇이 옳은지 판단할 수 있을까요?
>
> 도덕적 양심 때문에 도저히 도둑질은 할 수 없지만, 그렇다고 내가 하지 않은 일에 대해 큰 비용을 물어줘야 하는 것도 할 수 없습니다. 어떻게 해야 할까요?

즐겁게
글쓰기 해봐요!

우리는 삶에서 늘 갈등을 겪지만
옳은 결정을 하기는 힘들다.

'수남'이의 갈등은 우리가 인생을 살면서 겪는 모두의 갈등이라고 할 수 있습니다. 누구나 하루에도 여러 번 결정과 선택을 해야 할 때가 있으니까요. '수남'이는 이러한 선택의 갈림길에서 양심을 느끼고 어려운 결정을 합니다. 〈자전거 도둑〉을 읽으면서 우리는 모두 수남이가 되어 보기도 하고, 주인 영감이 되어보기도 하며, 신사가 되어보기도 합니다. 그런 과정에서 사람과 사람 사이의 갈등 속에서 각 인물의 성격이나 가치관을 살펴보면, 사실 그 누구의 입장에서도 모두 이해할 수 있습니다. 그렇게 우리는 사회 속에서 다양한 갈등을 겪기도 하고, 상대를 이해하고 배려해보며 스스로를 성장시켜 나갑니다.

어른들은 아이들에게 늘 관대하다고 생각하지만, 꼭 그런 것 같지만은 않습니다. 수남이의 입장에서 신사가 고급 자가용까지 있고 돈이 많아 보이지만 악착같이 수리비를 받아 내려고 하는 것은 '너무 야박한 것은 아닌가?'라는 생각이 듭니다. 또한 주인 영감은 수남이를 위하는 고마운 분이라고 생각했지만 가만 생각해보면 자신의 이익만 챙기는 속물적인 어른입니다. XX상회 주인은 또 어떤가요? 돈이 있으면서도 없는 척하며 물건 값을 치르기 싫어하는 야박한 장사꾼입니다. 골목 가게 주인들도 간판에 맞아 다친 아가씨의 안부보다는 간판 집 주인아저씨의 금전적 손해에만 관심을 갖습니다. 이러한 환경에서 수남이는 과연 정의로운 삶을 살 수 있을지 고민합니다. 오직 수남이를 도덕적으로 견제해줄 수 있는 어른은 아버지뿐이었습니다. 결국 양심의 가책을 느끼는 수남이는 도덕적으로 이끌어주고 견제해줄 어른에게로 돌아갑니다. 이러한 결론은 물질적 이익을 추구하는 현대 도시인들의 비도덕적 세태를 비판하는 글쓴이의 의도가 분명하게 담겨 있습니다.

여러분이 '수남'이라면, '주인 영감'이라면, '신사'라면, 각각 어떤 선택을 했을까요? 〈자전거 도둑〉의 여러 인물처럼 지금도 갈등을 겪으며 살아가는 오늘날, 여러분은 어떠한 선택과 결정을 할 수 있을까요? 다시 한번 〈자전거 도둑〉을 읽으며 내 마음속에 뜨거워지는 것이 무엇인지 생각해보고, 그 마음을 이야기해보는 시간을 가져봅시다.

선생님의 밥그릇

노진 선생님

잠깐!

작가에 대해 알아볼까요?

이청준
1939~2008

작가 이청준(李淸俊, 1939~2008)은 1965년 『사상계』의 신인상에 「퇴원」이 당선되어 등단하였다. 주요 작품으로 「병신과 머저리」, 「소문의 벽」, 「당신들의 천국」, 「서편제」 등이 있다. 이청준의 소설은 지적이면서도 관념적이지 않고, 세계의 불행한 측면들을 포착하면서도 그 이면을 냉정하게 응시하려 하는 것이 특징이다.

여기서
잠깐!

상훈이의 도시락 통의 속사정을 알고 상훈이와 은밀한 약속을 하고 평생 밥그릇의 밥을 절반으로 줄이셨어. 늘 학생들에게 따뜻한 선생님이 되려고 애쓰신 분이야.

노진 선생님

가난해서 빈 도시락 통을 가지고 다녔지만 선생님과의 약속을 가슴에 품고 그분의 은덕과 사랑을 늘 잊지 않았지. 선생님의 따뜻한 배려로 멋진 어른으로 잘 성장한 인물이야.

문상훈

VS

철없던 시절, 상훈이의 도시락 통이 비었다며 고자질하거나 말썽을 부려 청소 당번이 되곤 했지. 37년이 지난 지금 어른이 되어 그날의 기억을 회상하니 즐겁기도 하지만 상훈이에게 미안한 감정이 들기도 하는 인물이야.

반 친구

'국어 공신' 선생님의 감상 꿀팁!

이 작품은 옛 중학교 시절 담임 선생님과 제자들이 모인 회식 자리에서 37년 전 이야기를 회상하는 구조로 되어 있어. 당시 선생님은 가난했던 문상훈 학생의 빈 도시락 통을 확인한 후 식사 때마다 절반의 밥을 덜어내시곤 했지. 선생님의 지혜와 은혜를 되새기며 이 소설을 감상해보자.

'국어 공신' 선생님

선생님의 밥그릇

빈 도시락 통을 가져오는 상훈이 상처받지 않았으면…

37년 전의 반 담임 선생님을 모신 저녁 회식 자리는 이날의 주빈(손님 가운데서 주가 되는 손님)이신 노진 선생님의 옛 기벽(남달리 기이한 버릇)에 대한 추억으로 처음엔 그 분위기가 그저 유쾌하기만 하였다.

노진 선생님은 그러니까 50년대 초중반 전란의 혼란과 궁핍 속에 어렵사리 중학생모를 쓰게 된 우리 중학교❶의 1학년 3반 담임 선생님이셨다.

그런데 중학교 초년 시절 그 남녘 도시의 노진 선생님은, 새 교풍학교 특유의 기풍과 학과목, 근엄한 표정의 선생님들 앞에 어딘지 기가 조금씩 움츠러든 반 아이들, 특히 이곳저곳 벽지(외따로 뚝 떨어져 있는 궁벽한 땅) 시골에서 올라와 낯선 도회 살이를 갓 시작한 심약한 지방 출신 아이들을 또래 친구처럼 즐겁게 잘 보살펴 주신 분❷이었다.

한 예로, 방과 후에 뒤에 남아 빈 교실을 정리해야 하는 청소 당번을 몹시 싫어한 우리들에게 선생님은 그날그날 종례 시간에 갑작스런 벌칙을 마련하여 거기에 해당하는 아이들로 하여금 그날의 청소 인원을 충당하곤 하시는 식이었다.

"오늘 아침 운동장 조회 때 똑바로 줄서지 않았다가 나한테 호명당한 일곱

내신 준비!

❶ 이 소설의 시간, 공간적 배경이다.
❷ 자상한 선생님의 모습을 알 수 있다.

'국어 공신' 선생님

명 일어서 봐…… 너희가 오늘 청소 당번이다."

"오늘 체육 시간에 체육복 안 입고 나간 사람 0명 있었다는데, 누구 누군가…… 너희들 오늘 무엇을 해야 하는 녀석들인 줄 알고 있겠지?"

항상 그런 식이셨다. 어떤 땐 갑자기 책가방 속을 검사하여 놀이용 구슬을 가지고 다니는 아이들을 골라내시기도 하였고, 어떤 땐 저고리 단추나 이름표가 조금 비뚤어진 아이들을 억울하게 골탕먹이시기도 하였다. 심지어는 선생님이 종례 들어오시는 걸 모르고 미처 자리에 앉지 못한 아이들의 이름이 줄줄이 불리게 될 때도 있었고, 그게 그날의 청소 당번이 될 줄 알고 미리 선수 쳐 "너희들 오늘 청소 당번!" 하고 말했다가 오히려 선생님의 '교편(교사가 수업이나 강의를 할 때 필요한 사항을 가리키기 위하여 사용하는 가느다란 막대기)을 모독한 죄'나 '남의 불행을 악용하려는 죄'로 먼저 걸린 아이들을 대신해 엉뚱하게 청소 당번을 하게 되는 고역(몹시 힘들고 고되어 견디기 어려운 일)을 떠안게 되는 수도 있었다. 또 책가방 속에 만화책을 숨겼다가 들통이 난 아이는 그 허물로 공부를 소홀히 한 죄, 중학생의 품위를 떨어뜨린 죄, 선생님의 주의를 어긴 죄 그리고 선생님을 속이려 한 죄에다 자신의 죄목을 헤아려 보라고 했을 때 '선생님의 비상한 눈치와 비행 탐지력을 알아보지 못한 죄'를 빠뜨린 허물로 '자신이 반성해야 할 죄의 가짓수도 다 알지 못한 죄'까지 더하여 일 주일 동안 연속 벌 청소를 선고받은 아이의 경우까지 있었다.❸ 그러나 반 아이들은 언제 어디서 어떤 벌칙으로 그날의 청소 당번이 정해지게 될지 몰라 선생님 앞에선 늘 마음을 놓을 수가 없었다. 그러나 그것은 긴장이나 원망을 부를 리는 없었다. 그렇게 떠맡게 된 청소 당번이 그닥 억울하거나 짜증스러울 수도 없었다. 그것은 일종의 즐거운 유희(즐겁게 놀며 장난함나 게임 같은 것이었고, 우리들의 첫 학교생활도 그만큼 부드러운 안정을

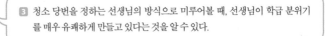

❸ 청소 당번을 정하는 선생님의 방식으로 미루어볼 때, 선생님이 학급 분위기를 매우 유쾌하게 만들고 있다는 것을 알 수 있다.

여러분, 집중해야 해요!

'국어 굴산' 선생님

얻어 갔다.

그런데 어느 날 오후, 그 노진 선생님이 그간 정년퇴직을 하고 지내시다 이 번에 며칠 간 서울에 머무르고 계시다는 한 옛 반 친구의 전화 통문(^{통지하는 문서})이 있었다. 거기다 전에도 가끔 찾아뵌 친구들이 있긴 하지만, 이번 기회에 옛 반 우들이 함께 선생님을 모셔 보자는 의견에 따라, 서울에 머무르고 있는 옛 제 자 7, 8명이 모처럼 선생님과 함께하게 된 자리가 이날의 회식 자리였다. 그러 니까 그 시절, 그런저런 반 관리나 아이들 지도법을 무슨 싱거운 기벽쯤으로 말하기는 뭣하지만, 어쨌거나 그 같은 선생님에 대한 추억들로 이날의 회식 자 리는 처음엔 그 분위기가 썩 부드럽고 즐거운 편이었다.

그런 류의 모임 자리가 대개는 그런 식이듯 어딘지 좀 싱겁고 의례적(^{형식이나 격식만을 갖춘 것})이기까지 한 느낌마저 없지 않았을 정도였다. 그런데 몇 순배(^{술자리에 서 술잔을 차례로 돌림}) 술잔이 비워지고 주 식사가 나왔을 때부터는 그런 분위기가 갑 자기 달라지기 시작했다. 선생님은 그때 상을 보아 주고 나가는 심부름꾼 아이 에게 빈 그릇 하나를 더 부탁하여 당신의 밥을 미리 반쯤이나 덜어내고 식사를 하셨는데, 그것을 보고 한 친구가 무심히 아는 체를 하고 나선 것이 그 첫 사단 (^{사고나 탈})이었다.

"근력이 썩 좋아 보이시진 못한 편이신데 진지라도 좀 많이 드시지 않으시구 요."

"전에도 선생님께선 늘 수저를 드시기 전에 먼저 진지를 많이 덜어내시던데 혹시 소식 요법(^{음식을 적게 먹어 병을 고치는 방법})이라도 계속하고 계신 거 아니신지요?"

먼저 친구에 이어 그동안 몇 차례 선생님을 찾아뵌 적이 있었다던 다른 한 친 구까지 뒷말을 거들고 나서는 소리에 선생님은 처음엔 별로 대수롭잖은 일처 럼 가벼운 웃음기 속에 대답을 대충 얼버무리고 넘어가셨다.

"아니, 이 나이에 무슨 건강 요법은……. 어쩌다 몸에 익어진 내 젊었던 적부 터의 버릇이랄까……."

그런데 그다음에 선생님의 표정이나 말씀이 좀 심상치가 않아 보이셨다.④

"문상훈 군……. 내 자네한텐 아직도 할 말이 없네.⑤ 그래, 자넨 그동안 큰 어려움 없이 잘 지내왔던가?"

제자들의 물음에 왠지 대답을 흐리고 계신 듯싶던 그 선생님의 눈길이 무심결에 문상훈이라는 한 운수 회사 봉직^(공직에 종사함)의 친구에게로 흐르시더니, 무언지 마음 속에 혼자 묻어온 생각⑥이 있으신 듯 그에게 조용히 묻고 계셨다.

그 선생님의 어조나 표정 속에 분명 이 때까지와는 유^(질이나 속성이 비슷한 것들의 부류)가 다른 어떤 그윽하면서도 새삼스런 감회^(지난 일을 돌이켜 볼 때 느껴지는 회포)의 빛이 어리고 있었다. 더욱이 일견 범연스레^(두드러진 데가 없이 평범함) 보일 수 있는 그 선생님의 물음 앞에 문상훈도 역시 이상하게 얼굴색이 붉어지며 다른 때의 그답지 않게 목소리가 숙연^(고요하고 엄숙하다)해지고 있었다.

"예, 선생님. 저야말로 그동안 선생님의 은덕^(은혜와 덕. 또는 은혜로운 덕)으로 자신을 이만큼이나마 이끌어온 것 같습니다. 하지만 전 선생님께서 그때 하신 말씀을 오늘까지 이렇게 잊지 않고 계실 줄은 몰랐습니다."

얼핏 들으며 무슨 선문답 같은 주고받음이었다.⑦ 그러나 우리는 이내 그 곡절^(순조롭지 아니하게 얽힌 이런저런 복잡한 사정)이나 까닭을 알게 됐다.

동시에 그 옛 시절 선생님의 또 다른 유희성 단속 놀음⑧ 한 가지를 떠올리고들 있었다. 다름 아니라, 그 시절 선생님은 우리들의 점심 도시락 단속에 유난히 더 열을 올리고 계셨다.

거의 종례 시간마다 도시락 통을 검사하여 점심을 거른 아이들에게 예의 벌 청소 일을 떠맡겨 버리곤 하셨다.⑨ 선생님은 장

수능에 나올 수 있어요!

'국어 귀신' 선생님

④ 늘 밥을 덜어내시는 선생의 식사 습관에 특별한 사연이 있음을 짐작할 수 있다.
⑤ 선생님이 제자 문상훈에게 미안한 마음을 간직하고 있음을 알 수 있다.
⑥ 제자를 생각하는 선생님의 따뜻한 마음을 알 수 있다.
⑦ 선생님과 문상훈 외에 다른 친구들은 몰랐던 특별한 사정이 있음을 알 수 있다.
⑧ 선생님이 아이들의 도시락 통 검사를 하는 일을 뜻한다.

난기를 띠시며 벌 청소감을 찾아 내셨지만, 그 어려운 시절 자취방을 얻어 지내는 지방 출신 아이들이나 집안 형편이 어려운 아이들에게는 그것이 여간 힘들고 거북한 부담이 아닐 수 없었다.

어린 시절의 건강을 보살펴 주시려는 선생님의 뜻은 충분히 이해를 하면서도 어쩔 수 없이 점심을 거르고 지내야 하는 몇몇 아이들에겐 그 서글픈 허기 속에 벌 청소까지 안겨 주는 선생님의 처사(일을 처리함. 또는 그런 처리)가 더없이 비정하고 원망스럽기까지 하였다.

그런데 그 선생님의 잦은 도시락 통 검사 행사가 언제부턴가 슬그머니 자취를 감추게 되고 말았다. 어느 날 그 행사 중에 일어난 한 무참스런(보기에 매우 부끄러운 데가 있다) 사건을 계기로 해서였다. 그날도 선생님은 종례 시간에 예의 벌 청소꾼을 모으기 위해 점심을 거른 아이들을 색출(샅샅이 뒤져서 찾아냄)해 내고 계시던 중이었다.

"선생님, 문상훈은 도시락을 싸 오지 않았으면서도 일어서지 않고 있어요."

종례 시간의 들뜬 분위기에다 벌 청소를 할 아이들의 수가 모자라는 것을 보고 그 상훈의 바로 뒤쪽 자리에 앉은 녀석이 제 앞 친구를 장난 삼아 고해바치고(어떤 사실을 윗사람에게 말하여 알게 하다) 나섰다. 그런 고자질에 상훈은 물론 제 책상 위에 꺼내 놓은 도시락 통을 증거로 얼굴을 붉혀가며 마구 화를 내었다.⑪ 그러자 기왕이미 그렇게 된 바에. 말을 꺼낸 뒷자리에 앉은 고발자도 지지 않고 가차 없는 증언을 계속했다.

"도시락은 늘 가지고 다니지만, 난 네가 한 번도 점심시간에 도시락을 꺼내 먹는 걸 못 봤다. 넌 종례 시간에만 도시락을 내놓고 벌 청소를 빠지더라……⑫"

드디어 선생님이 미심쩍은 얼굴로 그 사실을 확인하러 상훈에게 다가가신 건 그 때로선 매우 당연한 절차였다. 그리고 도시락 통 뚜껑을 열어 보라는 선

⑨ 아이들이 점심을 거르지 않기를 바라는 선생님의 마음이 담겨 있다.
⑩ 선생님의 선한 의도와는 달리 형편이 어려운 아이들의 사정을 고려하지 못해 몇몇 아이들이 곤란을 겪었다.
⑪ 문상훈은 자신의 어려운 처지가 드러날까봐 오히려 더 크게 화를 내고 있다.

생님의 말씀에 상훈이 우물쭈물 조금 열어 보인 그 도시락 통
속사정[12]은 선생님만이 비밀을 아신 채 두 녀석 간의 다툼은
그것으로 싱겁게 끝이 나고 말았다.

상훈의 도시락 통 속을 들여다보시고 난 선생님은 그날의 청소
당번도 다 정해 주지 않은 채 그대로 반 교실을 나가 버리신 것이었다.[14]

그 후로도 선생님이 그 일을 다시 입에 담으신 일은 한 번도 없었다. 하지만
그 선생님의 가혹한 도시락 검사와 점심을 거른 아이들의 벌 청소제가 사라진
것은 바로 그 일이 있은 이후부터였다.

그 후로 그 일을 입에 올리지 않은 것은 우리들 역시 마찬가지였다. 그러나
우리는 말을 하지 않더라도 그 두 녀석 간의 승패나 선생님만이 보고 마신 도
시락 통 속 비밀은 모를 사람이 없었다.

다만 우리는 그 후 선생님이 상훈을 따로 불러 스스로 은밀히 약속하신 일이
있었던 것을 몰랐을 뿐이다.

"이제는 그때 일을 털어놓아도 큰 허물(남에게 비웃음을 살 만한 거리)이 안 될 일 같아 말
씀드리겠습니다. 그 며칠 뒤엔가 선생님께선 조용히 교무실로 저를 불러 말씀
해 주셨지요."

서로가 한동안 아릿한(눈앞에 어려 오는 것이 아렴풋하다) 회상에 젖어
있던 선생님과 반 친구들 앞에 상훈은 이제 모두가 같은 생
각이 아니겠냐는 듯 거두절미 침묵을 깨고 그때의 일을 회
상하며 말했다.

"이제부터 나는 매끼 내 밥그릇의 절반을 덜어 놓고 먹기로 했
다. 비록 너나 네 어려운 이웃들에게 그것을 직접 나눌 수는 없더
라도 누가 너를 위해 늘 자기 몫의 절반을 나누고 있다는 것을

[12] 선생님이 늘 도시락 통 검사를 하셨기에 상훈은 빈 도시락 통을 가지고 다녔다.
[13] 도시락 통에 밥이 담긴 흔적이 없었고, 상훈은 도시락을 싸 가지고 다니지
   못할 만큼 형편이 어려웠다.
[14] 학생들의 가정 형편을 미처 고려하지 못한 자신의 경솔함을 깨달았기 때문
   이다.

'국어 골신' 선생님

기억해라. 그 밥그릇의 절반만큼한 마음이 언제고 너의 곁에 함께하고 있음을 알고 앞으로의 어려움을 잘 이겨 나가도록 하여라……' 선생님께선 그 몇 마디 말씀과 함께 제 등을 한 번 툭 건드려 주시는 걸로 다시 저를 돌려보내 주셨지요. 그리곤 다신 그 일을 아는 척을 않으셨고요……. 하지만 전 그 후로 언제 어디서나 그 선생님의 절반 몫의 양식을 제 곁에 가까이 느끼며 지내 왔습니다. 그리고 그 선생님의 사랑과 은덕(은혜와 덕)은 저뿐만 아니라 여기 우리들 모두가 그간 알게 모르게 함께 누려 왔을 것으로 믿고 있고요. 하지만 전 선생님께서 그때의 일을 잊지 않으시고 지금까지고 늘 그렇게 지내 오고 계실 줄은 정말 몰랐습니다.[15]"

바로 선생님의 그 덜어 놓기 '버릇'의 내력이었다. 말할 것도 없이 그건 어쩜 '소식 건강 요법'이나 어쩌다 몸에 익힌 당신의 '버릇'이기보다는 너무도 벅차고 뜨겁고 자애로운 은애(은혜와 사랑)을 아울러 이르는 말의 사연이었다.

싱거울 만큼 유쾌하기만 하던 회식의 분위기에 새삼스레 숙연한 감동이 깃들었을 것은 당연한 노릇이었다.[16] 그러나 선생님은 그것이 외려 더 불편하고 쑥스러우신 듯 어정쩡한 어조로 그 이야기의 뒤끝을 맺고 계셨다.

"그야 내 딴에 제법 생각이 없었던 일이 아니었지만, 아직 너무 세상사(세상에서 일어나는 일)를 몰랐었다 할까……. 그런 일을 당하고 보니 내 자신이 너무 설익고(충분하지 아니하게 익다) 모자라 보이기만 하더구먼. 그래, 무슨 교육자랍시고 제 설익은 생각을 남에게 강요하기보다, 우선 내 지닌 몫부터 절반만큼씩 줄여 나눠 가져 보자는 생각[17]에서였을 뿐인데, 그것을 그렇게 크게 받아들여 주었다니 내가 외려(오히려'의 준말) 고맙고 민망스러워지네그려. 하긴 나도 그 덕에 좋은 건강법을 익힌 셈이고, 요즘같이 교육계가 난경(어려운 경우나 처지)을 빚고 있는 마당에선 제 몫의 밥그릇을 절

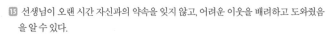

내신 준비 철저히 하자고요!

'국어 공산' 선생님

[15] 선생님이 오랜 시간 자신과의 약속을 잊지 않고, 어려운 이웃을 배려하고 도와줬음을 알 수 있다.
[16] 도시락 통 사건에 얽힌 이야기를 통해 회식 자리의 분위기가 전환되었다.
[17] 선생님이 자신의 밥그릇의 밥을 덜어내는 것을 의미한다.

반으로 줄여 살기도 쉬운 일만은 아닐 것 같아 보이네만. 그렇다고 그게 어디 이런 식의 치하(남이 한 일에 대하여 고마움이나 칭찬의 뜻)을 표시함까지 받아야 할 일인가. 허 허……"

18 선생님은 그간 자신이 해온 선행을 대수롭지 않게 여기고 있다.

'국어 공신' 선생님

내신·수능 만점 키우기 --------

1 작가 소개 --------

작가 이청준(李淸俊, 1939~2008)은 1965년에 『사상계』 신인상에 「퇴원」으로 당선되어 등단하였다. 초기작 「병신과 머저리」(1966), 「굴레」(1966), 「석화촌」(1968), 「매잡이」(1968) 등에서는 진실을 가로막는 억압의 실체를 탐구했으며, 정치·사회적인 메커니즘과 그 횡포에 대한 인간 정신의 대결 관계를 주로 형상화하였다. 주요 작품으로는 「시간의 문」, 「소문의 벽」, 「떠도는 말들」, 「이어도」, 「서편제」, 「당신들의 천국」 등이 있다.

2 핵심 정리 --------

○ 다음 내용에서 괄호 안에 알맞은 답을 쓰시오.

갈래	단편 소설, 현대 소설
성격	교훈적, 회고적
배경	·시간적 배경 : (❶)년대와 현재가 교차됨 ·공간적 배경: 지방 도시 (❷)
시점	·(❸) 시점
제재	·(❹)
주제	·제자에 대한 선생님의 ❺( )과 ( ), 어려운 이웃을 생각하는 (❻)
특징	·현재와 과거가 (❼)되는 형식으로 구성됨. ·(❽)적인 제목을 통해 어려운 이웃을 생각하는 마음을 표현함.

3 이 글의 짜임 --------

○ 다음 내용에서 괄호 안에 알맞은 답을 쓰시오.

구분	소설 구성 단계에 따른 갈등 양상 단계와 내용
발단	중학교 시절 담임 선생님과 함께한 (❶) 자리 (현재)
전개	과거에 반 아이들을 즐겁게 보살펴 주신 선생님과 의례적인 느낌의 회식을 이어가던 중, 밥을 반쯤 덜어내고 식사를 하는 선생님의 모습을 발견
위기	선생님의 (❷) 검사 (과거)
절정	밥그릇의 절반을 덜어 놓겠다는 선생님의 (❸)
결말	숙연한 감동이 깃든 회식 자리

◈ 그래픽 구조로 한 번 더 글의 짜임 이해하기

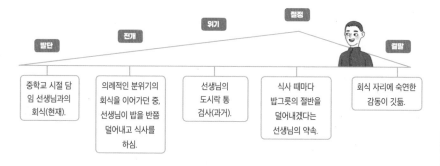

발단	전개	위기	절정	결말
중학교 시절 담임 선생님과의 회식(현재).	의례적인 분위기의 회식을 이어가던 중, 선생님이 밥을 반쯤 덜어내고 식사를 하심.	선생님의 도시락 통 검사(과거).	식사 때마다 밥그릇의 절반을 덜어내겠다는 선생님의 약속.	회식 자리에 숙연한 감동이 깃듦.

4 소설의 특성과 전개 과정에 따른 변화 양상

1 주요 인물 소개 및 특성

◎ 다음 각 인물에 대한 올바른 설명을 연결하시오.

그룹 채팅(주요 인물 소개)

노진 선생님 ㉮ ㉠

어려운 가정 형편에도 선생님의 따뜻한 배려로 인해 엇나가지 않고 잘 성장하는, 선생님의 배려를 가슴 한편에 지니고 살아가는 인물.

문상훈 군 ㉯ ㉡

아이들을 근엄하게 대하기보다 친근하고 장난스럽게 대하며, 자신이 잘못한 일에 대해 반성할 줄 아는 사람. 잘못을 성찰한 뒤 사과할 줄 알고 자신과의 약속을 끝까지 지킨다. 제자의 칭찬에도 겸손하며 다른 사람을 사랑하고 배려할 줄 아는 모습으로 잔잔한 감동을 주는 인물.

반 친구 ㉰ ㉢

가정 형편이 어려워 도시락을 못 싸오는 친구를 배려하기보다는, 가짜 도시락으로 벌 청소를 면하려는 친구를 고자질하는 인물. 문상훈과 외적 갈등과 소설 속 주요 사건의 발단을 일으킨다.

2 사건 전개에 따른 선생님의 심리 변화

o 다음은 사건 전개에 따른 선생님의 심리 변화이다. 카톡 대화를 하듯 ①~③에 알맞은 답변을 쓰시오.

 국어 공신

선생님, 그때 반에서 도시락 통 검사는 왜 하셨나요?

1

 노진 선생님

 국어 공신

그런데 왜 밥을 절반 덜어내는 방법을 선택하셨나요? 기부라던가 다른 방법도 있지 않았을까요?

2

 노진 선생님

 국어 공신

아, 그러셨군요. 저는 선생님의 깊은 뜻도 모르고, 그저 '저 방법이 과연 어려운 사람들에게 도움이 될까?'라는 생각을 했었어요.

3

 노진 선생님

5 창의융합 학습 이해하기

○ 내가 만약 회식 자리에 참석해 문상훈과 선생님의 대화를 들었다면, 회식이 끝나고 선생님께 어떤 문자를 보낼까요?

6 '노진 선생님'의 뇌 구조

○ 책 내용을 참고하여 '노진 선생님'의 뇌 구조를 자유롭게 작성해봅시다.

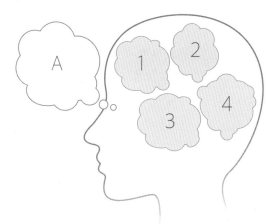

정말 꼭 알아야 해요!

Ⓐ - 누군가가 늘 자기 몫의 절반을 나누고 있음을 기억해라.

❶ - 아이들의 건강을 위해서 도시락 통 검사를 한 건데 내 생각이 짧았어.

❷ -

❸ - 그동안 상훈이가 얼마나 마음고생을 했을까……

❹ -

◦ 다음 문제를 읽고, 서술형으로 답해봅시다.

1 이 소설의 시간적 배경은 1950년대입니다. 작가가 왜 소설의 시간적 배경을 이때로 잡았을지 생각해보고, 만약 이 소설의 배경을 현재로 바꾼다면 소설 속 상황 설정을 어떻게 바꾸면 좋을지 생각해 봅시다.

2 1950년대 우리나라의 경제 상황은 어떠했고, 결식아동은 얼마나 많았을까요?

1950년 당시 대한민국의 산업 대외 의존도는 90%로 공업 생산량은 일제 강점기 말의 절반 수준에도 못 미쳤습니다. 1960년에도 농촌 지역의 82%, 서울 지역의 39%가 전기가 들어오지 않았다고 하니 1950년대에는 더 심각한 상황이었을 테지요. 따라서 1950년대는 전체 국민의 절반이 (㉠   )이었을 정도입니다. 당연히 결식아동 문제도 굉장히 심각했는데요. 당시 (㉡   )은 무려 70만 명에 달했습니다.(1956년 4월) 한 예로 죽산 국민학교에서는 학생 922명 중 210명이 하루 한 끼를, 135명이 하루 두 끼를 굶고 있었다고 합니다. 이런 상황에서 웃지 못할 헤프닝도 벌어졌는데요. 경기도 안성군 백성 국민학교에서 배고픔을 견디다 못한 아이들이 교정에 있는 등나무를 칡뿌리로 잘못 알고 벗겨 먹다가 27명이 중독되는 사건이 벌어진 것입니다.(1957년 5월) 당시에 우리나라가 얼마나 어렵고 힘들었는지 짐작이 가지요?

<강준만/한국 현대사 산책 1950년대 편 3권 참고>

3 이 소설 속의 두 등장인물인 문상훈 군과 선생님에게 '밥'은 각각 어떤 의미를 가질 지 생각해 봅시다.

内신 준비!

ZAP!

> ㉠ '문상훈 군'에게 '밥'이란?
>
>
>
>
> ㉡ '노진 선생님'에게 '밥'이란?

8 토론해 보기

지구력을 발휘해 주세요!

○ 다음 논제를 파악한 후 주장과 근거를 서술하시오.

논제 : 선생님의 밥그릇 덜기는 과연 어려운 이웃을 돕는 좋은 방법일까요? 자신의 생각을 이야기해 봅시다.

집중!

BAAM!

논제	좋은 방법이다.	좋은 방법이 아니다.
주장		
근거		

간단히 내용 파악하기 --------------------------------

○ 다음 문제를 읽고 올바른 내용에는 O, 틀린 내용에는 X 표시를 하시오.

1 이 작품의 시대적 배경은 현재와 과거(1950년대)를 오가며 나타난다. [O | X]

2 노진 선생님은 보수적이고 권력적이다. [O | X]

3 문상훈은 부모님이 안 계셔서 도시락을 싸오지 못했다. [O | X]

4 선생님은 회식 자리에서 상훈이 뒷자리에 앉은 녀석에서 사과하라고 강요했다.
[O | X]

5 이 소설의 주제는 '어렵고 궁핍하던 학창 시절 따뜻하고 지혜롭게 학생들을 보살펴
주신 선생님의 은혜'이다. [O | X]

○ 다음 문제를 읽고 올바른 답을 단답형으로 작성하시오.

1 선생님은 그날그날 종례 시간에 갑작스런 벌칙을 마련해 해당 아이들에게 무엇을
시켰나요?

[   ]

2 이 소설의 구성 방식은 무엇인가요? (현재-과거-현재)

[   ]

3 선생님은 상훈과 어떤 약속을 했나요?

[   ]

4 이 소설의 성격은 무엇인가요?

[   ]

5 선생님께서 밥그릇의 절반을 덜어 놓고 먹기로 한 것의 의미는 무엇인가요?

[   ]

🙂 실전 문제로 작품 정리하기 --------------

1 회식 자리의 분위기가 바뀌게 된 과정으로 적절하지 <u>않은</u> 것은?

① 선생님이 당신의 밥을 반쯤 덜어내셨다.
② 제자들은 선생님이 왜 밥을 덜어내시는지 궁금해했다.
③ 선생님의 말투나 표정은 계속 엄숙했다.
④ 감회에 젖은 선생님이 문상훈 군에게 안부를 물었다.
⑤ 선생님의 질문에 문상훈 군이 숙연한 목소리로 말했다.

2 이 소설의 내용으로 적절하지 <u>않은</u> 것은?

① 회식 자리는 화기애애한 분위기였다.
② 과거, 선생님이 상훈의 도시락 통을 검사한 이후 다시는 도시락 통 검사를 하지 않으셨다.
③ 상훈의 도시락 통의 비밀은 오직 선생님만이 알고 계셨다.
④ 선생님이 상훈의 도시락 통을 검사한 후 벌 청소제가 사라졌다.
⑤ 선생님은 겸손하며 자신의 실수를 인정하고 반성할 줄 아는 사람이다.

3 이 소설의 구성 방식에 대한 설명으로 적절한 것은?

① 상징적인 제목으로 주제를 암시한다.
② 시간의 흐름에 따라 순차적으로 사건이 진행된다.
③ 독립적인 이야기들이 이어져 하나의 이야기가 되는 구성이다.
④ 주인공이 꿈을 꾸면서 자신의 이상을 실현하거나 신비한 경험을 하고 꿈에서 깨어나 깨달음을 얻는 구성이다.
⑤ 등장인물이 하는 생각의 흐름에 따라서 이야기를 전개하는 구성이다.

4 노진 선생님의 삶을 내면화한 학생의 반응으로 알맞은 것은?

① 연이: 모르는 단어가 많아서 사전을 찾아가며 이 소설을 감상해봤어.
② 훈이: 고의는 아니었지만 나 역시 무심코 다른 사람에게 상처를 준 적은 없는지 생각해봤어.
③ 유리: 이 소설이 쓰인 시대적 배경을 생각하며 감상해봤어.
④ 윤석: 서술자를 3인칭으로 설정하면 소설의 분위기가 어떻게 바뀔지 생각해봤어.
⑤ 정한: 이청준 작가의 다른 작품들과 비교하며 어떤 점이 비슷하고 다른지 생각해봤어.

○ **다음 글쓰기 논제를 읽고, 한 편의 글을 완성하세요.**

<보기>를 읽고, 나는 어려운 이웃들을 위해 어떻게 도왔는지 또는 아직 어려운 이웃을 도운 경험이 없다면 어떻게 그들을 위해 노력할 수 있는지 서술해보세요.

보기

선생님은 자신의 밥그릇에서 밥 반을 덜어낸다고 해서 그 밥이 가난하거나 힘든 사람에게 전달되지는 않는다고 말합니다. 그렇습니다. 직접 어려운 사람을 돕는 것이 아닌데 왜 선생님은 자신의 밥그릇에서 반을 덜어낸다고 한 것일까요?

자신의 밥그릇에서 반그릇을 덜 지은 만큼 쌀을 모아 다른 어려운 이들에게 전달한다면 어떨까요? 이렇게 자신의 몫을 누군가에게 나눠주면 도움을 받은 이들은 용기를 내고 그만큼 더 노력해서 어려움을 이겨내고 살아가지 않을까요? 그러나 현실에서는 나의 도움이 어려운 이웃들에게 직접 전달되고 있는지, 또 어려운 이웃들이 제대로 도움을 받고 있는지 확인하기가 쉽지 않습니다.

이 소설은 선생님을 통해 그러한 고통과 어려움을 알고 이해하며 절대 용기를 잃거나 좌절하지 말라는 가르침을 줍니다. 문상훈 군이 힘들 때 선생님은 물질적 도움보나는 따뜻한 말과 가르침으로 그 어려움을 잘 극복하라고 한 것 같습니다.

즐겁게
글쓰기 해보아요!

선생님의 따뜻한 한마디,
평생을 가슴에 품은 사랑으로……,

〈선생님의 밥그릇〉은 어렵고 궁핍했던 학창 시절, 따뜻하고 지혜롭게 보살펴주신 선생님의 은혜를 짧고 강렬하게 그려냈습니다. 하지만 요즘 학생들은 쉽게 공감하지 못할 수도 있습니다. 오늘날에는 도시락을 싸 가지고 다니지 않을 뿐 아니라 먹을 것이 풍부해 굶는 걱정보다는 살찔 걱정이 더 큰 시대가 되었기 때문입니다. 또한 선생님에 대한 존경과 은혜는 예전만큼 느끼기도 어려운 시대가 되었습니다. 이러한 시대적 흐름에서 우리 학생들이 얼마나 〈선생님의 밥그릇〉을 이해하고 공감할 수 있을까요? 그래도 다행인 것은 부모님들 세대는 충분히 공감할 것이라 생각합니다. 그런 면에서 이 소설은 학생과 부모님이 함께 읽으며 세대 차이를 좁혀 갈 수 있고, 선생님에 대한 존경과 고마움을 느끼게 한다는 점에서 참 좋은 작품이라 생각합니다

가난했던 지난 시절을 생각해보면, 먹고사는 문제가 참 중요했습니다. 그래서 먹을 것을 조금이라도 남기는 것은 옳지 못한 일이라 생각하며 도시락 검사를 했습니다. 하지만 문상훈은 도시락을 싸오지 못할 만큼 집안 사정이 좋지 못해 늘 빈 도시락 통을 올려둡니다. 어쩌면 상훈은 청소를 하기 싫어서가 아니라, 먹지 못해 청소할 힘조차 없었던 것은 아닐까요? 그래서 빈 도시락 통을 꼭 가지고 다녔던 것은 아닐까요? 상훈에게는 자신의 생존과 관련된 문제였기 때문에 참 심각한 일이었을 것입니다. 또 친구들에게 그러한 사실을 들키고 싶지도 않았을 것입니다. 하지만, 뒤에 앉은 친구가 고자질한 덕분(?)에 상훈은 잠깐 자존심이 상했지만 선생님과의 평생 잊지 못할 가슴의 약속을 사랑으로 간직하고 살았던 것입니다. 그래서 37년이 지난 현재에도 그 마음을 간직하며 나누며 사는 사람이 되지 않았을까요? 그리고 선생님은 상훈의 도시락 검사에 대한 미안함으로 평생을 밥그릇의 밥을 반으로 나누며 사는 사람, 자신의 모든 것을 나누는 삶을 실천하는 사람이 되었습니다. 우리도 〈선생님의 밥그릇〉을 읽으며 함께 나누는 삶, 선생님에 대한 존경과 사랑을 간직해보는 것은 어떨까요?

✦ 꿩 ✦

용이

작가에 대해 알아볼까요?

이오덕
1925~2003

1925년 경북 청송 출생으로 열아홉 살에 교사 생활을 시작해 예순한 살이던 1986년 2월까지 마흔두 해 동안 아이들을 가르쳤다. 교사라는 작가의 직업이 반영돼서 작품 전체에 어린이를 사랑하고 아끼고 돌보는 모습이 나타난다. 우리말 연구소 대표를 역임하면서 우리말 글쓰기 교육운동과 우리말 연구에 힘썼다. 저서로는 〈우리 문장 바로쓰기〉, 〈우리글 바로쓰기〉가 있고, 〈진달래〉, 〈포플러〉 등 가난한 어린 시절, 농촌 아이들의 생활상을 그린 작품을 주로 썼다.

초등학교 4학년, 아버지가 남의 집 머슴
살이를 하는 것을 부끄러워하며, 학교에
서 아이들의 책 보퉁이를 메고 다니기 싫
어 학교에 가지 않으려는 인물이야.

용이

VS

사내아이라면 당연히 초등학교는 졸업해
야 한다며, 순이처럼 글 한 자도 모르면
절대 안 된다고 생각하는 인물이야.

용이 어머니

VS

용이가 머슴의 자식이므로 남의 짐을 나
르는 것을 당연하게 생각해. 용이에게 자
신의 책 보퉁이를 맡기며 용이와 갈등을
일으키는 인물들이야.

아이들

'국어 공신' 선생님의 감상 꿀팁!

이 작품은 편견에 당당하게 맞서 싸우는 용이의 이야기야. 아버지가 머슴이면 자식도 머슴이
어야 한다는 생각을 깨고 용기 있게 태도 변화를 보이면서 맞서는 용이의 모습이 극적으로 잘
표현되어 있어.

'국어 공신' 선생님

꿩

편견에 맞서는 용이의 용기 있는 행동에 감동했어.

"엄마, 정말 나 이젠 학교 안 갈래요. **❶**"

김이 모락모락 오르는 보리밥 그릇을 무릎 앞에 놓고 먹을 생각도 않는 용이가 투정을 부렸습니다. "야가 또 이런다? 지발 어미 속 그만 썩혀라. 3년이나 다닌 학교를 그만두면 어쩔래? 순이 봐라. 글 한 자도 모르제. 순인 기집애라서 그래도 괜찮지. 사내가 국민학교도 졸업 못하면 어떡할라고."

순이는 뒷집 아이입니다. 작년에 학교에 입학했는데, 하도 아이들이 곰보딱지(얼굴이 몹시 얽은 사람을 놀림조로 이르는 말) 라고 놀려서 한 달도 다니지 못하고 학교를 그만두었습니다. 가까이에서 보면 얼굴이 조금 얽었습니다. 그래서 순이는 요즘 아침밥만 먹으면 책 보퉁이 대신 바구니를 들고 혼자 들로 나갑니다. 냉이를 캐는 것입니다.

"나도 이젠 4학년 됐잖아요? 남의 책 보퉁이 **❷**만 메고 다니는 거 부끄럽다니까요."

"글쎄, 그거 늘 하는 소리제. 지발 좀 참아라. 아이구, 없는 기 원수지. 그놈 애들이 왜 그렇게 못 살게 하나!"

어머니도 밥숟갈을 들 생각을 않으시고 한숨을 쉬시다가 또 말을 이었습니다.

---

❶ 용이는 아버지가 머슴살이를 하기 때문에 아이들 사이에서도 아버지처럼 심부름을 해야 하는 처지에 놓여 있다. 학교 가는 길에 아이들의 책 보퉁이를 날라주어야 하기 때문에 학교에 가기 싫어한다.

❷ 용이와 아이들 사이에 갈등이 일어나게 되는 계기이다.

"야아, 너 아부지도 올해나 남의 일을 하면 그만두실 끼다. 한 해만 참아라, 부디 한 해만⋯⋯."

용이는 아버지가 남의 집 머슴살이^(남의 머슴 노릇을 하는 일)를 올해만 하면 그만두신다는 말에 귀가 번쩍 열렸습니다.

"정말 그만둬요? 올해만 하고?"

"너 장랠 생각해서도 그만두시게 해야지. 남의 산전^(山田)을 얻어서 죽을 먹더래도⋯⋯."

용이는 된장국에 보리밥을 말더니 단숨에 퍼 먹고는➌ 책 보퉁이를 허리에 둘러매고 일어났습니다.

"올해만 참으면 된다!"

"용아, 빨리 나와!"

바깥에서는 벌써 아이 하나가 기다리고 있었습니다. 마을 앞을 지났을 때는 여러 아이가 되었습니다.

"야들아, 오늘은 우리, 고개 위에서 참꽃^(먹는 꽃이라는 뜻으로, 진달래를 개꽃에 상대하여 이르는 말) 좀 꺾어 가자!"

"아직 꽃도 안 폈는 걸?"

"병에 꽂아두면 빨리 핀다."

"그래, 꺾어 가자. 교실이 환하게."

모진 겨울을 이겨낸 보리들이 새파랗게 살아난 밭둑 길을 걸어가면서➍ 아이들은 모두 어깨를 우쭐거리며 '향토 예비군^(마을을 지키기 위해 1968년부터 편성한 비정규군)의 노래'를 소리쳐 불렀습니다. 그러다가 산기슭을 돌아 고갯길을 오르기 시작했을 때 그들은 모두 용이 발 밑에 책 보퉁이를 던졌습니다. 3년 동안 용이 어깨에 매달려 재를 넘어가고 넘어오던 책 보퉁이들입니다. 용이 아버지가 같은 동네에서 머슴살이를 하고 있기 때문에 아이들은 모두

➌ 아버지가 머슴살이를 그만두신다는 말에 기운이 난다.
➍ 향토적 분위기를 드러낸다.

'국어 공신' 선생님

용이까지 남의 짐을 날라주어야 하는 것으로 생각하고 있는 것입니다.

"자, 인마, 너 인제 4학년이 돼서 기운도 세졌잖아. 하나 더 날라라."

지금까지 같은 반의 아이들만 그렇게 하던 것이 오늘은 한 학년 위의 성윤이까지도 따라와 커다란 책 보퉁이를 놓고 갑니다.

책 보퉁이는 용이 제 것까지 모두 일곱 개나 되었습니다.

책 보퉁이가 없게 된 아이들은 모두 소리치면서 산길을 달려 올라갔습니다.

"올해만 참자!⑤"

용이는 언제나처럼 바위 밑에 가서 참나무 지겟작대기를 찾아와 책 보퉁이를 모두 꿰어 달았습니다. 그러고는 어깨로 가운데를 메고 올라가기 시작했습니다. 아침 햇빛이 산 위에서 쫙 비쳐 내렸습니다.

고갯마루⑥ (고개에서 가장 높은 자리) 까지는 산허리산(둘레의 중턱)를 세 번이나 돌면서 올라가야 합니다. 더구나 오늘은 책 보퉁이가 모두 한 학년씩 올라가서 그런지 굉장히 무겁습니다. 용이는 첫굽이를 돌아가기도 전에 마른 잔디 위에 앉아 쉬어야 했습니다.

이렇게 무거운 짐을 날마다 메고 올라가야 하니 기가 막힙니다. 더구나 5학년의 성윤이까지 맡기기 시작했으니 이러다가 올해는 지게로 져다 날아야 할지 모릅니다. 이걸 어떻게 하나?⑦

저 밑에서 따라 올라오던 2학년, 3학년 아이들이 모두 책 보퉁이를 허리에 둘러매고 용이를 앞질러 올라갑니다. 그 아이들은 용이를 돌아보면서 저희들끼리 수군거렸습니다.

"헤헤, 4학년이 됐다는 아이가 남의 책 보퉁이나 메다 주고……."

"참 못난 아이제."

여러분, 집중해야 해요!

'국어 글신' 선생님

⑤ 용이는 아버지가 머슴 일을 한다는 이유로 아이들의 책 보퉁이를 들어주며 고생하고 있다. 아버지가 머슴 일을 올해 그만두시면 용이도 더 이상 책 보퉁이를 들어주지 않아도 되기 때문에 자신을 다독이고 있다.
⑥ 용이와 아이들의 갈등이 최고조에 이르는 배경이다.
⑦ 책 보퉁이 나를 일을 걱정하는 용이의 마음이 드러난다

모두 이런 말로 수군거리는 것 같았습니다. **8**

'뭐, 못난 아이라고?'

용이는 화가 났습니다. **9** 벌써 고개 위로 다 올라갔는지 아이들의 고함소리가 산 위에서 들려왔을 때, 용이는 눈앞에 있는 책 보**10** 통이를 그냥 콱콱 짓밟아 버리고 싶은 충동이 났습니다. 발 밑에 돌멩이 하나가 밟혔습니다. 용이는 벌떡 일어나 그 돌멩이를 집어 힘껏 골짜기 아래로 던졌습니다. 돌멩이가 저 밑에 떨어지자, 갑자기 온 산골을 뒤흔드는 소리를 치면서 커다란 뭉텅이 하나가 솟아올랐습니다.

"꼬공 꼬공 푸드득!"

그것은 온 산골의 가라앉은 공기를 뒤흔들어놓고 하늘을 날아오르는, 정말 살아 있는 목숨이 부르짖는 소리**11**였습니다.

'야, 참 멋지다!'

날개를 쫙 펴고 꽁지를 쭉 뻗고 아침 햇빛에 눈부신 모습으로 산

수능에 나올 수 있어요!

'국어 귀신' 선생님

8 다른 아이들이 하는 말을 추측하고 있다. 용이의 자격지심이 드러난다.

9 용이는 아버지가 머슴살이를 한다는 이유로 아이들의 책 보통이를 억지로 들고 있을 뿐 아니라 그러한 자신의 처지 때문에 괴롭힘에 제대로 맞서지 못하는 사실에 힘들어 하고 있다.

10 속상하고 분노한 용이의 심리를 드러낸다.

11 꿩이 힘차게 날아가는 소리가 용이에게 힘을 줬다.

을 넘어가는 꿩을 쳐다보는 용이
의 온몸에 갑자기 어떤 힘이 솟구쳤습니
다.[12] 용이는 그 자리에서 한번 훌쩍 뛰어 올라
보았습니다. 하늘에라도 날아오를 듯합니다. 용이는
발에 채는 책 보퉁이 하나를 집어 들었습니다. 그리고 그것
을 하늘 위로 던졌습니다.[13]

횡! 공중에서 몇 바퀴 돌던 책 보퉁이가 퍽 소리를 내면서 골짜기에
떨어졌을 때, 용이는 두 번째 책 보퉁이를 잡아 던졌습니다. 또 하나, 또 하
나…… 마지막에 던진 작대기는 건너편 벼랑의 소나무 가지를 철썩
치도록 멀리 떨어졌습니다.

"됐다!"

용이는 이제 하늘이 탁 트이고 가슴이 시원해져서, 저 건너 산
을 보고 "하하하." 웃었습니다.

떠가는 구름을 따라 마구 날아갈 것 같았습니다.

'내가 정말 못난이였구나! 이제 다시는 그런 짓[14] 안 한

'국어 공신' 선생님

---

[12] 생명력이 넘치는 꿩의 모습은 부당한 상황을 참고 견디던 용이에게 자신
감을 주었다. 용이는 꿩의 모습을 보고 아이들의 괴롭힘에 당당히 맞설 수
있는 힘이 생겼다.

[13] 부당한 것에 맞서 용감하게 저항하고 있다.

[14] 다른 사람들의 책 보퉁이를 들어주는 일을 말한다.

다!'

용이는 제 책 보퉁이만 허리에 둘러맸습니다. 그러고는 고갯마루를 한번 쳐다보더니 날 듯이 뛰어올랐습니다.

고갯마루에는 아이들이 앉아 기다리고 있었습니다. 모두 손에 참꽃 가지를 한 줌씩 꺾어 들었습니다.

어떤 가지는 벌써 불그레한(옅게 불그스름한) 봉오리가 피어나려고 했습니다.

"어, 용이가 빈손으로 오네?"

"정말 저 자식이?"

"인마, 책 보퉁이 모두 어쨌나?"

용이는 아무 말이 없이 그냥 올라오고만 있었습니다. 아이들이 용이를 빙 둘러쌌습니다.

"너, 책 보퉁이 어쨌어?"

"이 자식, 죽고 싶나? 빨리 말해!"

용이는 아이들을 한 번 둘러보고는 조용히, 그러나 힘찬 소리로 말했습니다.[15] 이상하게도 책 보퉁이를 모두 날리고 나니 마음이 가라앉는 것이 조금도 겁이 나지 않았습니다.

"너희들 책보 말이제? 저 밑의 두꺼비 바위 아래 던져넣었어."

"뭐? 이 자식이!"

"이 자식 돌았나?[16]"

"빨리 못 가져오겠나?"

그러나 용이는 여전히 조용한 소리로 말했습니다.

"나, 이젠 못난 아이 아니야![17]"

"어, 이 자식이"

"요런 머슴의 자식이……."

여러분, 집중해야 해요!

'국어 굴신' 선생님

[15] 전과는 다르게 용이는 당당하고 자신감 넘치는 모습을 보여주고 있다.
[16] 달라진 용이의 행동에 아이들이 당황하고 놀라고 있다.
[17] 스스로에 대한 자신감을 보여준다.

"나쁜 자식! 맛 좀 볼래?"

아이들의 발과 주먹이 용이를 향해 덮쳐왔을 때, 용이는 번개같이 거기를 빠져나와 몇 걸음 발을 옮기더니, 발밑에 있는 돌을 두 손으로 한 개씩 거머쥐고는 거 있는 커다란 바윗돌 위에 껑충 뛰어올랐습니다. 그 몸놀림이 어찌나 재빠른지, 아이들이 모두 놀랐습니다. 지금까지의 용이와는 아주 다른 딴 아이였습니다. **⑱**

"자, 덤빌람 덤벼! 누구든지 오는 놈은 이 돌로 박살낼끼다!"

아이들이 입을 벌리고 어쩔 줄 모르고 서 있을 때, 뒤에서 한 아이가,

"난, 내 책보 가질러 갈란다.**⑲**"

하고 달려갔습니다. 그 소리에 다른 아이들도 모두 정신이 돌아온 것처럼,

"나도 간다."

"나도 간다."

하고 달려갔습니다.

"이놈 자식, 두고 봐라."

맨 마지막에 내려가면서 성윤이가 말했습니다.

"오냐, 인마, 얼마든지 봐준다." 용이 목소리는 한층 크고 자랑스러웠습니다.

아이들은 모두 '와아!' 하고, 아까 올라온 길을 내려가는 뒷모습을 보면서 용이는 또 한 번 가슴을 확 펴고 '하하하' 웃었습니다.

"난 이젠 못난 아이 아니야!" 그러고는 다시 혼잣말로 중얼거렸습니다.

"내일 아침에는 순이를 데리고 오자. 순이를 놀리는 녀석은 어떤 녀석이고 용서 안 할 끼다.**⑳**"

용이는 돌아서서, 햇빛이 눈부신 내리받이^{(비탈진 곳의 내려가는 방향, 또는 그런 방향에 있는 부}

---

⑱ 자신감과 용기로 달라진 용이의 모습이다

⑲ 아이들은 당당한 용이에게 더 이상 맞서지 못하고 있다.

⑳ 용이는 스스로에게 자신감이 생겨 자신처럼 괴롭힘을 당했던 약한 아이들을 돕겠다는 생각이 들어 순이를 도와주려 한다.

내신 준비해요!

'국어 공신' 선생님

^{분)} 길을 바라보았습니다. 이제는 단숨에 학교까지 뛰어갈 듯합니다. 하늘에는 하얀 구름 한 송이가 날고 있습니다.

용이는 훌쩍 한 번 뛰더니 마구 두 팔을 내저으면서 내리 달렸습니다. 그것은 마치 한 마리의 꿩이 소리치면서 하늘을 날아오르는 모습과도 같았습니다. [21]

[21] 자신감을 찾은 용이의 당당한 모습을 인상적으로 표현하기 위해 용이를 '꿩'의 모습에 비유하고 있다.

'국어 공산' 선생님

OOPS!

내신·수능 만점 키우기

1 작가 소개

작가 이오덕(1925~2003)은 경북 청송 출생으로 우리말 연구소 대표를 역임하면서 우리말 글쓰기 교육운동과 우리말 연구에 힘썼다. 저서로는 <우리 문장 바로쓰기>, <우리글 바로쓰기>가 있고, <진달래>, <포플러> 등 가난한 어린 시절, 농촌 아이들의 생활상을 그린 작품을 주로 썼다.

2 핵심 정리

◎ 다음 내용에서 괄호 안에 알맞은 답을 쓰시오.

갈래	성장 소설, 단편 소설
성격	교훈적, 향토적
배경	· 시간적 배경 : 1950년대 · 공간적 배경 : 어느 시골 마을
시점	· 3인칭 (**1**)시점
제재	· 꿩
주제	· 주제 : (**2**)에 맞서 얻은(**3**)
특징	· (**4**)이라는 소재를 통해 주인공의 (**5**) 변화를 잘 드러냈다. · 주인공의 (**6**) 변화가 극적으로 잘 표현됐다.

3 이 글의 짜임

◎ 다음 내용에서 괄호 안에 알맞은 답을 쓰시오.

구분	소설 구성 단계에 따른 갈등 양상 단계와 내용
발단	4학년이 된 첫날, 용이가 (**1**)에 가지 않겠다고 투정을 부림
전개	아버지가 (**2**)를 올해까지만 하겠다는 말을 듣고, 학교에 가기로 마음을 먹음
위기	학교 가는 길, 고갯길에서 아이들이 용이에게 (**3**)를 맡기지만 용이는 남의 (**3**)를 메고 싶지 않아 화가 남
절정	큰 소리를 내고 하늘로 나는 (**4**)을 보고 용이는 힘을 내 책 보퉁이를 나는 (**4**)처럼 하늘로 던짐
결말	용이가 아이들에게 (**5**)하게 맞섬

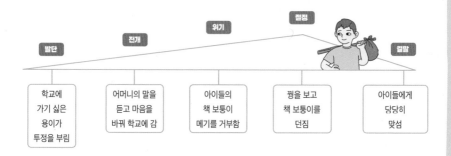

발단	전개	위기	절정	결말
학교에 가기 싫은 용이가 투정을 부림	어머니의 말을 듣고 마음을 바꿔 학교에 감	아이들의 책 보퉁이 메기를 거부함	꿩을 보고 책 보퉁이를 던짐	아이들에게 당당히 맞섬

4 소설의 특성과 전개 과정에 따른 변화 양상

1 주요 인물 소개 및 특성

○ 다음 각 인물에 대한 올바른 설명을 연결하시오.

그룹 채팅(주요 인물 소개)

용이
㉮

㉠ 사내아이가 초등학교 졸업을 못해서는 안 된다며 용이를 타일러 학교에 보내려는 인물

어머니
㉯

㉡ 아버지가 동네 머슴살이를 한다는 이유로 매일 동네 아이들 책 보퉁이를 대신 메주고 있지만 어느날 날아가는 꿩을 보고 용기를 내어 아이들 앞에서 당당히 자신의 입장을 밝히는 인물

아이들
㉰

㉢ 아버지가 머슴살이 하니까, 용이도 머슴처럼 책 보퉁이를 메라고 하는 인물

2 사건 전개에 따른 용이의 심리 변화

● 다음은 사건에 따른 용이의 심리 변화이다. 카톡 대화를 하듯 ①~②의 알맞은 답변을 쓰시오.

그룹 채팅(용이의 심리) Q ≡

국어 공신
용이는 왜 학교를 가기 싫은 거야?

용이
1

국어 공신
그래서 용이 마음은 어땠어?

용이
매일 무거운 책 보퉁이를 메고 다녀야 한다고 생각하니 기가 막히기도 했고, 어린 2,3학년들이 수군수군하면서 스스로 못난 아이라고 생각이 들어서 속상했던 거야.

국어 공신
정말 속상했겠다. 그래서 어떻게 극복했어?

용이
2

국어 공신
대단하다. 그럼 그 '꿩'이 정말 큰 의미가 있는 거네?

용이
그렇지, 꿩은 '용기, 자신감, 생명력'을 상징하면서 날아가는 꿩을 본 후에 큰 힘이 솟구쳐 아이들에게 당당히 맞서게 된 거야.

5 창의융합 학습 이해하기

◎ 용이에게 격려의 문자를 보내봅시다.

6 '용이'의 뇌 구조

◎ 책 내용을 참고하여 '용이'의 뇌 구조를 자유롭게 작성해봅시다.

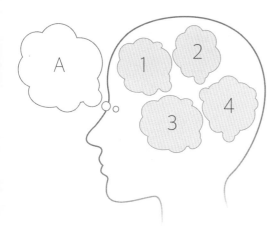

Ⓐ - 용기를 내면 못할 일이 없겠구나!

❶ - 다른 아이들의 책보를 날라주는 것은 창피해. 학교를 그만두고 싶어.

❷ -

❸ -

❹ - 난 이제 더 이상 못난 놈 아니야!

1 <꺙>에서 용이의 구체적인 갈등 양상과 해결 과정을 살펴보자.

내신 준비!

ZAP!

	갈등 양상	용이의 갈등 해결 방법 및 과정
외적 갈등	용이 (학교에 가지 않으려 함) VS 어머니 (초등학교도 졸업 못하면 안 됨)	(**1**) "엄마, 정말 나 이젠 학교 안 갈래요." "야가 또 이런다. 지발 어미 속 그만 썩혀라. 3년이나 다닌 학교를 그만두면 어쩔래? 순이 봐라, 글 한 자도 모르제? 순인 기집애라서 그래도 괜찮지. 사내가 초등학교도 졸업 못하면 어떡할라고?"
	용이 (더 이상 아이들의 책 보퉁이를 메지 않음) VS 아이들 (자신들의 책 보퉁이를 가져오라고 함)	(**2**) "자 인마, 너 인세 4학년이 돼서 기운도 세졌잖아. 하나 더 날라라."지금까지 같은 반의 아이들만 그렇게 하던 것이 오늘은 한 학년 위의 성윤이까지도 따라와 커다란 책보를 놓고 갑니다. (중략) "헤헤, 4학년 됐다는 아이가 남의 책보나 메다 주고……" (중략) "너, 책 보퉁이 모두 어쨌어?, 이 새끼, 죽고 싶나? 빨리 말해!"
내적 갈등	용이 아버지가 머슴이라 아이들이 놀리고, 다른 아이들의 책 보퉁이를 날라 주어야 하는 것이 싫다.	(**3**) "야야, 너 아부지도 올해나 남의 일을 하면 그만두실 끼다. 한 해만 참아라. 부디 한 해만……" "정말 그만둬요? 올해만 하고?" "너 장랠 생각해서라도 그만두시게 해야지……" 용이는 된장국에 보리밥을 말더니 단숨에 퍼먹고는 책보를 허리에 둘러매고 일어났습니다. '올해만 참으면 된다!'

2 용이와 어머니의 외적갈등과 그것이 해소되기까지 각각의 내용을 작성해봅시다.

용이	외적갈등	어머니
다른 아이들의 (**1**)	**VS**	사내가 (**2**)

해소
어머니는 아버지께서 올해까지만 (**3**   )

8 토론해 보기

지구력을
발휘해 주세요!

o 다음 논제를 파악한 후 주장과 근거를 서술하시오.

[논제] : 어려움을 겪었을 때 스스로 극복 가능하다 VS 스스로 극복은 불가능하다

집중!

BAAM!

논제	스스로 극복 가능하다	스스로 극복은 불가능하다
주장		
근거		

간단히 내용 파악하기 ------------------------------

○ 다음 문제를 읽고 올바른 내용에는 O, 틀린 내용에는 X 표시를 하시오.

1 용이는 초등학교 4학년으로 학교에서 선생님의 꾸지람 때문에 학교에 가기 싫어 한다. [O | X]

2 용이가 학교에 가지 않겠다는 어머니와의 갈등이 있은 후, 다시 학교에 가겠다고 한 것은 용이 아버지가 머슴살이를 올해만 하고 그만둔다는 어머니의 말을 듣고 서였다. [O | X]

3 아이들이 용이에게 책 보퉁이를 맡긴 이유는 힘이 세 보였기 때문이다. [O | X]

○ 다음 문제를 읽고 올바른 답을 단답형으로 작성하시오.

1 아이들이 자신을 보고 수군대는 것을 보며 용이는 '참 못난 아이제'라고 하는 것만 같았습니다. 이렇게 자기가 한 일에 대하여 스스로 미흡하게 여기는 마음을 사자 성어로 무엇이라고 하나요?

[   ]

2 『돌멩이가 저 밑에 떨어지자, 갑자기 온 산골을 뒤흔드는 소리를 치면서 커다란 뭉텅이 하나가 솟아올랐습니다.』밑줄 친 '커다란 뭉텅이'는 무엇인가요?

[   ]

3 『온 산골의 가라앉은 공기를 뒤흔들어 놓고 하늘을 날아오르는, 정말 살아 있는 생명의 소리였습니다.』밑줄 친 '생명의 소리'는 어떤 소리이고, 어떤 의미를 담고 있나요?

[   ]

4 『용이는 이제 하늘이 탁 틔어지고 가슴이 시원해져서, 저 건너산을 보고 "하하하." 웃었습니다.』에서 용이의 웃음에서 볼 수 있는 용이의 심리는 무엇인가요?

[   ]

5 『"자, 덤빌람 덤벼! 누구든지 오는 녀석은 가만두지 않을 끼다!"』용이가 우렁차게 말하자 아이들은 어떻게 했나요?

[   ]

1 이 작품의 주제로 가장 적절한 것은?

① 우정을 통한 고난 극복
② 자연과 맞서는 인간의 의지
③ 고난과 역경을 극복하고 이룬 성공
④ 부당한 일에 당당하게 맞서는 용기
⑤ 정해진 운명에 순응하는 인간의 삶

2 작품 속 '용이'에 대한 설명으로 적절한 것은?

① 순이를 좋아한다.
② 꿩을 키우고 싶어 한다.
③ 현재 초등학교 2학년이다
④ 용이는 친구들의 책 보퉁이를 골짜기로 던져버린다.
⑤ 아버지가 장사를 한다는 이유로 친구들에게 따돌림을 당하고 있다.

3 '꿩'을 보고난 후 용이의 심정으로 가장 적절한 것은?

① 자신과 달리 멋진 꿩의 모습을 보고 부끄러웠다.
② 아이들이 자신을 괴롭혔던 기억이 떠올라 괴로웠다.
③ 다른 아이들을 놀렸던 자신의 모습을 반성하게 되었다.
④ 자신이 괴롭힘을 당해도 도와주지 않는 부모님이 원망스러웠다.
⑤ 친구들의 부당한 괴롭힘에 당당하게 맞설 수 있는 용기가 생겼다.

4 용이의 심리 변화 내용 중 옳지 <u>않은</u> 것을 고르시오.

① 용이는 순이처럼 글자를 몰라 놀림 받을 것이 두려워 학교에 가기 싫었다.
② 아버지의 머슴살이로 용이는 친구들의 무거운 책 보퉁이를 매일 메고 다녀 힘들었다.
③ 초2~3학년 아이들의 수군거리는 소리를 듣고 스스로 못난 아이라는 생각이 들어 속상했다.
④ 날아가는 꿩을 보고 다시는 못난 짓을 하지 않겠다고 다짐했고, 용기를 얻어 다른 친구들의 책 보퉁이를 던지자 속이 시원했다.
⑤ 용이는 언덕 위에서 친구들에게 자신이 지금까지 말하지 못한 속마음을 당당히 이야기했고, 머슴의 자식이기 때문에 남의 짐을 나르는 것이 당연하다는 생각을 버렸다.

글쓰기

○ 다음 글쓰기 논제를 읽고, 한 편의 글을 완성하세요.

　용이의 모습처럼 처음에는 자신감 없었지만 어떤 계기로 당당해졌거나, 용기를 가지고 성취감 있게 이뤄낸 일은 무엇이었는지 여러분의 이야기를 작성해 봅시다.

즐겁게
글쓰기 해보아요!

✦ 부당함에 맞서 당당하게 싸운 용기! 정의를 찾다! ✦

꼭 읽어주세요! 신분이 낮다고 사람의 가치도 낮아질까요? 인간은 누구나 존엄하고 평등한 가치를 지닌 존재입니다. 조선시대에는 노비가 존재했고, 노비의 자식도 자연스레 노비가 되는 부당함이 존재했습니다. 개화기 때에도 남의 집 머슴 일, 식모 일을 하는 사람들의 신분도 하찮게 여겼습니다. 용이의 아버지도 남의 집 머슴살이를 한다는 이유로 용이 친구들은 용이도 머슴으로 생각했습니다. 남의 집 머슴살이하는 아버지 때문에 친구들의 괴롭힘에도 참아내야 할 용이의 마음은 얼마나 힘들고 아팠을까요? 하지만 등굣길에 힘껏 날아오르는 꿩의 모습을 보고 자신감을 찾게 됩니다. 꿩은 용이의 '자신감'이자 '용기'라는 상징성을 가집니다. 이렇듯 이오덕의 〈꿩〉은 스스로가 부당함을 깨고 정의를 위해 당당하게 맞선 용기 있는 한 소년의 모습을 그려냈습니다.

용이는 어느 날, 학교에 가기 싫었습니다. 아버지가 머슴이라는 이유로 아이들이 놀리고, 다른 아이들의 책보까지 날라주어야 하기 때문입니다. 이 모습이 단순히 용이의 모습으로만 이야기하고 싶었던 것일까요? 작가 이오덕은 이러한 용이의 모습 속에서 수많은 용이 또래 친구들의 내적 갈등을 보여주며 상황과 심리를 공감하도록, '나라면 어떻게 했을까?'라는 질문을 던지고 있습니다.

또한 용이가 학교에 가기 싫다며 어머니와 다툽니다. 어머니는 한 해만 더 참으면 더 이상 아버지가 머슴살이를 하지 않을 것이라는 희망을 주며 용이와의 갈등을 해결합니다. 그제서야 용이는 아버지가 더이상 머슴살이를 하지 않아도 된다는 기쁨과 설렘으로 큰 용기를 얻습니다. 용이를 하찮게 대했던 친구들에게 당당하게 맞설 수 있는 용기를 내보이며 친구들과의 외적 갈등이 해소됩니다. 특히 '꿩'이라는 자연물이 용이에게 큰 용기를 주는 매개체로 등장하면서 하늘로 힘껏 솟구쳐 오르는 꿩과 같은 생명력 넘친 자신의 모습을 발견합니다. 용이의 외적 갈등은 마치 우리가 사는 삶 속의 수많은 갈등을 보여주고 있는 것 같습니다. 여러 이유로 갈등이 일어나지만 갈등을 해결하지 못하면 지혜롭게 해결할 방법을 제시하고 또한 용기를 내지 못했을 때는 어떤 매개체를 통해 용기를 내어 문제를 해결할 수 있는 방법을 제시해주는 것 같습니다. 우리는 살면서 다양한 어려움 앞에 놓이게 됩니다. 그 어려움 앞에서 당당하게 맞서는 용기의 중요성을 느끼며 〈꿩〉을 감상해봅시다.

✦ 소를 줍다 ✦

동명

전성태
1969~

1969년 전남 고흥에서 태어나 중앙대 문예창작학과를 졸업했다. 1994년 〈닭몰이〉로 실천 문학신인상을 받으며 작품 활동을 시작했다. 해학적이고 토속적인 문체를 사용해서 다양한 삶의 현장을 그려 내고 있다. 힘들고 외롭게 살아가는 농촌의 현실이, 사라져 가는 공동체에 대한 아쉬움이, 어린 시절의 추억이 생생하게 담겨있다. 주요 작품으로는 〈닭몰이〉, 〈늑대〉, 〈국경을 넘는 일〉, 〈여자 이발사〉 등이 있다.

여기서
잠깐!

만화로 미리 주제 파악하기

늘 남의 소만 돌보다가 우연히 소를 줍게
되어 아버지한테 칭찬을 받을 생각에 뿌
듯해하지만, 이를 못마땅하게 여기는 아
버지에게 서운함과 원망을 갖고 있어.

주인 잃은 소를 데려온 아들 동명이를 못
마땅하게 여기지만, 어느새 소에게 정이 듬
뿍 들어 누구보다 소를 아끼는 인물이야.

VS

나(동명이)

아버지

'국어 공신' 선생님의 감상 꿀팁!

이 작품은 1970년대 농촌 마을을 배경으로 가난하지만 희망을 잃지 않고 순박하게 사는 농민
들의 삶을 보여주고 있어. '소'를 둘러싼 부자간의 갈등과 사랑을 잘 드러낸 소설이야.

'국어 공신' 선생님

소를 줍다

\# 강에서 떠내려 온 소를 키워 정들었는데, 떠나보내야 한다고?

　아버지는 썩 훌륭한 농사꾼은 아니었다. 이웃 어른들의 입을 빌리면, 농사를 지나치게 예술적으로 접근했다.**[1]** 밭고랑을 타거나 못자리를 만들 때 미장이(건축공사에서, 흙, 회, 시멘트 따위를 바르는 일을 업으로 하는 사람)처럼 흙손(흙일을 할 때에, 반죽한 흙이나 시멘트 등을 떠서 바르고 그 겉 표면을 반반하게 하는 연장)을 들고 꼼지락거렸다. 우리 집 논밭은 마치 농촌 지도소 시범 경작지처럼 보기에 미끈했다.

　"농사는 뿌려 노믄 김매고 솎아 주는 일이 반이고, 오가며 들여다보는 재미가 반이여.**[2]**"

　아버지의 이 능률 없고 답답한 일 버릇은 가축 치는 일에서는 의외로 진가를 발휘했다. 돼지를 쳤는데 한번은 돼지가 새끼를 열네 마리나 낳아서 좋다가 말 일이 생겼다. 내**[3]** 셈으로도 어미 젖꼭지가 두 개나 모자라 새끼 돼지 두 마리를 그냥 앗길 판이었다.**[4]** 아버지는 수유 때마다 새끼 돼지를 네 마리씩 교대로 빼내어 돌려서 어미젖을 고루 먹게 하였다. 열네 마리를 모두 살려내자 동네에는 희한한 소문이 나돌았다. 새끼 돼지 두 마리를 우리 어머니가 손수 젖을 물려 기른다는 웃긴 소문이었다.

　가축 잘되는 집이라고, 한마을 오쟁이네가 우리 집에 암소를 맡겨 길렀으면

---

[1] 실용성보다 미적인 요소를 더 중시한다.
[2] 아버지는 농사일보다도 작물이나 논밭을 바라보는 재미를 추구한다.
[3] 1인칭 주인공 시점으로 서술하고 있다.
[4] 죽을 수밖에 없는 상황이었다.

하였다. 남의 소를 빌려다가 쟁기질하던 시절이라⁵, 마음껏 일소로 부려도 된다는 말에 아버지는 흔쾌히 받아들였다.

그러나 나는 신날 일이 하나도 없었다. 아침저녁으로 꼴(소나 말에게 먹이는 풀) 베다 주는 일도 귀찮았고, 오쟁이 녀석이 머슴 취급하는 꼴도 마뜩잖았다(마음에 들 만하지 아니하다).

"아부지, 우리도 소 한 마리 사 불어."

내가 골이 나서 말하면 아버지는 '오냐, 그러자.' 하면 좀 좋을까만,

"소가 토깽이냐? 사고 잡다고 달랑 사게.⁶ 당장 저 도짓소(한 해 동안에 곡식을 얼마씩 내기로 하고 빌려 부리는 소) 라도 없으면 니하고 니형, 학교도 끝이여, 그란다고 네놈이 목에다가 멍에(수레나 쟁기를 끌기 위하여 마소의 목에 얹는 구부러진 막대)를 걸그냐?"

하며 씨도 안 먹힌다는 반응이었다.

"그람, 차차 송아지 낳으면 우리 주라고 해. 우리가 키워 주는디 고것 하나 못해.⁷"

"네 이…… . 아부지가 뭐라고 하디? 입이 너무 허황되게(헛되고 황당하여 미덥지 못하다) 남의 밥그릇을 넘보는 고것을 뭐라고 하디?⁸"

"불량배."

"제발 우리는 그렇게 살지 말자.⁹ 강아지 한 마리 거저 얻어다가 길렀다는 말은 들어봤어도 송아지 한 마리 거저 얻었다는 말은 못 들어 봤응께."

"그것이 왜 공짜여, 우리 집에서 재우고 먹이고 다 하는디?"

"잔소리 그만하고 얼른 풀이나 베 와야. 저번처럼 쑥만 해

여러분, 집중해야 해요!

'국어 공산' 선생님

5 집안 형편이 넉넉하지 않음을 드러낸다.
6 소가 무척 비싸서 사기 힘들기 때문이다.
7 '나'는 소를 가지고 싶은 마음이 크다.
8 아버지는 남의 것을 탐내는 것을 경계함.
9 남의 것을 욕심 내지 않는 아버지의 가치관이 드러난다.

다가 멕이지 말고. 소똥구녕 맥히는 날엔 네놈 입구녕도 밥 구경 끝이여.”

아버지는 꼴망태^(소나 말이 먹을 풀을 베어 담는 도구)를 걸어주고 나를 막 내몰았다. 오쟁
이네 암소는 우리 집에서 송아지를 두 배나 착실히 쳤다. 물론 어미 소도 송아
지도 탈 없이 잘 자랐다. 소에 대한 믿음이 생기자 오쟁이네는 이태^(두 해) 만에 소
를 몰고 갔다.

우리 집에 두 번째 소가 들어온 것은 초등학교 3학년 때였다. 긴 장마가 조금
누그러지자 나는 아이들과 함께 강둑으로 나가 불어난 강물에서 떠내려오는
물건들을 건져 냈다. 그것은 할아버지의 할아버지가 아이였을 때부터 내려오
는 일이었다.🔟 병, 깡통, 양은이나 플라스틱으로 된 가재도구^(집안 살림에 쓰는 온갖 물건)
, 버드나무에 걸린 비닐 조각 따위를 대작대기로 끌어내느라 우리는 며칠째 강
둑에서 낚시꾼마냥 붙어 지냈다. 모두 엿하고 바꿔 먹기 위해서였다. 간혹 수
박이나 참외를 건져 내는 운도 따랐다. 그 몇 해 전에 마을 청년들이 염소를 주
운 것을 빼면 그만한 횡재^(뜻밖의 재물)도 없었다. 그런데 그해 나는 염소 따위는 댈
것도 아닌 큰 횡재를 하게 되었다. 소를, 그것도 숨이 붙어 있는 소를 줍게 된 것
이다.

소를 가장 먼저 발견한 사람은 내가 아니었다. 정신이 좀 모자란 필구가 뭐라
고 고래고래 소리를 지르며 수양버들이 엉킨 강어귀에 손가락질해 댔다. 정확
히 말하면 강 바위 너머였는데, 거기에서 음매 음매, 소 울음소리가 들려 왔다.
울음소리만 아니었다면 그 시뻘건 물에서 소를 분간해^(사물의 정체를 구별하거나 가려서 알다)
내기도 힘들었을 것이다. 바위에 부딪혀 튀는 흙탕물 속에서 소머리가 얼핏 보
였다. 동네 소 한 마리가 강으로 잘못 든 게 분명하였다.⓫

아이들이 멍청히 보고 있는 동안에 나는 물로 뛰어들었다.⓬ 어린 마음에도
소 주인에게 보상을 좀 받겠다는 계산속^{(어떤 일에 있어서, 이익을 취하기 위하여 속으로 헤아려 보는}
^{일)}이 빠르게 굴렀다. 죽을 둥 살 둥 바위에 닿아 바위 모서리를 잡고 돌아들자,

🔟 예전부터 행해지던 일이다.
⓫ 소를 구할 명분을 얻은 '나'가 확신을 얻고 있다.
⓬ 소를 구해서 보상을 받으려는 약삭빠른 행동이다.

소는 엉덩이를 주저앉은 꼴로 버둥거리고 있었다. 나는 소머리께로 돌아가 굴레 (말이나 소 따위를 부리기 위하여 머리와 목에서 고삐에 걸쳐 얽어매는 줄) 를 틀어쥐었다. 소는 머리를 되게 내저었다. 고삐를 찾아 쥐고 당겨도 소는 한 발짝도 움직이려 들지 않았다. 나는 고삐를 바투 (두 대상이나 물체의 사이가 썩 가깝게) 쥐고 물속으로 들어가 녀석의 다리를 더듬어 나갔다. 머잖아 뒷발 하나가 바위틈에 단단히 박힌 것을 손끝으로 확인할 수 있었다. 나는 강가에 대고 소리쳤다.

"소말뚝 하나 던져 주라!"

　그러나 그 장마철에 들판에 소를 내놓는 집이 없어서 소말뚝 같은 쇠막대기가 있을 리 없었다. 별수 없이 동무들이 몽둥이를 던져 줘서 나는 그것을 바위틈에 밀어 넣었다. 몽둥이가 소발 아래에 야무지게 자리를 틀자 나는 지렛대로 바위를 뜨듯 몽둥이를 내리눌렀다. 소는 꿈쩍도 하지 않았다. 동무들이 도와줄 생각으로 옷을 벗는 모습이 보였다.

　"야, 들어오지 마!"

　나는 아이들을 향해 소리쳤다.

　"한 놈이라도 오기만 해 봐. 가만두지 않을 거여, 절대루!"

　나의 엄포 (실속 없는 큰소리로 남을 위협하거나 으르는 짓)에 아이들이 주춤주춤 그 자리에 섰다.

　더욱 다급해진 나는 아예 몽둥이 끝에 몸을 싣고 발을 구르기 시작했다. 그렇게 발을 구르는 한편으로는 소한테도 힘을 쓰라고 엉덩이를 철썩철썩 때려 대길 몇 번이나 했을까. 어느 순간 딛고 선 몽둥이가 주저앉으며 소가 거꾸러지듯 물속으로 머리를 처박았다. 소를 따라 나도 균형을

⑬

⑬ 소를 구한 공을 혼자 차지하고 싶은 마음이 드러난다.

'국어 공신 선생님'

잃고 물속에 잠방 빠지고 말았는데, 허우적거리며 고개를 드니 아이들의 환호성이 들려왔다. 그 겨를에도 손에 그러쥔 고삐만은 놓치지 않고 있었다.⓮

강가로 끌어내 놓고 보니 소는 암컷인데다가 이미 코뚜레(소의 코청을 뚫어 끼는 나무 고리)도 해 넣은 중소가 좀 넘는 놈이었다. 바위 틈에 끼인 뒷발은 한 뼘쯤 가죽이 벗겨져 벌겋게 살이 드러나 있었는데, 피가 약간 배어 나올 뿐 뼈가 상한 것 같지는 않았다. 고삐를 끌어 걸음을 걷게 하자 놈은 뒤뚱거리며 문제없이 걸었다.

"누구네 집 소 같으냐?"

나는 숨을 헐떡이며 아이들에게 물었다.

"우리 동네 소는 아닌 것 같은디."

오쟁이가 대답했다. 나는 다른 아이들의 얼굴도 둘러보았다.⓯ 다들 동네 소가 아니라고 한결같이 고개를 저었다. 내가 봐도 그건 틀림없는 사실이었다. 열댓 마리도 안 되는 동네 소라면 우리는 그 워낭 소리만 가지고도 알아낼 수 있었다. 그만 나는 낙심되어 고삐를 땅바닥에 내던졌다.⓰

"인자 어쩔래?"

하고 오쟁이가 물었을 때 나는 너무 허망하여 쭈그려 앉아 있었다. 보아하니 오쟁이 놈은 쌤통이라는 표정을 감추지 않고 있었다.

나는 대꾸하지 않고 고삐(소의 코뚜레나 말의 재갈에 잡아매어, 몰거나 부릴 때 손에 잡고 끄는 줄)를 다시 낚아채 집어 들고 소 잔등을 갈겼다. 나는 동네를 향해 방죽(물이 밀려 들어오는 것을 막기 위해 쌓은 둑) 길로 소를 몰았다. 아이들이 서너 발짝 떨어져서 주춤주춤 뒤를 따랐다. 어느새 우리 사이에는 견디기 힘든 침묵이 흐르고 있었다.⓱ 나는 문득 걸음을 멈췄다.

'국어 귀신' 선생님

⓮ 소를 놓치지 않으려는 '나'의 집착을 알 수 있다.
⓯ '오쟁이'의 대답을 확인하려는 모습이다.
⓰ 소를 구한 것에 대한 보상을 받을 수 없다는 생각에 실망한 모습이다.
⓱ 주인을 알 수 없어 어찌할 바를 모르고 있다.

"느그도 봤겠지만 분명히 내가 주운 소여.[18]"

해 놓고 아이들 표정을 살피자니 이것 봐라, 녀석들은 가타부타^(어떤 일에 대하여 옳다느니 그르다느니 함) 아무 대꾸가 없는 것이었다.

"필구, 봤어, 안 봤어?"

나는 물정 모르는 필구만 다그쳤다. 필구는 예의 그 벙싯거리는 얼굴로 "바쩌 바쩌." 했다. 그러더니 두 손을 하늘로 번쩍 치켜들고 소리치는 것이었다.

"동맹이가 소를 주웠다아! 동맹이가 주웠다아!"

더 말할 필요도 없다는 듯 나는 돌아서서 소 잔등을 갈겼다. 워낭^(소나 말의 귀밑에서 턱밑으로 늘여 다는 방울) 소리가 댕그랑댕그랑 경쾌했다.[19]

"낼이라도 당장 주인이 찾으러 올 걸."

뒤를 따르던 오쟁이가 들릴락 말락 중얼거리는 소리로 말했다. 어느덧 우리는 감은돌이 재^(길이 나 있어서 넘어 다닐 수 있는, 높은 산의 고개)에 이르러 있었다. 저녁 짓는 연기와 마당마다 놓은 모깃불 연기에 덮여 잠잠해진 마을이 보였다.[20] 나는 허리에 팔을 척 걸치고 오쟁이를 향해 돌아섰다.

"니 참외랑 수박 찾으러 온 사람 봤어?"

"아니."

"세숫대야랑 양푼이랑 찾으러 오는 사람 있디?"

"아니."

점점 목소리가 꺼져 가는 오쟁이를 나는 몰아붙였다.

"그람 작년에 염생이 주인이라고 누가 나서디?"

오쟁이 녀석은 입을 다물고 희미하게 도리질만 했다.[21]

"그람 이제 주운 사람이 임자여. 알았어?"

내 말이 끝나기 무섭게 오쟁이 옆에 선 진철이가 끼어들었다.

---

[18] 자신이 소를 구했음을 강조하고 있다. 소를 가지고 싶은 '나'의 심리가 드러난다.
[19] '나'의 경쾌한 기분을 드러낸다.
[20] 향토적이고 평화로운 분위기를 조성한다.
[21] '나'의 논리에 밀렸기 때문이다

ZAP!

국어 공산 선생님

"그래도 손디?"

다음은 상구였다.

"저 윗동네에서 주인이 쎄^('혀'의 방언)가 빠지게 찾고 있을 거여."

"그럼. 갈문리 소인 줄도 모르고, 그 너머 문대미 소인 줄도 모르고……."

명철이었다.

그만 안 되겠다 싶어 나는 고삐를 나무등치에 잡아맸다. 그리고 아이들 어깨를 툭툭 쳐서 다들 강을 향해 서게 했다. 강은 산과 들을 가르며 굽이굽이 뻗어 가다가 우중충한 대기 속으로 자취를 감추고 있었다. 맑은 날 보아서 알지만 그 흐릿한 대기 너머에는 더 높은 산들이 첩첩이 어깨를 겯고^(풀어지거나 자빠지지 않도록 서로 어긋나게 끼거나 걸치다) 까마득할 거였다.

"갈문리, 문대미 위에 또 뭔 동네 있어?"

나는 명철이에게 따져 물었다.

"고옥하고 문꾸지제."

이번에는 상구를 바라보며 물었다.

"고옥하고 문꾸지 담은 으디여?"

"비석금."

"그담은?"

"축도."

우리들의 시야에는 더 이상 마을이 보이지 않았다. 물론 강, 들, 산도 그 우중충한 대기 속으로 가뭇없이 스며들고 없었다.

"똑똑한 오쟁이 너, 그담 동네는 으디라?"

"추실일랑가?"

"가 봤어?"

여러분 철저히
집중해야 해요!

'국어 공신' 선생님

22 소는 중요한 것이므로 주인이 나타날 것이라고 생각하고 있다. 이를 통해 당시 소의 가치를 알 수 있다

"아니, 근디 우리 아부지가 거기 추실장에서 소를 사왔디야."

"글믄 그다음 동네는 으디여?"

"몰러."

오쟁이는 머리를 저었다. 상구도 진철이도 명철이도 시무룩해져서 머리를 저었다.

"가 보도 안 한 것들이! 저 강 위로 동네가 얼마나 많은지 알어? 저 소 터럭 ^{(사}
람이나 길짐승 따위의 몸에 난 길고 굵은 털) 만치는 될 거구만.²³"

나는 돌아서서 다시 고삐를 풀었다.

마을에 들어서자 필구가 앞서 달려가며 골목에다 대고 소리쳤다.

"동맹이가 주웠다! 동맹이가 주웠다!"

필구한테 어지간히 길들여진 마을 사람들은 아무도 내다보지 않았다.²⁴ 나는 차라리 다행이라고 생각했다. 괜히 소문이 퍼지면 주인이 나타날지도 모르는 일이었다.

계속 필구가 그 짓거리를 하며 앞에서 얼쩡거리자 나는 돌맹이를 집어 던졌다.

"필구야, 느그 엄마가 밥 묵으라고 부른다. 얼릉 가서 밥 묵어!"

필구는 이제 "밥 묵자."라는 소리를 내지르며 제집으로 달려갔다.

나는 고개를 뻣뻣이 들고 소를 몰았다. 진창이 가로막아도 나는 첨벙거리며 지나갔다.²⁵ 골목이 깊어지자 아이들도 하나둘씩 떨어져 나갔다. 집 앞에 이르러 나는 잠시 멈춰 섰다. 어머니와 아버지, 그리고 형의 얼굴을 떠올리자 비로소 소를 주웠다는 사실이 실감 났다. 나는 소 코뚜레를 잡고 사립문 ^{(잡목의 가지를 엮어}
서 만든 문짝을 단 문) 앞에 서서 "엄마!" 하고 불렀다

방문이 열리고 어머니의 얼굴이 보이기 전에 목소리부터 마중을 나왔다.

23 동네가 엄청 많기 때문에 소의 주인을 알기란 무척 어려운 일임을 강조하고 있다. '나'의 어린아이다운 순진함이 드러난다.

24 동네 사람들이 '필구'의 말을 믿지 않기 때문이다.

25 의기양양하고 당당하게 행동하고 있다.

"밥때 되믄 기어들어 와야제 어디를 싸돌아댕기다가……."

밥숟가락을 든 어머니는 말하다 말고,

"누구네 소를 몰고 다니는 거여? 별일이네, 니가 남의 소 풀을 다 멕이고."

"시방^(지금) 이 소, 내가 주워 갖고 오는 소여!"

나는 소리 높여 말했다. 절로 입이 벙글어지며 눈물이 막 나오려고 했다.❷⑥

문 너머로 아버지가 얼굴을 내밀었다.

"쟈가 뭐라는 거여?"

"소를 주워 왔다고 안 하요."

어머니와 아버지가 말을 주고받았다.

"뭣이여? 소를…….

아버지는 툇마루로 나왔다. 나는 아버지에게 말했다.

"나가 소를 주웠당께."

나는 소를 마당으로 끌어 넣었다.

"어떤 어수룩한 사람이 소를 함부로 내놓았디야.❷⑦"

아버지의 반응이 의외로 시큰둥하자 나는 안달이 나서 주절거렸다.

"옥강에서 주웠당께요. 다 죽어 가는 걸 나가 건져 내 부렀어요. 이제 요것은 우리 것이에요."

나도 모르게 말투마저 바뀌어 괜히 간지러워졌다. 아버지는 젖은 내 몰골을 훑어보고 이내 고무신을 꿰고 마당으로 내려섰다. 소를 요리조리 둘러보더니 내 손에서 고삐를 빼앗아 들고 감나무 밑으로 갔다. 감나무에 소를 매어 놓고 아버지는 내 몸을 사립문으로 돌려세웠다.

수능에 나올 수 있어요!

"어딘지 가 보자.❷⑧"

"차암, 아부지는……, 옥강에서 주웠당께,"

"긍께 말이여, 어서 앞장서!"

❷⑥ 갖고 싶어 하던 소를 자신이 주웠다는 기쁨과 감격에 찼기 때문이다.
❷⑦ 아버지는 '나'의 말을 믿지 않고, '나'가 남이 내놓은 소를 끌고 왔다고 생각한다.
❷⑧ 상황을 파악하기 위한 '아버지'의 행동이다.

'국어 공신' 선생님

나는 아버지에게 질질 끌려가다시피 감은돌이 재를 넘어 옥강 둑으로 갔다. 이미 강에는 어둠이 질펀하게 내리고 있었다. 먼 마을에서 불빛이 가물가물 돋아나 있다. 소를 건져 낸 강둑에 이르러 나는 아버지에게 자세히 설명했다. 내가 얼마나 위태롭게 소를 건져 냈는지 조금 과장하여 말하는 것도 잊지 않았다. 그런데 내 말이 끝나기가 무섭게 아버지는 뒤통수를 냅다 내질렀다.

"내가 그렇게 함부로 물에 기어들어 가라고 가르치든? 응? 목숨을 왜 그렇게 조심성 없이 헛치고 다니냔 말여. 이 에미 애비를 튀겨 묵을 놈아!"[29]

아버지는 몇 번을 더 그렇게 쥐어박았다.

"어여 집으로 가."

보통 손매가 매운 게 아니었다. 아버지는 칭얼칭얼 우는 나를 닦아세우며(꼼짝 못하게 휘몰아 나무라다) 다시 마을로 향했다. 내가 운 것은 아버지의 손찌검 때문이라기보다 내 심정을 몰라준다는 서러움 때문이었다. 나는 호박 덩어리[30]를 건져 낸 것이 아니라 소[31]를 주운 것이다. 그런데도 이 가난하고 불쌍한 우리 아버지는 자기 집에 무슨 일이 일어났는지 깜깜했던 것이다.

아버지의 그 미적지근한 태도는 이튿날 아침 나를 더욱 망연자실(황당한 일을 당하거나 어찌할 줄을 몰라 정신이 나간 듯이 멍하다) 하게 했다. 잠든 밤 동안 아버지가 소 다리의 상처에 석유를 뿌리고 천까지 싸매 준 것은 좋았는데, 우리 형제가 가방을 메고 집을 나설 때는 뜬금없이 소를 몰고 나란히 나서는 거였다.[32]

"소를 거기다 도로 몰아다 놓을 거여. 그람 주인이 찾아가겠제."

아버지는 그 말만 내놓고 더 입을 열지 않았다. 나는 시무룩해져서 동구 밖 갈림길에서 아버지와 헤어졌다.

하루 내내 소 생각만 하다가 학교를 파하자마자(끝나서 사람들이 모두 헤어지다) 나는 곧장 강둑으로 달려갔다. 소는 방죽에 배를 깔고 앉아 있었다. 소

29 '아버지'가 '나'의 기대와는 다른 반응을 보이고 있다. 자식을 사랑하고 걱정하는 '아버지'의 마음이 드러난다.
30 하찮은 것, 사소한 것.
31 귀한 것, 가치 있는 것.
32 주인이 찾아갈 수 있도록 소가 있던 강둑에 돌려 놓기 위함이다.

'국어 공신' 선생님

가 눈에 들어오자 나는 그만 눈물이 핑 돌았다.[33] 나는 소말뚝에서 고삐를 풀어 소에게 풀을 뜯겼다.

해가 지고 어둑어둑해졌는데도 나는 집으로 돌아갈 생각을 하지 않았다. 이슬 내리는 강둑에 소만 남겨 놓고 돌아갈 순 없었다. 집에 돌아갈 힘도 일도 걱정이었다. 될 대로 되라는 심정으로 함께 방둑에 앉아 있는데 형이 찾으러 왔다.

"니 아부지한테 죽었다. 아부지가 너 여기 있는 줄 다 안단 말여."

"안 가!"

나는 소고삐를 그러당겨 손안에 잡았다. 형은 풀밭에서 내 가방을 들어 어깨에 둘러멨다.

"너가 그런다고 우리 것이 될 줄 아냐? 아부지가 지서(경찰서가 없는 읍,면 지역에 두어 경찰서장의 업무를 나누어 맡아보는 기관)에 신고를 해 놨응께[34] 주인이 금방 찾으러 올 거라고."

"뭐여, 신고를 했어? 바보 천치여, 아부지는 바보 천치랑께![35]

"어여 일어나! 저녁밥 차려 놨어, 니도 없는디 밥순가락 들었다가 아부지한테 혼났단 말여. 나도 니 땜에 성가셔 죽겠다. 숙제도 많구만."

"행님아, 주인이 안 나타나믄 어떻게 되냐? 니 공부 잘하니께 알제?"

"그럼 주운 사람 차지겠제."

"참말로?"

여러분, 집중해야 해요!

"근데 누가 소 잃고 가만있겠냐? 벌써 마이크로 사방에 다 알렸을 건디."

나는 풀이 죽어 일어났다.[36] 형 어깨에서 가방을 벗겨 들고 터벅터벅 걸었다. 한참 만에 나는 형한테 다짐을 받듯 재차 물었다.

"암튼 주인 안 나타나믄 저건 우리 소란 말이제?[37]"

> [33] 소에 대한 '나'의 애틋한 마음이 드러난다.
> [34] '아버지'의 양심적이고 정직한 행동이다.
> [35] '나'는 일부러 주인을 찾아서 돌려주려는 '아버지'가 답답하게 느껴진다.
> [36] 소 주인이 금세 나타날 것이라는 생각 때문이다.
> [37] 소를 가지고 싶은 마음에 재차 확인하고 있다.

'국어 공신' 선생님

형은 쯧, 하고 혀를 차곤 묵묵히 걸어갔다.

집에 들자마자 아버지는 지겟작대기를 들고 닦아세웠다.

"너 이놈, 학교 파하면 집으로 핑 들어올 생각은 않고 어디서 자빠졌다가 이제 기어들어 오는겨!"

아버지는 지겟작대기로 등에 짊어진 가방을 쿡 쑤시더니,

"니 숙제는 해 놓고 이러고 다니는 거여?"

하며 나를 지겟작대기 끝으로 콕 찔러 죽일 기세였다.[38] 나는 마당 모깃불(모기를 쫓기 위함 쑥 따위의 풀을 태워 연기를 내는 불) 옆에 주저앉아 입만 실룩거렸다. 왕겨를 한 삼태기 (흙이나 쓰레기 따위를 담아 나르는 데 쓰는 기구) 부어 놓은 모깃불에서는 불꽃이 발근발근 일어나고 있었다. 아버지는 생솔가지를 올릴 셈이었다가 내가 나타나자 잊어먹은 듯, 불자리 옆에 생솔가지가 수북했다. 눈물은 삐질삐질 나오는데 나는 소리를 내지 않았다.[39] 그게 더 얄미웠는지 느닷없이 아버지가 어깨에서 가방을 낚아챘다.

"니놈은 천상 가르쳐 봤자 소용없고……![40]"

하곤 가방을 모깃불에 집어 던져 버리는 거였다. 나는 그만 땅바닥에 벌렁 드러누워 마당을 쓸며 울기 시작했다.[41] 형이 후다닥 달려가 모깃불에서 가방을 꺼내려고 하자 아버지가 버럭 호통을 쳤다.

"냅둬!"

형은 주춤주춤 물러섰다. 그러자 이번에는 어머니가 달려들어 불에서 가방을 꺼냈다. 벌써 불이 붙어서 불덩어리 하나가 통째로 떨어져 나온 것 같았다.

"아이고매!"

어머니는 허겁지겁 부엌으로 달려가 바가지에 물을 퍼다

주목!

'국어 공신' 선생님

[38] '아버지'가 단단히 화가 났음을 알 수 있다.
[39] '나'의 분하고 억울한 심정이 드러난다.
[40] 잘못을 인정하지 않고 계속 고집을 피우는 것에 대해 '아버지'가 질책하고 있다.
[41] '아버지'에 대한 반항과 항의를 나타내고 있다.

가 가방에 끼었었다.

나는 밥도 안 먹고 가방을 챙겨 들고 방에 들었다. 방 안에선 잿내가 진동했다. 이미 책이며 공책은 비닐이 눌러붙고 타서 못 쓰게 돼버렸다.

밤중에 아버지가 툇마루를 내려서는 기척이 들렸다. 그때를 맞춰 부러 나는 마당으로 나가 모깃불에 가방을 집어 던져 버렸다.

이튿날 나는 학교에 가지 않았다. 가방도 책도 없이 무슨 수로 간단 말인가? 지난 학년, 책을 반납하던 날^❷ 정례가 선생님한테 혼나던 일을 생각하면 몸서리가 쳐졌다. 정례는 도덕책을 반납 못 했는데 제 할아버지가 찢어서 담배를 말아 피워 버렸다^❸고 한다.

밥상머리에서 아무 말도 없던 아버지로 보아 분명 당신도 후회를 하고 있는 것 같았다. 나는 그런 아버지가 얄밉고 쌤통이라는 생각이 들었다. 밤새 배를 곯았던 나는 아버지가 보란 듯 밥 한 그릇을 싹싹 비웠다.^❹

"동맹아!"

아버지가 방문 너머로 날 불렀다.

"공부 안 가나?"

나는 대답하지 않았다.

"그려. 니놈은 천상 공부할 싹수는 못 되는 거 같응께 농사나 배워라. 니 형 하나 공부시키재도 이 애비는 쎗바닥이 빠진다.^❺"

그래 놓고 아버지는 벌컥 문을 열었다.

"아, 뭣혀? 콩 뽑으러 가야제."

콩밭에 앉아 콩을 뽑자니 삐질삐질 눈물이 났다.^❻ 구름

❷ 당시의 시대적 상황 ①-학교에 책을 반납함
❸ 당시의 시대적 상황 ②-종이로 담배를 말아 피움
❹ '아버지'에 대한 반항이다.
❺ '나'의 어려운 가정 형편을 짐작할 수 있다.
❻ '아버지'에 대한 원망 때문이다.

은 재를 넘어 흘러갔다. 풀무치랑 메뚜기 같은 날벌레들이 장글장글한 햇볕 속을 날아다녔다. 나는 결국 흙 위에 퍼더버리고(팔다리를 아무렇게나 편하게 뻗다) 앉아 울음을 터뜨리고 말았다.

아버지는 점심을 먹인 후 나를 앞세우고 학교로 갔다. 선생님에게 정중하게 인사를 올린 후 아버지는 말했다.

"지난밤에 등잔⁴⁷이 넘어져서 방을 홀랑 태워 버렸구만요. 그 바람에 애 책이 그만 못 쓰게 돼 버렸는디 넓은 혜량(남이 헤아려 살펴서 이해함을 높여 이르는 말)으로다가 선처 부탁합니다."

선생님은 나를 데리고 창고로 가서 일일이 책을 찾아 챙겨 주었다. 돌아오는 길에 아버지는 가방도 하나 새로 사 주고 공책이며 연필에, 아직 한 번도 가져 보지 못한 자석이 달린 필통까지 사 주는 것이었다.⁴⁸

"소는 집으로 데려다 놓을 거여, 주인이 찾아올 때까지만 집에서 키우는 거니께 정붙이지 말어. 잉?"

나는 씩 웃으며 고개를 끄덕였다.⁴⁹

그런데 그게 어디 말처럼 되는 일인가? 아침저녁으로 나는 꼴을 베어 나르고, 오후에는 소를 몰아 풀을 뜯겼다. 아버지는 그런 내 행동을 못마땅해했다.

"그걸 두고 소 궁둥이에다가 꼴 던지는 격⁵⁰이라고 하는겨. 소가 널 주인으로 모실 성싶으냐?"

하지만 근 한 달이 지났는데도 주인은 나타나지 않았다. 소는 점차 기력을 회복해 제법 살이 올랐다. 그러는 동안에 아버지의 매운 눈은 퍽 부드러워지고 가끔 당신이 직접 고구마 줄기를 뜯어다가 지게로 부려 놓는 일도 생겼다.

"내버리기 아까워서 소나 먹이는 거여."

나는 매일 이부자리 속에서 주인이 나타나지 않았으면 하고 기도를 드렸다.⁵¹

⑷ 당시의 시대적 상황 ③-밤에 등잔을 사용함
⑷ '나'를 달래려는 '아버지'의 행동이다.
⑷ '아버지'의 결정에 대해 만족감을 드러낸다.
⑸ 소에 정을 붙이면 폐기가 힘들기 때문이다.
⑸ 소를 완전히 가지고 싶은 '나'의 마음을 드러낸다.

조마조마한 마음이 한시도 가시지 않았다.[52]

소를 들이고 두어 달이나 지났을까? 돌연 소가 풀도 잘 안 뜯고 울어 대기만 했다. 제집 그리는 짐승처럼 먼 하늘을 우러르는 큰 눈이 퍽이나 슬퍼 보였다. 아버지가 유심히 소를 살피고는 말했다.

"저것이 짝을 찾는 모냥이다."

"그러니까 우리 소가 이제 송아지를 밴단 말여?[53]"

"좋은 수놈이 어디 없을꼬."

[54] 이후 아버지는 슬금슬금 내 자리를 차지하고 들어왔다. 아침마다 쇠꼴(소에게 먹이기 위해 베는 풀) 베라고 불러 깨우지를 않나, 송아지 밴 소를 풀도 안 좋은 방죽으로만 몰고 다닌다고 역정(몹시 언짢거나 못마땅하여서 내는 성)을 냈다. 아침저녁으로 여물을 쑤는 것은 말할 것도 없고 읍내에서 사료도 져 날랐다. 아버지가 그럴수록 나는 왠지 내 자리를 빼앗긴 듯 맥이 풀렸다.

하루는 학교에서 돌아오자 마당에 큰 썰매 같은 게 널브러져 있었다. 그것은 쟁기질 뒤 마른 써레질(마른갈이를 한 다음 물에 대지 아니하고 써레로 흙덩이를 부수면서 땅을 고르는 일)에 쓰는 끄슬쿠(논이나 밭을 갈 때 흙덩어리를 부수는 데 쓰이는 농기구)라는 농기구였다. 그 위에 맷돌이 올라가 있어서 나는 의아하게 생각했다.

"아부지, 저게 뭐여?"

"니도 어디 가지 말고 저기 올라타라, 소 쟁기질 연습시킬 거여."

아버지는 끄슬쿠에서 써레발(써레라는 농기구에 박는 끝이 뾰족한 나무)을 뽑아 내고 소 뒤에다가 쟁기처럼 달았다. 그로부터 한 닷새를 아버지는 온 동네 골목에 흙먼지를 일으키며 소를 몰았다.[55] 물론 나도 그 흙 썰매 같은 끄슬쿠 위에 타야 했다.

내신 준비 철저히 하자고요!

'국어 급신' 선생님

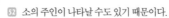

[52] 소의 주인이 나타날 수도 있기 때문이다.
[53] '나'가 주워 온 소를 자기 소라고 생각한다.
[54] 소를 정성스럽게 돌보는 것으로 보아 '아버지'의 태도가 변화했음을 알 수 있다.
[55] 소에게 정성을 다하는 '아버지'의 모습이다.

"이랴, 쩌, 쩌, 이랴, 쩌 쩌."

날이 갈수록 아버지는 끄슬쿠를 점점 무겁게 했다. 나흘째에는 동네 아이들까지 태웠다. 오쟁이가 저희 집 앞에서 뾰로통하게 서 있는 모습은 참 쌤통이었다.

그럭저럭 석 달이 지난 무렵이었다. 하루는 학교에서 돌아와 보니 소가 간 곳이 없었다.[57] 아버지도 보이지 않았다. 어머니가 뒷마루에 앉아 한숨을 폭 쉬는 게 예감이 심상치 않았다.[58]

"소 주인이 나타났다."

어머니는 또 한숨이었다.

"오려면 진작 오지. 이제서야 올 건 또 뭐라냐."

어머니는 뛰쳐나가려는 내 손을 끌어 잡았다. 나는 칭얼칭얼 울기 시작했다.

"울지 마라. 원래 그러자고 들인 소 아니었냐?"

그래 놓고 어머니는 또 한숨이었다.

아버지는 손수 고삐를 잡고 주인과 함께 고개 너머 경찰서로 넘어갔다고 했다.

나는 눈을 썩썩 문지르고 말했다.

"그람 아부지가 소를 다시 찾어올랑갑네이?"

"뭔 수로 고걸 다시 데려오겠냐."

"또 모르제. 그간 길러 줘서 고맙다고 주인이 싸게 팔지도."

나는 그 긴 오후 한나절을 막연한 기대를 품은 채 아버지를 기다렸다. 혹시 쇠꼴을 베어다 놓으면 그게 무슨 주술이 되어 소가 다시 돌아올 것 같아 꼴을 두 망태기나 걷어다가 놓았다.[59] 점심 전에 나갔다는 아버지는 해거름 녘(해가 서쪽으로 넘어갈 무렵)이 되어도 나타나지 않았다.

---

[56] 자신이 머슴처럼 여기던 '나'가 소를 갖게 된 것이 못마땅하기 때문이다.
[57] 새로운 사건이 발생했음을 알리는 불길한 징조이다.
[58] 소의 주인이 나타났음을 직감하게 되는 계기이다.
[59] 소에 대한 '나'의 애착이 드러난다.

저녁 무렵에 아버지는 오쟁이 아버지와 함께 집으로 들어왔다. 빈손이었다.

"어떻게 됐다요?"

어머니가 먼저 물었다. 아버지는 한숨만 내쉬었고, 오쟁이 아버지가 대신 대답했다.

"일단 주인이 데려갔소."

그래 놓고 그는 아버지를 향해 덧붙였다.

"내 말대로 하란 말이지, 이참에 좀 세게 나가서 섭섭지 않게 받아내란 말여. 아까 순경도 안 그러등가? 그간 수고한 건 알아서들 허라고, 그것이 뭔 소리겠어? 사정이 이만저만 됐응께 소 주인이 정상^(있는 그대로의 사정과 형편)을 참작^(이리저리 비추어 보아서 알맞게 고려함) 해라. 그 소리제."

"거기도 영 불량한 사람은 아니던데, 그러지 말고 자네 여웃돈 좀 돌리세."

"나가 뭔 여웃돈이 있당가?"

"콩이랑 보리 매상^(정부나 관공서에서 민간으로부터 물건을 사들임) 한 것 좀 있잖여?"

"그게 얼마나 된다고?"

"아쉬운 대로 이것저것 좀 보태믄 흥정이라도 해 볼 수 있잖여.⁶⁰"

"흥정? 와따매, 아까부터 자꾸 그 소리인디 누가 빚내서 송아지도 아니고 다 큰 소를 사겄다믄 안 웃겄어?"

"다른 말 말고 좀 돌리세. 나가 낼은 직접 찾아 다녀오겠다니께."

이튿날 아침 나는 학교에 가다 말고 동구 밖에서 걸음을 멈추었다.

밤부터 나는 마음을 단단히 먹고 있었다.

"너 시방 왜 그려?"

형이 몸을 틀고 물었다.

"나 소 찾으러 갈 거여."

여러분, 집중해야 해요!

'국어 공신' 선생님

⁶⁰ 주인에게서 소를 사려고 한다. '아버지'가 소에게 정이 들었음을 알 수 있다.

“뭐?”

“아부지 따라 소 찾으러 간당께.”

“니가 거기 가서 뭘 어쩌겠다고?”

“소 돌려달라고 할 거여. 그래도 안 되믄 외양간에 드러누워 버리제.”

“칫, 싹수없는 소리 하고 있다. 얼렁 가야.”

형이 몸을 돌렸다. 나는 한 걸음 물러났다.

“소 찾으믄 행님 니도 고등학교를 도시로 갈 수 있어.”

“그래서 시방 학교 안 가겠다고? 아부지가 가만있겠냐?”

그래 놓고 형은 걸어갔다. 별수 없이 내가 뒤따라올 줄 알았던 모양이다.

“행님아, 나는 숙제를 안 해서 가재도 갈 수가 없다.”

형은 뒤도 돌아보지 않고 저만치 멀어졌다.

나는 팽나무 뒤로 물러나 아버지를 기다렸다. 머잖아 장에 나가는 차림새로 아버지가 마을 길을 걸어 나오는 게 보였다. 겨드랑이에 낀 노란 종이 꾸러미는 돈이 틀림없었다. 내가 팽나무 뒤에서 쭈뼛쭈뼛 나오자 아버지는 기가 막힌 얼굴로 빤히 쳐다보았다.⁶² 나는 가야 할 길로 몸을 돌리고 섰다. 뒤에서는 어떤 기척도 없었다. 아버지는 아무 말 없이 앞서 걸어갔다.⁶³

우리는 고갯마루에서 버스를 기다렸다.

“아버지, 동네가 어디래요?”

“왜, 말하믄 니가 다 알겠냐? 문대미랴.”

아버지는 아무렇지도 않게 대답했다. 이제 나는 힘이 나서 까불었다.⁶⁴

“버스를 타긴 타야겄네이.”

문대미에서 버스를 내린 아버지와 나는 장터를 지나고 큰 동네를 두 군데나 지나면서 강을 거슬러 올라갔다. 그곳 강은 우리 마을 강보다 폭이 좁았지만

⁶¹ 소의 가치가 매우 컸던 당시 시대적 상황을 드러낸다.
⁶² ‘나’가 학교를 가지 않은 이유를 알기 때문이다.
⁶³ ‘아버지’가 소를 보고 싶어 하는 ‘나’의 마음을 이해하기 때문이다.
⁶⁴ ‘아버지’가 자신을 소 주인집에 데려갈 것이라는 확신이 들었기 때문이다.

물은 더 맑았다. 그동안 아버지는 서너 번이나 사람을 붙잡고 길을 물었다.

작은 마을이 나왔고, 아버지는 구멍가게에서 거북선⁶⁵ 한 보루를 샀다. 주인 여자는 길로 나와 들판을 가리켰다. 들판 멀리 강둑 아래로 삼나무 뒤뜰이 어두운 민가가 보였다. 아버지는 꾸러미와 함께 담배 보루를 포개서 겨드랑이 깊숙이 찔러 넣었다.

집 곁을 지나자니 사철나무 울 너머로 타작 소리가 들려왔다. 우리는 잠시 멈춰 서서 집 안을 들여다보았다. 마당에 안주인이 앉아 늦콩을 털고 있었다. 텔레비전 안테나도 안 보이는 게 우리 집하고 다를 것 없이 작고 추레한^{(겉모양이} ^{깨끗하지 못하고 생기가 없다)} 집이었다.⁶⁶

편 대문 밖 감나무 밑에서 아버지가 말했다.

"니는 여기 기둘려이."

아버지는 대문도 없는 마당⁶⁷으로 들어갔다. 나는 감나무 그늘에서 고개를 기웃 내밀고 집 안을 훔쳐보았다. 행랑채에는 외양간이 딸려 있었지만 비어 있었다. 자연히 나는 집 주변을, 그러니까 들판이라든가 강둑을 살펴보았다. 강둑에 염소 몇 마리는 보였어도 소 같은 건 보이지 않았다. 아버지를 뒷마루로 안내해 앉힌 그 집 안댁이 냉수를 한 그릇 내다가 아버지에게 건넸다.

그녀는 바깥양반이 나무를 싣고 바닷가로 갔다고 했다.

"김 양식장에 말뚝을 한사날 달구지로 내다 주고 있는디 점심은 드셔야 올 건디요."

"그 소가 달구지를 다 끈다요?"

아버지가 외양간을 건너다 보며 놀란 눈으로 물었다. 좀 섭섭한 눈빛이었다.

"그렇잖아도 애 아부지가 얼마나 고마워하는지. 소가 똑 우리 소같지 않게 실해졌어라.⁶⁸ 내일 새나 ^{(일머리 어떤 일의 내용, 방법, 절차}

'국어 공신' 선생님

---

65 1970~80년대에 생산되었던 담배로, 시대적 배경을 알게 해주는 소재이다.
66 경제적 여유가 있는 집에만 텔레비전이 있던 시대상이 드러난다.
67 소주인집의 가난한 형편이 드러난다.
68 '아버지'의 가축치는 솜씨가 뛰어나기 때문이다.

등의 중요한 줄거리(이 소설에서는 '일머리가 들다'의 형식으로 일이 마무리되었다는 의미로 쓰임)**가 든다고 한번 인사**

하러 다녀오겠다고 허든만요."

아주머니가 아버지에게 한 번 더 굽실했고, 아버지는 큼큼 헛기침을 놓았다.

"내일 일머리가 든다고요? 그람 모레 새나 다시 한 번 올랍니다."

아버지는 말도 못 꺼내 보고 그냥 일어서는 눈치였다.[69] 마당으로 내려서던 아버지는 잊었다는 듯 아주머니에게 담배 보루를 내밀었다.

"오히려 우리가 선물을 해도 해야 하는디……."

아주머니는 황송한 듯 불편한 듯 담배 보루를 받아 들었다. 내가 툭 불거져 나가 아버지 곁에 서자 아주머니는 깜짝 놀라며 말했다.

"으매, 아들이 와 있었는갑네……. 들어오제야?"

"야가 소 좀 보겠다고 학교도 안 가고 요래 삐득삐득 따라 안 오요."

"오매, 그랗게 니가 강에서 소를 건진 갸구나? 영 슬겁게(마음씨가 너그럽고 미덥다) 생 겼네."

아주머니는 내 머리를 쓰다듬었다.

"소한테 정 주지 말라고 그렇게 말했는디도 요놈이 고만 정을 줘 갖고 밤낮 밥도 안 묵고 울기만 해싸요.[70]"

그렇게 말한 아버지는 정말 짠하고 속상한 눈빛으로 나를 바라보았다.[71] 그 러자 갑자기 나는 눈물이 찔찔 나기 시작했다. 나는 점점 콧물까지 삼키며 서 럽게 울어 버렸다. 나도 모를 일이었다. 안댁(남의 부인을 높여 이르는 말)이 어쩔 줄 몰라 했다.

"허허, 넘 부담시럽게……. 뚝 못 그치냐?"

아버지는 꺼칠한 손바닥으로 내 낯을 훔쳤다. 안댁이 집 안으로 뛰어갔다가 돌아와 내 손에 뭔가를 덥석 쥐여 주었다. 천 원짜리 한 장이었다.

[69] 소를 잘 키워 주어 고맙다고 말하는 아주머니에게 소를 팔라는 말을 차마 하지 못했 기 때문이다.

[70] '나'를 핑계 삼아 소에 대한 마음을 전하고 싶은 '아버지'의 의도가 드러난다.

[71] 소에 대한 '나'와 '아버지'의 마음이 같다.

“공책 사서 써라 잉.”

“아따, 뭘 이런 걸 주고 그런다요. 애 버릇 나빠지게.”

아버지와 나는 마을을 걸어 나왔다. 장터에서 아버지는 자장면을 사 주었다.

이틀 뒤 나는 수업이 끝나자마자 집으로 달려갔다. 아버지는 돌아와 있지 않았다.

“점심 드시고 가셨는디 금방 오겄냐?”

어머니가 찐 고구마를 내놓으며 말했다.

“소 꼭 사 온다고 했제?”

“그랄라고 갔다만……. 오쟁이 아부지가 따라나섰응께 잘 안 되겄냐? 그 양반이 그래도 흥정(물건을 사거나 팔기 위하여 품질이나 가격 따위를 의논함) 붙이는 데는 느그 아부지보다 나으니께.”

해가 설핏 기울고 형이 돌아왔는데도 아버지는 돌아오지 않았다.[72]

나는 형과 함께 동구 밖까지 서너 차례나 들락날락했다.[73]

“하긴 버스에 못 태운께 소를 걸켜 오자면 늦을 거네, 잉?[74]”

위안이나 삼자고 나는 네댓 차례도 넘게 같은 말을 반복했다. 어머니가 저녁상을 밀어 주었지만 우리는 뜨는 둥 마는 둥 했다.

아버지가 돌아온 것은 달빛이 환할[75] 때였다.

술에 취해 비틀거리며 사립문을 들어서는 아버지를 보며 우선 나는 소고삐가 들렸는지 살펴보았다. 그러나 달빛 아래 선 아버지는 맨손이었다. 아니다. 겨드랑이에는 예의 그 종이 꾸러미가 달랑달랑 매달려 있었다. 아버지는 종이 꾸러미를 땅바닥에 내던지고 감나무 밑으로 걸어가 통나무처럼 털썩 주저앉았다.[76]

> 내신 준비
> 철저히 하자고요!

[72] 앞으로 일어날 일에 대한 복선이다. 불길한 예감을 들게 한다.
[73] 초조한 ‘나’의 심리가 반영된 행동이다.
[74] ‘아버지’가 소를 사 올 것이라는 기대감이 드러난다.
[75] 시간이 많이 흐른 뒤이다.
[76] 허탈하고 허망한 ‘아버지’의 심리를 드러낸다.

‘국어 공신’ 선생님

나는 얼른 종이 꾸러미부터 풀어 헤쳤다. 돈다발을 확인해야 현실을 받아들이겠다는 조급함 때문이었다. 하지만 종이 꾸러미에서는 차갑고 물컹한 고깃덩어리가 나왔다.

"워매, 소를 잡아부렀는갑다. 씨!"

나는 나도 모르게 그렇게 소리쳤는데, 형이 대뜸 내 뒤통수를 콕 쥐어박았다. 아버지가 꺽꺽 울고 있었던 것이다.

"그 집구석도 한심하더란 말이지. 그 소 없으믄 농사고 뭐고 못 묵고 산다야. 워매!"

아버지의 우는 모습을 본 것은 그때가 처음이었다.

온전히 우리 집 소유의 소를 갖게 된 것은 한참 뒷날의 일이었다. 송아지가 송아지를 낳고, 그 송아지가 또 송아지를 낳아 지금은 얼추 네댓 대나 배 갈린 4~5대를 이은 암소가 외양간을 지키고 있다.

"요놈의 짐승이 정을 안 줄래도 정이 안 들 수가 없는 짐승이여. 하긴 우리 자식들은 요놈이 다 가르쳤응께. 난 힘 하나 안 썼구만."

77　'나'의 어린아이다운 순수한 모습이 드러난다.
78　소를 살 수 없었던 이유이다.
79　소에 대한 '아버지'의 애정이 드러난다.

'국어 공산 선생님'

전성태_소를 줍다 · 123

OOPS!

내신·수능 만점 키우기 -----------

1 작가 소개 ------------

작가 전성태(1969~)는 전라남도 고흥 출신으로 중앙대 문예창작학과를 졸업했다. 1994년 <실천문학>에 단편 '닭몰이'가 신인상에 당선되어 데뷔했으며, 소설집 《매향》과 《국경을 넘는 일》, 《늑대》, 《두 번의 자화상》 등을 등을 펴냈다. 신동엽 창작상을 수상하였다.

2 핵심 정리 --------------------------

○ 다음 내용에서 괄호 안에 알맞은 답을 쓰시오.

갈래	단편 소설, 현대 소설
성격	회고적, 성찰적, 교훈적
배경	시대적 : 1970년대 후반, 공간적 : 농촌 마을
시점	1인칭 주인공 시점
제재	소를 둘러싼 갈등
주제	'소'를 통한 부자간의 (❶)과 (❷)
특징	- 대화와 묘사로 사건을 생동감 있게 표현함 - 토속적이고 (❸) 문제를 사용함

3 이 글의 짜임 ------------------

○ 다음 내용에서 괄호 안에 알맞은 답을 쓰시오.

구분	소설 구성 단계에 따른 갈등 양상 단계와 내용
발단	주인공 '나'는 남의 집 소를 잘 길러 주는 일을 하는 (❶)를 못마땅하며 소를 사자고 조르지만 워낙 비싸 도리어 아버지에게 혼만 남.
전개	'나'는 장마철에 (❷)이 불어 떠내려 오는 소를 목숨을 걸고 구해 자랑스럽게 데리고 옴.
위기	'나'의 생각과는 달리 아버지는 소를 주워온 곳에 다시 데려다 놓으라고 하지만 소 주인이 나타나지 않자 집에서 소를 키우는 것을 허락함.
절정	'나'와 아버지는 소에게 먹이를 챙겨주고 (❸)을 내어주고 짝을 지어주며 소에게 정을 주지만 소의 주인을 찾게 됨.
결말	소 주인에게 소를 살 생각으로 찾아갔으나 그 집도 소 없이는 살 수가 없어서 아버지는 눈물을 흘리며 빈손으로 돌아옴. 훗날 형이 서울에서 송아지 한 마리를 사오게 되어 마침내 소를 키우게 됨.

◈ 그래픽 구조로 글의 짜임 한 번 더 이해하기

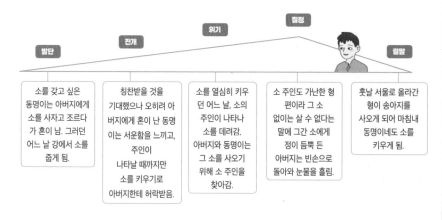

발단	전개	위기	절정	결말
소를 갖고 싶은 동명이는 아버지에게 소를 사자고 조르다가 혼이 남. 그러던 어느 날 강에서 소를 줍게 됨.	칭찬받을 것을 기대했으나 오히려 아버지에게 혼이 난 동명이는 서운함을 느끼고, 주인이 나타날 때까지만 소를 키우기로 아버지한테 허락받음.	소를 열심히 키우던 어느 날, 소의 주인이 나타나 소를 데려감. 아버지와 동명이는 그 소를 사오기 위해 소 주인을 찾아감.	소 주인도 가난한 형편이라 그 소 없이는 살 수 없다는 말에 그간 소에게 정이 듬뿍 든 아버지는 빈손으로 돌아와 눈물을 흘림.	훗날 서울로 올라간 형이 송아지를 사오게 되어 마침내 동명이네도 소를 키우게 됨.

4 소설의 특성과 전개 과정에 따른 변화 양상

1 주요 인물 소개 및 특성

○ 다음 각 인물에 대한 올바른 설명을 연결하시오.

그룹 채팅(주요 인물 소개)

 ㉮　　㉠　주인이 나타날 때까지만 소를 기르기로 하지만 석 달 동안 소와 정이 듦. 주인이 나타나자 소를 돌려줌.

 ㉯　　㉡　'나'에게 친구 같은 존재. 농사일을 도와주는 노동력, 시골 농가의 경제력을 상징함.

 ㉰　　㉢　강에 빠진 소를 구해 집으로 데려옴.

2 사건 전개에 따른 동명의 심리 변화

◎ 다음은 사건에 따른 동명의 심리 변화이다. 카톡 대화를 하듯 ①~③의 알맞은 답변을 쓰시오.

그룹 채팅(동명의 심리) 　　　　Q ≡

국어 공신
> 동명아, 아버지가 오쟁이네 암소를 맡았을 때 심정이 어땠어?

> 우리 집이 최초로 들여놓은 소가 오쟁이네 암소라는 게 너무 싫었어. 아침저녁으로 오쟁이와 돌아가며 꼴을 베다 주는 일도 귀찮았고 오쟁이 녀석이 주인 행세를 하는 꼬락서니도 너무 짜증이 났어!

동명

국어 공신
> 동명아, 강물에 떠내려온 소를 구해냈을 때 심정이 어땠어?

> 나는 정말 기뻤어! 우리 집도 소를 하나 샀으면 좋겠다고 생각했는데 비싸다고 오히려 아버지한테 혼났거든. 우리 집도 드디어 소를 키우게 되는 건가 하고 설렜지 뭐야.

동명

국어 공신
> 기대하고 소를 데리고 갔는데 아버지가 시큰둥한 반응을 보일 때 어땠어?

> 아버지가 엄청 좋아하실 줄 알았는데 오히려 반응이 (❶　　　) 하고 주인을 찾아달라고 해서 서운했어. 내가 어떻게 구해 온 소인데...

동명

국어 공신
> 소를 키우는 걸 허락 받았을 때 심정이 어땠어?

> 우리 소가 생겼다는 마음에 너무 기뻤어. 오쟁이네 소를 먹일 때랑은 다르게 우리 소를 먹이는 건 너무 신나는 일이었지. 게다가 아버지가 소에게 짝을 지어줬을 때 열 달 뒤에 생길(❷　　　　)를 기대하며 달력에 표시까지 했다니깐!

동명

국어 공신
> 소의 주인을 찾았다는 소식을 들었을 때 심정이 어땠어?

> ❸
동명

⊕　　　　　　　　　　　　　　　　　　　☺ #

5 창의융합 학습 이해하기

○ 소를 정성껏 키웠지만 떠나보내야 하는 동명이에게 문자를 보내봅시다.

6 '동명'의 뇌 구조

○ 책 내용을 참고하여 '동명'의 뇌 구조를 자유롭게 작성해봅시다.

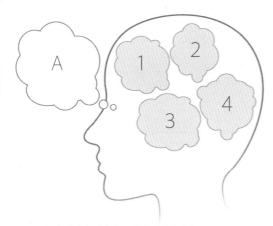

정말 꼭 알아야 해요!

Ⓐ - 소를 잘 키워서 집안에 보탬이 되어야겠어.

❶ - 강에서 떠내려온 소는 일단 주우면 임자야.

❷ -

❸ -

❹ - 아버지에게 다시 소를 찾아오라고 해야겠어!

7 서술형 대비 문제 --

○ 다음 문제를 읽고, 서술형으로 답해봅시다.

1 '소'에 대한 '아버지'의 심리 변화를 아래와 같이 정리해 보자.

행동	심리
'나'가 소를 주워 왔을 때 소 주인을 찾아 돌려주려고 함.	①
주인이 찾아올 때까지만 소를 키우자고 했지만 소를 돌보는 '나'를 못마땅해함.	②
소가 송아지를 밴 이후부터 소를 정성껏 돌보고 소 주인이 소를 가져가자 빚을 내서라도 소를 사려고 함.	③
소를 사지 못하고 빈손으로 집에 돌아왔을 때 감나무 밑에 털썩 주저앉아 꺽꺽 소리 내어 욺.	④

2 '아버지'와 '나'에게 '소'는 어떤 의미인지 적어봅시다.

3 '나'와 '아버지'의 외적 갈등은 무엇이고, 어떻게 해소되었는지 작성해 봅시다.

4 이 소설의 서술자인 '나'의 역할과 특징에 대해 서술해 봅시다.

9 토론해 보기

○ 다음 논제를 파악한 후 주장과 근거를 서술하시오.

논제 : 〈소를 줍다〉에서처럼 여러분이 '소'를 줍거나 혹은 길에서 여러 물건들을 줍는다면 어떻게 할 것인가요?

논제	'나'의 소유권을 주장한다	주인을 찾아 준다
주장		
근거		

간단히 내용 파악하기 -----------------------------

○ 다음 문제를 읽고 올바른 내용에는 O, 틀린 내용에는 X 표시를 하시오.

1 〈소를 줍다〉는 '나'를 서술자로 작품 속에 등장시켜 사건을 주체적으로 이끌어가며 자신의 심리를 서술하는 1인칭 관찰자 시점이다. [O | X]

2 작품에서 방언(사투리)을 사용하면 토속적 분위기를 형성하고 등장 인물에 대한 친근감과 정겨움을 나타내어 사건 전개 과정을 현장감 있고 생동감 있게 표현하는 효과를 준다. [O | X]

3 〈소를 줍다〉는 1970년대 농촌을 배경으로 주인공 가족이 소를 키우고 떠나보내는 과정을 그린 소설이다. [O | X]

4 이 소설에서 소를 둘러싼 부자간의 갈등을 어린아이의 순수한 눈으로 전달하며 흥미를 더하고 있다. [O | X]

5 주인공 '나'는 소가 강에 있는 것을 보자, 친구들에게 도와달라고 소리쳤다. [O | X]

○ 다음 문제를 읽고 올바른 답을 단답형으로 작성하시오.

1 동명이가 아버지께 소 한 마리 사달라고 하자 아버지는 "소가 토깽이냐? 사고 잡다고 달랑 사게?"라고 말합니다. 그 이유는 무엇인가요?
[   ]

2 강에 떠내려 가는 소를 보며 동명이는 혼자 강에 뛰어 들어갔다. 그리고 친구들에게 절대 강에 들어오지 못하게 했다. 그 이유는 무엇인가요?
[   ]

3 아버지는 동명이가 소를 주웠다는 옥강 둑으로 갔다. 아버지는 거기에서 동명이의 머리를 쥐어박았다. 그 이유는 무엇인가요?
[   ]

4 동명이는 소를 3개월이나 정성스레 키웠는데 무슨 일이 일어났나요?
[   ]

5 아버지는 소 주인에게 가서 소를 사려 했지만 왜 못 사가지고 왔나요?
[   ]

실전 문제로 작품 정리하기 -----------------------------

1 이 글의 특징으로 적절하지 <u>않은</u> 것은?

① 대화와 묘사로 사건을 생동감 있게 표현한다.
② 사투리의 사용으로 토속적인 느낌을 준다.
③ 1970년대 농촌마을을 배경으로 이야기가 전개된다.
④ 작품 속 주인공이 서술자가 되어 이야기를 전개하고 있다.
⑤ 외부 이야기에서 내부 이야기로 흘러가는 액자식 구성을 취하고 있다.

2 소설 속 내용과 일치하는 것은?

① '나'는 아버지와 갈등을 겪으며 가출을 결심한다.
② 동명이는 형의 설득으로 소를 주운 사실을 지서에 신고했다.
③ 아버지는 소를 주워 온 동명이를 칭찬했다.
④ 주인이 나타날 때까지만 소를 키우기로 하고 아버지는 소에게 쟁기질을 연습시켰다.
⑤ 동명이네는 결국 원래 주인에게 소를 돌려주게 되었고 그 이후로 다시는 소를 키우지 않았다.

3 위 글의 주제로 적절한 것은?

① 부조리한 농촌 사회 현실 비판
② 도시 빈민이 겪는 고통과 좌절
③ 어린아이의 시선으로 바라본 어른들의 고단한 삶
④ 가치관의 차이로 발생하는 세대 간 갈등
⑤ 소를 통한 부자간의 갈등과 사랑

4 등장 인물에 대한 설명으로 적절하지 <u>않은</u> 것은?

① 아버지는 광주와 서울을 오르내리는 비둘기호 열차에서 땅콩 오징어를 파는 일을 하셨다.
② 아버지의 농사꾼으로서의 흠 중 하나는 농사를 너무 예술적으로 접근한다는 것이었다.
③ 아버지의 융통성 없는 성격은 가축 치는 일에서 진가를 발휘했다.
④ '나'는 소를 키우고 싶어 했기 때문에 오쟁이네 암소에게 풀을 먹이는 것을 좋아했다.
⑤ '나'는 소 주인이 나타나자 아버지께 그 소를 사오라고 했지만 원래 소 주인도 소가 없으면 못 먹고 사는 처지여서 사오지 못했다.

글쓰기 --

○ 다음 글쓰기 논제를 읽고, 한 편의 글을 완성하세요.

동명이네 집을 떠나는 '소'의 입장이 되어 동명이에게 편지를 써봅시다.

즐겁게
글쓰기 해보아요!

✦ '소'는 우리 민족의 사랑이자 희망이다. ✦

꼭 읽어주세요!

세상을 살다 보면, 두 눈을 뜨고도 믿지 못할 일들이 생깁니다. 동명이는 친구들과 긴 장마로 불어난 강물에서 떠내려오는 물건을 건지다가 멀리서 떠내려오는 소 한 마리를 목격합니다. 이 소설의 시대적 배경은 1970년대입니다. 당시 '소'라는 것은 매우 큰 재산적 가치를 지닙니다. 그런 '소'가 물에 떠내려오는 것을 본 동명이는 친구들에게 자신이 소를 구할 것이니 아무도 들어오지 말라고 합니다. 그리고 구한 후에도 자신이 주운 소라며 확실히 이야기합니다. 이것은 곧 소를 자신의 소유물로 만들기 위한 엄포였습니다. 당시 시골에서 '소'는 집안을 일으키는 큰 도움이 되는 재산이었습니다. 즉, 이 소설에서 '소'와 '농촌의 삶'은 전통적인 농경사회에서의 내면적 삶의 모습으로 표현되어 있다는 것을 알 수 있습니다.

또한 소를 주워 온 동명이의 생각과는 다르게 아버지는 소 주인을 찾아 돌려주라고 합니다. 하지만 동명이는 그러고 싶은 마음이 없었습니다. 그렇게 한 달이 지나 소는 기력을 회복하고 살이 올랐습니다. 그때까지도 주인은 나타나지 않았습니다. 두어 달이 지나자 소는 갑자기 풀도 잘 안 뜯고 울어대기만 했습니다. 아버지는 소가 '불을 냈다'며 옆 마을에서 수놈을 데려다가 짝짓기했습니다. 그러나 결국 소 주인이 나타났습니다. 소 주인이 소를 데려가고 아버지와 동명이는 시름에 빠집니다. 빚을 내서라도 소를 사려 했지만, 소를 사지 못하고 정든 소를 떠나보내야 하는 안타까움으로 마무리됩니다. 이러한 과정에서 우리는 주워 온 '소'에 대한 '아버지'의 심리 변화를 살펴볼 수 있습니다. 동명이가 소를 주워 왔을 때 아버지는 최대한 양심을 지키려고 합니다. 또한 소를 키우기로 했을 때는 최선을 다해 정성껏 돌보는 동명이를 못마땅해합니다. 그 이유는 소 주인이 나타났을 때 동명이가 받을 상처를 생각해보면 마음이 아프기 때문입니다. 그리고 소가 송아지를 배자 소를 정성껏 돌봅니다. 소에 대한 애정을 쏟았지만 결국 소 주인이 나타나 소를 데려가게 됩니다. 아버지는 소를 되찾지 못한 안타까움에 눈물을 흘립니다.

이 작품은 순진하면서 천진난만한 아이의 시선으로 그렸습니다. 또한 작품 속에서 사건을 주체적으로 이끌어 가는 인물이 바로 동명이입니다. 주인공인 자신의 심리까지 독자들에게 그대로 전달했고, 주인공인 '나'가 아버지의 심리를 이해하지 못하고 자신의 주관적인 입장에서만 사건을 전달하고 있는 서술적 특징이 나타납니다. 여러분들도 동명이의 시선으로 작품을 감상해보세요.

✦ 목걸이 ✦

루아젤 부인

잠깐!

작가에 대해 알아볼까요?

기 드 모파상(Guy de Maupassant)
1850~1893

19세기 후반 자연주의 소설가의 대표자로 불리는 프랑스의 소설가 기 드 모파상(Guy de Maupassant, 1850~1893)은 절제된 감성과 간결한 문체, 객관적인 묘사로 에드거 앨런 포, 안톤 체호프, 오 헨리 등과 함께 단편소설의 대가로 손꼽히고 있다. 대표작으로는 프랑스 사실주의 문학의 걸작, 장편《여자의 일생》이 있으며 그 외《피에르와 장》,《비곗덩어리》등 여러 편의 작품을 남겼다.

상류층 파티에 초대를 받았으나 허영심과 과시욕이 있기에 입고 갈 옷도 치장할 보석도 없다며 남편에게 불만을 토로하고 있어.

아내가 파티에 입고 갈 옷이 없다고 하자 계획한 일을 포기하면서까지 아내에게 새 옷을 마련해주는 성실하고 자상한 인물이야.

루아젤 부인

VS

루아젤

부유한 형편이며 친구 루아젤 부인에게 다이아몬드 목걸이를 빌려주는 관대한 성격을 지니고 있어.

포레스티에 부인

'국어 공신' 선생님의 감상 꿀팁!

인간의 허영심과 욕망이 한 사람의 운명을 어떻게 변화시키는지, 작품 마지막에 극적인 반전을 제시함으로써 독자에게 어떤 효과를 주는지 생각해보며 이 작품을 감상해보자.

'국어 공신' 선생님

루아젤 부인이 10년간 고생한 이유는 무엇 때문일까?

아름답고 매력적인 그녀는 조물주(우주의 만물을 만들고 다스리는 신)의 실수로 가난한 하급 공무원의 집안에서 태어났다. 지참금(여자가 시집갈 때에 친정에서 가지고 가는 돈)도 없었고 물려받을 유산을 기대할 수도 없었으며 부유하거나 지체 높은 남자와 가까이 하며 사랑을 하고 청혼을 받을 방법도 없었다. 선택의 여지가 없던 그녀는 어쩔 수 없이 교육부에서 일하는 하급 공무원과 결혼을 하게 되었다. 화려하게 몸단장을 할 만한 여유도 없었기에 그녀는 늘 수수한 차림이었다. 이러한 처지의 여자들이 으레 그러하듯, 그녀 역시 자신의 환경에 만족하지 못했다.

그녀는 자기 자신을 스스로 세상의 모든 쾌락과 사치를 누려도 된다고 생각하며 때 묻은 가구[1]를 볼 때마다 괴로워했다. 자신과 비슷한 상황에 있는 다른 여자들은 이러한 것에 크게 개의치 않을 테지만 유독 그녀만은 속이 상하고 화가 났다.[2] 그래서 그녀는 브르타뉴 출신의 가정부가 낡은 가구를 손질하는 것만 봐도 서럽고 괴로운 몽상(실현 가능성이 없는 부질없는 생각)이 떠올라 머릿속이 복잡해졌다.

그녀는 동양풍의 장식이 달려 있는, 높은 청동 촛대에 불을 환히 밝히고 짧은 바지를 입은 두 하인이 난로의 열기를 이기지 못해 안락의자에 앉아 졸고 있는 아늑한 응접실을 상상해 보았다. 또한 비단으로 장식한 넓은 살롱(서양풍의 객

---

[1] 루아젤 부인이 처한 궁핍한 현실을 나타내며, 그러한 현실에 만족하지 못해 괴로워하는 그녀의 마음을 더욱 힘들게 하는 소재이다.
[2] 허영심과 욕심이 많은 루아젤 부인의 마음을 알 수 있으며 이로 인해 앞으로의 삶이 순탄치 않을 것임을 암시한다.

내신 준비!

'국어 공신' 선생님

실이나 응접실)을 그려 보았다. 값비싸고 귀한 골동품들이 진열되어 있는 화려한 가구…… 그리고 뭇 여성들의 선망의 대상인 사교계의 유명한 남성들과 친한 친구들이 함께 저녁 식사를 하며 정담(정답게 주고받는 이야기)을 나눌 수 있는 아늑한 방을 떠올려 보았다.

저녁 식사 시간에 사흘째 세탁하지 않은 테이블보를 펴 놓은 원형 식탁 앞에 마주 앉은 남편이 수프 뚜껑을 열고는

"아! 훌륭한 수프로군."❸

하며 기뻐하자 그녀는 다시 화려한 만찬을 떠올려 보았다. 눈이 부시게 빛나는 은그릇들, 신선들이 노닌다는 숲속에 등장할 법한 기이한 새들과 고대의 인물들이 그려진 벽화, 화려한 그릇에 담긴 산해진미(산과 바다에서 나는 진귀한 것들로 만든 맛좋은 음식) 붉은 생선과 꿩 고기를 먹으며 담소를 나누는 남녀들의 모습이 아른거렸다.

그녀에게는 내세울 만한 옷도, 보석도 없었다. 그런데 그녀는 옷과 보석을 좋아했다.❹ 그녀는 자신이 태어난 이유가 그것들 때문이라고 생각했으며 그만큼 쾌락과 사치를 동경하는 그녀는 뭇 남성들의 인기와 사랑을 독차지하고 싶어 했다.

그런 그녀에게 학창 시절 동창생 중 하나인 부유한 친구가 있었다. 그녀는 그 친구와 만나는 것이 썩 내키지 않았다.❺ 그 친구를 만나는 것은 그녀에게 상처를 주는 일이었기 때문이다. 그녀는 그 친구를 만나고 집에 돌아오는 날이면 며칠간 슬픔과 비탄에 잠겨 온종일 눈물 바람이었다.

여러분, 집중해야 해요!

'국어 귀신' 선생님

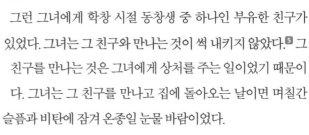

❸ 깨끗하지 못한 식탁보를 신경 쓰지 않고 스프에 만족하는 것으로 보아 남편 루아젤은 부인과는 다르게 현실에 만족하는 성격임을 알 수 있다.
❹ 루아젤 부인이 처한 현실과 그녀가 동경하는 삶의 격차가 크다는 것을 알 수 있다.
❺ 부유하게 사는 친구의 모습이 초라한 자신의 처지와 비교되었기에 루아젤 부인은 더욱 속이 상했을 것이다.

그러던 어느 날 저녁, 그녀의 남편이 자랑스러운 표정으로 큼지막한 봉투 하나를 들고 들어왔다.

"당신에게 온 거요."

하고 남편이 말했다.

그러자 그녀는 서둘러 봉투를 뜯고 그 속에 들어 있는 카드를 꺼냈다. 카드에는 다음과 같은 내용이 적혀 있었다.

교육부 장관 조르주 랑포노 부처(부부)는 1월 18일 월요일 저녁, 장관 관저(정부에서 장관급 이상의 고관들이 살도록 마련해준 집)에서 파티를 개최할 예정이오니 부디 루아젤 부처께서는 참석하시어 자리를 빛내 주시기 바랍니다.

그녀의 남편은 아내가 몹시 기뻐하리라고 기대했으나 오히려 그녀는 그 초대장을 테이블 위로 내던지며 말했다.

"그래서 나보고 어쩌라는 거예요?"

"여보, 나는 당신이 당연히 기뻐하리라고 생각했는데 대체 무슨 말이오? 그동안 외출다운 외출도 제대로 못 했으니 이건 당신에게 좋은 기회임이 분명하오. 내가 이 초대장을 받으려고 얼마나 애썼는지 알기나 하오? 직원들이 앞다투어 이 초대장을 받으려고 했으나 몇 장밖에 없어서 받지 못했소. 어쨌든 그 날 그곳에서 정부의 고관(지위가 높은 벼슬이나 관리)들을 모두 만날 수 있을 거요."

그러자 그녀는 매서운 눈초리(어떤 대상을 바라볼 때 눈에 나타나는 표정)로 남편을 노려보다가 더는 참지 못하고 차갑게 말했다.

"나보고 대체 뭘 입고 가라는 거예요?"

거기까지 미처 생각하지 못한 남편은 이렇게 말했다.

6 평소 부인이 상류층의 삶을 동경해왔기 때문이다.

"극장에 갈 때 입었던 옷이 있지 않소? 그 옷이 꽤 좋아 보이던데……."

아내가 눈물을 흘리는 모습을 보자 그는 더 이상 말을 잇지 못했다. 눈가에서 입술로 커다란 눈물 두 방울이 차츰 흘러내리고 있었다.[7] 그가 머뭇거리며 말했다.

"왜 그러는 거요? 대체 왜?"

가까스로 마음을 진정시킨 그녀는 눈물에 젖은 두 뺨을 닦으며 조용히 말했다.

"아니, 아무것도 아니에요. 단지 입을 옷이 없을 뿐이에요. 파티에는 갈 수 없을 것 같아요. 그러니 그 초대장은 다른 사람에게 주세요. 나보다 좋은 옷을 가진 아내가 있는 사람한테 말이에요."

이에 실망한 남편이 말했다.

"이봐요, 마틸드! 괜찮은 옷 한 벌 맞추는 데 얼마나 들지? 나들이 갈 때도 입을 수 있고, 그다지 비싸지 않은 옷 말이오."

그녀는 잠시 생각에 잠겼다. '얼마라고 말해야 검소한 공무원인 남편에게 바로 거절당하지 않고 남편이 놀라서 소리를 지르지도 않을까.' 하고 어림잡아 값을 매겨 보는 것이었다.

그녀는 곧 머뭇거리며 말했다.

"정확히는 모르겠지만 아마 사백 프랑(프랑스, 스위스, 벨기에의 화폐 단위) 정도면 될 거예요."

내신 준비
철저히 하자고요!

'국어 귀신' 선생님

그러자 남편의 낯빛이 조금 변했다.[8] 그는 딱 그만큼을 비축하고 있었지만 그 돈으로 총을 사서 올여름에 낭테르 벌판으로 사냥을 가려고 했던 것이다. 매주 일요일마다 그곳에서 종달새 사냥을 하는 친구들과 함께할 예정이었다.

그러나 그는 이렇게 말했다.

[7] 루아젤 부인은 눈물을 흘리며 남편의 약한 마음을 움직이고 있다.
[8] 예상보다 큰 액수였고 자신이 계획한 일을 포기해야 했기 때문이다.

"알겠소. 내 사백 프랑을 줄 테니 근사한 옷을 맞추시오."

예정된 파티가 점점 가까워지고 있었다. 루아젤 부인은 걱정과 근심이 가득했다. 옷은 거의 완성되어 가고 있었다. 어느 날 저녁, 남편이 물었다.

"대체 왜 그러는 거요? 당신 요즘 넋이 나간 사람 같소."

그러자 그녀가 말했다.

"몸에 걸칠 보석 장신구 하나 없으니 나만큼 가엾은 사람이 또 어디 있겠어요? 내 모습이 얼마나 초라할지. 아무래도 그 파티는 안 가는 것이 좋을 것 같아요.[9]"

남편이 말했다.

"생화를 다는 건 어떻소? 아주 근사해 보이던데. 십 프랑이면 예쁜 장미 두세 송이는 살 수 있을 거요."

그러자 그녀가 고개를 저었다.

"싫어요! 부유한 여자들 틈에서 가난해 보이면 얼마나 수치스럽겠어요?"

그러자 남편이 큰 소리로 말했다.

"당신도 참으로 가엾구려. 그렇다면 당신 친구 포레스티에 부인을 찾아가 보석을 좀 빌려 보는 건 어떻소? 그 정도 친분은 있지 않소?"

그녀는 기뻐하며 큰 소리로 말했다.

"아, 그러면 되겠군요! 그 생각을 못 했어요."

다음 날 친구 집을 찾아간 그녀는 자신의 안타까운 사정을 이야기했다.

그러자 포레스티에 부인은 거울이 달린 의자 앞에서 커다란 보석 상자를 들고 와 열어 보이며 루아젤 부인에게 말했다.

"마음에 드는 것 골라 봐."

그녀는 팔찌 몇 개를 살펴보았다. 그리고 진주 목걸이를, 그다음에는 베네치아(이탈리아 북부 아드리아해 북쪽 해안에 있는 항구 도시)제(製)의 십자가를 보았다. 금과 진주로 되어 있는 십자가는 놀라울 만큼 그 만듦새가 훌륭했다. 거

[9] 남편에게 파티에 치장하고 갈 보석이 필요하다고 호소하고 싶었기에 의도적으로 반어법을 쓴 것이다.

울 앞에서 다양한 보석을 걸어 보던 그녀는 어떤 것을 빌려 가야 할지 망설이며 수차례 이 말을 되풀이했다.

"다른 건 또 없어?"

"왜 없겠어. 직접 가서 골라 봐. 어느 것이 네 마음에 들지 모르니까."

그러자 검은 공단(두껍고 무늬가 없는 윤기가 도는 고급 비단) 상자 속에 들어 있는 화려한 다이아몬드 목걸이가 눈에 들어왔다. 얼마나 탐이 났는지 그녀는 그것을 보자마자 심장이 마구 뛰기 시작했다. 마침내 그것을 쥔 그녀의 손이 떨려 왔다.[10] 그녀는 그 목걸이를 몽탕트(목까지 높이 올라온 옷) 위에 걸고, 아름다운 자신의 모습에 도취되어(어떠한 것에 마음이 쏠려 취하다) 있었다.

그녀는 간신히 입을 떼며 말했다.

"이것 좀 빌려 줘. 다른 건 필요 없어."

"그래, 그렇게 하렴."

그녀는 친구의 목을 끌어안고 뜨겁게 키스를 했다. 그녀는 그 목걸이를 들고 서둘러 집으로 돌아왔다.

드디어 파티가 열리는 저녁이 되었다. 그곳에서 루아젤 부인은 인기를 한 몸에 받았다. 그녀는 누구보다 아름답고 우아한 자태를 뽐냈으며 미소를 띤 얼굴엔 환희가 가득했다. 그녀를 본 모든 남자들이 그녀의 이름을 물으며 소개를 받으려 했고, 비서관들 모두가 그녀와 춤을 추고 싶어 했다.

그녀는 스스로 매우 흡족해하며 춤을 추었다.[11] 자신의 아름다움에 의기양양해지고 마침내 해냈다는 영광스러움과 끝없이 이어지는 사람들의 찬사(칭찬하거나 찬양하는 말이나 글)와 탄성, 완벽한 승리로 여성들의 꺼져 가는 욕망의 불씨를 되살려준 행복의 구름 속에서 환희에 도취되어 모든 것을 망각하고 있었다. 그녀는 다음 날 새벽 네 시경이 되어서야 파티장에서

'국어 귀신' 선생님

[10] 마침내 자신의 욕망을 채워줄 물건을 찾았기 때문에 감격한 것이다.
[11] 자신의 허영심을 충족했기 때문이다.

나왔다. 남편은 이미 자정부터 작은 응접실에서 친구 세 사람과 함께 졸고 있었다. 그동안 그들의 부인은 각각 자신만의 쾌락에 도취되어 있었다.

남편은 집으로 돌아올 때를 생각해 준비한[12] 평소에 입던 허름한 외투를 아내의 어깨에 걸쳐 주었다. 그 초라한 외투는 야회복(만찬회, 무도회, 관극 등 야간에 남녀가 함께 착용하는 정식 예복)과 어울리지 않았다. 그래서 그녀는 값비싼 털옷으로 단장한 다른 여자들의 시선을 피하려고 했다.[13]

루아젤이 아내에게 말했다.

"잠깐만 기다려요. 아무래도 이대로 나가면 감기 들 것 같으니 나가서 마차를 불러오겠소."

그러나 아내는 남편의 말은 전혀 신경 쓰지 않고 서둘러 층계를 내려갔다. 두 사람은 거리로 나왔지만 마차는 한 대도 보이지 않았다. 남편은 멀리 보이는 마차를 향해 큰 소리로 외쳤으나 소용이 없었다.

낙심한 두 사람은 몸을 떨면서 센강(프랑스 북부를 흐르는 강) 쪽으로 내려갔다. 때마침 그곳에서 밤에만 다니는 허름한 마차 한 대를 발견했다. 파리에서 한낮에는 그 초라한 모습을 보이기 민망하기라도 한 듯[14] 밤에만 다니는 마차였다.

두 사람은 그 마차를 타고 마르티르 거리에 있는 집 앞에 도착했다. 왠지 모르게 쓸쓸한 마음으로 층계를 올라갔다. 그녀에게는 이제 모든 것이 끝나 버린 것이다. 남편은 오전 열 시까지 교육부로 출근해야 한다는 생각을 하고 있었다.[15]

그녀는 자신의 화려한 모습을 다시 한번 보기 위해 거울 앞에 다가가 외투를 벗었다. 그러다 갑자기 비명을 질렀다. 목에 걸려 있던 목걸이가 없어진 것이다. 옷을 벗고 있던 남편이 엉거주춤(아주 앉지도 서지도 않고 몸을 반쯤 굽히며)하며 물었다.

---

[12] 남편의 세심한 성격을 알 수 있다.
[13] 허영심이 많고 자존심이 강한 루아젤 부인의 성격을 알 수 있다.
[14] 매우 낡고 초라한 마차의 모습을 표현한 것이다.
[14] 착실한 남편의 성격을 알 수 있다.

'국어 굴산 선생님'

"무슨 일이오?"

그러자 그녀는 망연자실한(멍하니 정신을 잃다) 어투로 말했다.

"저기…… 저…… 포레스티에 부인이 빌려준 목걸이가 없어졌어요."

그러자 남편은 실성한 사람처럼 벌떡 일어섰다.

"아니…… 어떻게 그럴 수가!"

두 사람은 옷 사이사이와 외투 깃, 호주머니 안까지 샅샅이 뒤져 보았으나 목걸이는 보이지 않았다.

남편이 물었다.

"파티장에서 나올 때는 확실히 있었소?"

"그럼요. 장관님 댁 현관에서 만져보기까지 했어요."

"만약 길에서 떨어뜨렸다면 분명 소리가 났을 텐데. 아무래도 마차 안에서 잃어버린 것 같군."

"그런 것 같아요. 그 마차 번호 기억하세요?"

"아니, 당신도 마차 번호를 자세히 보지 않았소?"

"네."

낙심한 그들은 그저 서로를 바라볼 수밖에 없었다. 그러자 루아젤은 옷을 다시 입기 시작했다.

"혹시 모르니 왔던 길을 살펴봐야겠소."

그는 다시 밖으로 나갔다. 그녀는 야회복을 벗을 생각도, 잠에 들 기운도 없었다. 불도 피우지 않고 그저 의자 위에 멍하니 앉아 있을 뿐이었다.

일곱 시경이 되자 남편이 돌아왔다. 아무것도 찾지 못한 것이다.

그는 결국 경찰국과 신문사에 현상금(목걸이를 찾아주는 이에 대한 보상금)을 걸고 광고도 냈다. 또한 작은 마차를 운영하는 회사는 모두 찾아보고, 조금이라도 가능성이 있는 곳은 전부 찾아다녔다.

이 끔찍한 재앙[16] 앞에서 실성한 듯한 아내는 온종일 남편만 기다

---

[16] 포레스티에 부인에게 빌린 다이아몬드 목걸이를 잃어버린 일을 뜻한다.

'국어 공산 선생님'

리고 있었다. 루아젤은 눈이 푹 꺼지고 핼쑥한 얼굴로 저녁때가 되어서야 돌아왔다.[17] 그는 여전히 아무것도 발견하지 못했다.

"아무래도 당신 친구한테 편지라도 써야 될 듯싶소. 목걸이의 고리가 망가져고치는 중이라고 말이오. 그렇게라도 해줘야 찾으러 다닐 시간을 좀 벌지 않겠소?"

아내는 남편이 부르는 대로 받아 적었다.

그렇게 일주일이 지났다. 그들은 모든 희망을 잃어버렸다.

요 며칠 새 5년은 더 늙은 듯한 루아젤[18]이 말했다.

"어떻게든 그 보석을 돌려줘야지."

다음 날 부부는 보석 목걸이가 들어 있던 빈 상자를 들고, 그 안에 적혀 있는보석상을 찾아갔다. 여러 권의 장부를 뒤적이던 보석상 주인이 말했다.

"부인, 그 목걸이는 저희 가게의 물건이 아닙니다. 아무래도 여기에선 상자만 제공한 것 같습니다.[19]"

잃어버린 보석과 똑같은 것을 구하기 위해 두 사람은 기억을 더듬으며 모든보석상을 찾아다녔다. 비탄(몹시 슬퍼하면서 탄식함)에 잠긴 두 사람은 마치 환자처럼 보였다.

그러다 마침내 부부는 팔레 르와이얄의 한 보석상에서, 그들이 찾고 있던 다이아몬드 목걸이와 비슷한 것을 찾아냈다. 사만 프랑이었으나 삼만 육천 프랑에 줄 수 있다고 했다. 그러자 그들은 사흘 안에 사러 올 테니 절대 다른 사람한테 팔지 말라며 신신당부를 했다. 그리고 만약 그들이 잃어버린 목걸이를 3월말까지 다시 찾으면, 그 보석상에서 삼만 사천 프랑에 다시 사겠다는 조건으로계약을 했다. 루아젤에게는 아버지한테 물려받은 일만 팔천 프랑의 유산이 있었고, 나머지는 빚을 내서 마련해야만 했다.

그는 여기저기서 이천 프랑, 오백 프랑, 오 루이(프랑스의 옛 화폐 단위. 1루이는

17 목걸이를 찾기 위해 온갖 고생을 했음을 알 수 있다.
18 루아젤이 잃어버린 목걸이 때문에 극심한 고통을 겪었음을 알 수 있다.
19 잃어버린 목걸이가 가짜임을 암시하는 복선이다.

국어 공산 선생님

^{20프랑임}), 삼 루이 등 되는 대로 돈을 빌렸다. 차용 증서^(남에게 돈이나 물건을 빌린 것을 증명하는 문서)를 쓰고, 전 재산을 담보로 잡히고, 고리대금^(부당하게 비싼 이자를 받는 돈놀이)을 비롯한 모든 대금업자^(남에게 돈을 빌려주고 이자를 받는 것을 직업으로 삼는 사람)와 거래를 했다. 그 돈을 마련하기 위해 그는 자신의 거의 모든 생애를 담보^(맡아서 보증함)했으며, 갚을 수 있을지 가늠도 되지 않는 온갖 서약서에 도장을 찍었다.

그는 다가올 불행에 대한 두려움, 곧 마주하게 될 참혹한 그림자, 그리고 앞으로 감내해야 할 물질적 궁핍과 정신적 고통을 생각하니 온몸이 떨려왔다. 어쨌든 그는 새 목걸이를 사기 위해 보석상을 찾아가 삼만 육천 프랑을 지불했다.

루아젤 부인은 그 목걸이를 가지고 포레스티에 부인을 찾아갔다. 그러자 부인은 살짝 퉁명스러운 어조로 말했다.

"좀 일찍 돌려줬어야지. 나한테도 필요한 일이 생길 수도 있으니 말이야."

포레스티에 부인은 목걸이 상자를 열어보진 않았으나 루아젤 부인은 그녀가 그 상자를 열어볼까봐 걱정이 되었다. 목걸이가 바뀐 것을 알면 어떻게 생각할까? 무슨 말을 할까? 혹시 자신을 도둑으로 생각하진 않을까?

곧 루아젤 부인은 궁핍한 생활의 괴로움을 절실히 깨달았다. 그럼에도 그녀는 대단한 결심을 했다.[20] 어쨌든 엄청난 빚부터 갚는 것이 우선이니까. 그녀는 어떻게든 그 빚을 갚으리라 마음먹었다.[21] 그래서 가정부를 내보내고 지붕 밑 다락방으로 세를 얻어 이사를 했다.

그녀는 가사 노동의 고단함, 부엌일이 얼마나 성가신 일인지 온몸으로 느낄 수 있었다. 그릇의 기름기와 냄비를 닦느라 핑크빛 손톱은 모두 닳았다. 더러운 옷들과 내의, 걸레 등을 빨아 널었고 아침에는 쓰레기통을 손수 들고 거리로 나갔다. 물을 길어야 했기에 층계를 오를 때마다 가쁜 숨을 돌리며 쉬어야 했다. 하류층의 여

수능에 나올 수 있어요!

[20] 루아젤 부인에 대한 서술자의 평가가 드러나는 부분이다.
[21] 자신이 저지른 일에 대해 책임지려는 모습을 보이고 있다.

'국어 공신' 선생님

인들과 비슷한 차림으로 바구니를 들고 청과물과 식료품 상점, 정육점을 다니며 한 푼이라도 아끼기 위해 핀잔을 들으면서까지 흥정을 했다.

그런 식으로 부부는 매달 지불해야 할 돈을 지켜냈고, 때때로 차용증을 수정하며 지불 날짜를 연기하기도 했다.

그녀의 남편은 부업으로 저녁마다 어느 상인의 장부를 정리하는 일을 시작했다. 때때로 페이지당 오 수(프랑스의 옛 화폐 단위. 1수는 1상팀의 1/5에 해당하며, 1상팀은 1프랑의 1/100이다.)를 받고 사본(寫本)(원본을 그대로 베낌. 또는 베낀 책이나 서류)을 만드는 일을 하기도 했다.

이러한 생활은 십 년간 계속되었다.[22]

십 년이 지나자 드디어 고리대금의 이자를 비롯한 오래된 이자의 이자까지 모든 빚을 청산(서로 간의 채권, 채무 관계를 셈하여 깨끗이 해결함)하게 되었다.

루아젤 부인은 몹시 늙어 보였다. 그녀는 이제 억세고 완강한 하류층의 아낙네가 된 것이다. 손질을 제대로 하지 않은 머리는 덥수룩하고, 구겨진 치마를 입고 빨개진 손으로 마루를 닦았으며 큰 목소리로 떠들어댔다.[23] 그러나 남편이 출근하면 때때로 창가에 기대어 앉아 화려하고 아름다운 모습으로 뭇 사람들의 시선을 한 몸에 받던 그날 밤의 무도회를 회상해 보는 것이었다.[24]

그 목걸이만 잃어버리지 않았더라면 어떻게 되었을까? 그 누가 알 수 있으랴.[25] 알 수 없겠지! 인생이란 기이하면서도 허무한 것이니까! 별것 아닌 일에 파멸을 당하기도 하고 구원을 받기도 하니까!

어느 일요일이었다. 한 주의 피로를 풀기 위해 샹젤리제 거리로 산책을 나갔던 그녀는 아이를 데리고 산책 중인 포레스티에 부인을 우연히 만났다. 부인은 여전히 젊고 아름다웠으며 생기 넘치는 매력을 지니고 있었다.

루아젤 부인의 심장은 요동치기 시작했다. 포레스티에 부인에게 그간의 일을 다 말해도 될까? 그래, 이미 빚을 다 갚았으니 말 못 할 이유

[22] 10년이라는 세월을 한 문장으로 보여줌으로써 상황이 빠르게 전개되고 있다.
[23] 변화된 외모를 통해 루아젤 부인의 운명 또한 변화되었음을 알 수 있다.
[24] 화려한 삶을 동경하던 루아젤 부인은 여전히 그 시절을 잊지 못하고 있다.
[25] 루아젤 부인이 자신의 지난날을 회상하듯 표현한, 사건에 대한 서술자의 평가가 드러난 부분이다.

'국어 공신' 선생님

가 없지!

그녀는 포레스티에 부인에게 다가갔다.

"잔 아니야? 대체 이게 얼마 만이야?"

포레스티에 부인은 처음에는 그녀를 알아보지 못했다.[26] 이토록 추레해 보이는 여자가 자신을 친근하게 부르는 것이 그저 놀라울 따름이었다.

"누구신지…… 누군지 모르겠는데…… 혹시 사람을 잘못 본 건 아닌지?"

"나야, 마틸드 루아젤."

그러자 친구는 큰 소리로 외쳤다.

"뭐, 마틸드? 오, 이런! 어쩌다 이렇게 변했니?"

"그동안 많이 힘들었어. 우리가 마지막에 본 이후로 고된 생활이 이어졌지. 그것도 다 너 때문에……[27]"

"나 때문이라니……. 그게 무슨 소리야?"

"기억 나지? 교육부 장관이 주최한 파티에 가기 위해 내가 너한테 빌려 갔던 다이아몬드 목걸이 말이야."

"그래, 그런데 그게 왜?"

"그걸 잃어버렸거든."

"뭐? 아니, 나한테 돌려줬잖아?"

"모양은 비슷하지만 다른 목걸이었어. 그 목걸이 값을 마련하느라 십 년이 걸렸고. 그래도 이젠 다 갚았으니 속이 후련해."

그러자 포레스티에 부인은 가던 길을 멈췄다.

"그래서 그 잃어버린 목걸이 대신에 새 것을 사 왔다는 말이야?"

"그래, 아직도 모르고 있었구나. 하긴, 모양이 워낙 비슷하니까."

여러분, 집중해야 해요!

'국어 공신' 선생님

[26] 10년간 온갖 고생을 했기에 늙고 추레한 모습으로 변한 것이다.
[27] 루아젤 부인은 오히려 목걸이를 빌려준 포레스티에 부인을 탓하고 있다.

그녀는 살짝 으스대는 듯한 순진한 미소를 보였다.

그러자 포레스티에 부인은 감동한 나머지 친구의 두 손을 꼭 잡았다.

"이런, 가엾은 마틸드! 실은 그 목걸이는 가짜였어. 겨우 오백 프랑밖에 되지 않는······ⓩ"

'국어 글신' 선생님

ⓩ 예상치 못한 반전으로 극적인 효과를 주고 있다.

OOPS!

내신·수능 만점 키우기

1 작가 소개

단편 소설의 대가로 불리는 19세기 후반 프랑스의 소설가 기 드 모파상(1850~1893)은 주로 담담하고 절제된 어조로 작품을 썼으며, 그의 작품에는 이상 성격의 소유자, 염세주의적 인물이 다수 등장한다. 대표작으로는 장편《여자의 일생》이 있으며 그 외에《비곗덩어리》,《피에르와 장》 등 장편을 비롯한 여러 편의 중단편이 있다.

2 핵심 정리

○ 다음 내용에서 괄호 안에 알맞은 답을 쓰시오.

갈래	단편 소설
성격	교훈적, 비판적, 묘사적, 사실적
배경	· 시간적 배경 : 19세기 · 공간적 배경 : 프랑스의 어느 마을
시점	· (❶　　　) 시점
제재	· 목걸이
주제	· 인간의 (❷　　　　)과 욕심이 불러온 (❸　　　)의 변화
특징	· 결말부의 극적 (❹　　　　)을 통해 인물의 운명에 대한 (❺　　　　)인 효과를 더함. · 인물의 말이나 행동, (❻　　　　)의 평가를 통해 주인공의 (❼　　　)을 면밀하게 묘사함. · 치밀한 언어 선택, 빠른 사건 전개, 인생의 단면 제시를 통해 단편 소설의 전형적인 특징을 잘 드러내고 있다.

3 이 글의 짜임

○ 다음 내용에서 괄호 안에 알맞은 답을 쓰시오.

구분	소설 구성 단계에 따른 갈등 양상 단계와 내용
발단	(❶　　　) 많은 루아젤 부인은 자신의 처지에 만족하지 못함.
전개	루아젤 부인이 친구에게 (❷　　　)를 빌려 (❸　　　)에 참석하였다가 그것을 잃어버림.
위기	루아젤 부부는 여기저기 (❹　　　)을 내어 비슷한 다이아몬드 목걸이를 사서 돌려줌.
절정	10년 만에 빚을 다 갚게 되고, 루아젤 부인은 자신의 지난 삶을 (❺　　　)함.
결말	우연히 친구를 만나, 잃어버린 목걸이가 (❻　　　)였음을 알게 됨.

◈ 그래픽 구조로 글의 짜임 한 번 더 이해하기

발단	전개	위기	절정	결말
허영심과 욕심이 많은 루아젤 부인은 자신의 처지에 만족하지 못함.	친구에게 목걸이를 빌려 파티에 참석했던 루아젤 부인이 그것을 잃어버림.	여기저기서 돈을 빌려 잃어버린 목걸이와 비슷한 것을 사서 돌려줌.	10년 만에 빚을 다 갚게 된 루아젤 부인은 자신의 지난날을 회상함.	우연히 친구를 만나, 잃어버린 목걸이가 가짜였음을 알게 됨.

4 소설의 특성과 전개 과정에 따른 변화 양상

1 주요 인물 소개 및 특성

○ 다음 각 인물에 대한 올바른 설명을 연결하시오.

그룹 채팅(주요 인물 소개)

루아젤 부인 ㉮

㉠ 루아젤 부인의 친구로 너그럽고 여유 있는 성격을 지님.

루아젤 ㉯

㉡ 현실에 만족하며 사는 평범한 인물. 선량하고 강직하며 너그러운 성품을 지님.

포레스티에 부인 ㉰

㉢ 아름답고 매력적이지만 허영심과 과시욕이 많고, 자존심이 강한 인물. 현실에 만족하지 못하고 항상 화려한 삶을 동경함. 신의를 중요하게 생각함.

2 사건 전개에 따른 루아젤 부인의 심리 변화

○ 다음은 사건 전개에 따른 루아젤 부인의 심리 변화이다. 카톡 대화를 하듯 ③~④에 알맞은 답변을 쓰시오.

그룹 채팅(춘기의 심리) 　 Q ≡

 국어 공신 — 루아젤 부인, 왜 파티에 가기 싫으셨나요?

1 파티에 입고 갈 옷이 없었어요. 파티에서 남들에게 뒤처지고 싶지 않았단 말이에요. **루이첼 부인**

 국어 공신 — 루아젤 부인, 남편이 친구인 포레스티에 부인에게 보석을 빌려 보라 권유했을 때 심정이 어땠나요?

2 무척 기뻤죠. 아주 좋은 생각 같았어요. **루이첼 부인**

 국어 공신 — 루아젤 부인, 목걸이를 잃어버린 것을 알았을 때 심정이 어땠나요?

3 **루이첼 부인**

 국어 공신 — 루아젤 부인, 빌렸던 목걸이가 가짜인 것을 알게 되었을 때 심정이 어땠나요?

4 **루이첼 부인**

⊕ 　　　　　　　　　　　　　　　　　　　　　　　　　　☺ #

5 창의융합 학습 이해하기

○ 루아젤 부인의 삶의 파멸을 생각하며 루아젤 부인에게 편지를 써봅시다.

6 '루아젤 부인'의 뇌 구조

○ 책 내용을 참고하여 '루아젤 부인'의 뇌 구조를 자유롭게 작성해봅시다.

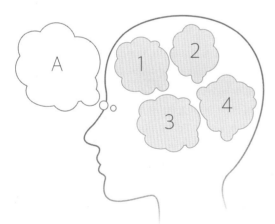

Ⓐ - 파티에 가고 싶지만 입고 갈 옷도 없고 보석도 없으니 너무 우울해.

❶ - 남편은 왜 초라한 외투를 파티장에 가져와서 창피하게……

❷ -

❸ -

❹ - 그 비싼 목걸이를 잃어버리다니 이제 어떻게 해야 하나……

7 작품 깊이 이해하기

○ 다음 문제를 읽고, 서술형으로 답해봅시다.

1 루아젤 부인이 꿈꾸는 '환상의 삶'과 '현실의 삶'의 차이를 생각하며 표를 채워 봅시다.

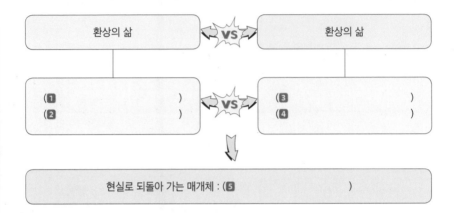

2 목걸이는 극적 반전을 담고 있는 소설입니다. 친구에게 빌린 다이아몬드 목걸이가 가짜라는 반전을 암시해 주는 복선에는 어떤 것들이 있는지 작성해 봅시다.

> 보기
>
> '반전'이란 어떤 일이 한 상태로부터 그 반대 상태로 급격히 변화하는 것을 말하는 것으로 아리스토텔레스의 『시학』에서 '운명의 급전'이란 뜻으로 사용된 용어이다. 사건을 예상 밖의 방향으로 급전시킴으로써 독자에게 강한 충격과 함께 주제를 효과적으로 전달하는 방법이다. 아리스토텔레스는 무지의 상태에서 깨달음의 상태에 이르게 하는 '발견(discovery)'의 탁월한 방법으로 반전을 꼽았다. 인물의 운명이 행복의 상태로 진행하는 것처럼 보이다가 갑자기 불행 쪽으로 방향을 바꾸거나, 불행을 향하여 진행하는 것처럼 보이다가 갑자기 행복 쪽으로 완전히 역전되는 구성 방식을 통해 주제가 효과적으로 전달될 수 있다는 것이다.

3 목걸이의 상징적 의미를 생각해보며 작가가 이 소설을 통해 전하려고 한 바를 작성해 보세요.

8 토론해 보기

○ 다음 논제를 파악한 후 주장과 근거를 서술하시오.

논제 : 젊음이 무엇보다 중요하다 VS 돈이 무엇보다 중요하다

논제	젊음이 무엇보다 중요하다	돈이 무엇보다 중요하다
주장		
근거		

간단히 내용 파악하기 ------------------------------

○ 다음 문제를 읽고 올바른 내용에는 O, 틀린 내용에는 X 표시를 하시오.

1 루아젤 부인은 허영심, 과시욕이 크고, 자존심이 센 여자다. [O | X]

2 루아젤은 이해심이 많고, 너그러운 성격임을 알 수 있다. [O | X]

3 포레스티에 부인은 루아젤 부인과 친구로, 그녀도 허영심과 과시욕이 크다.
[O | X]

4 루아젤 부인은 포레스티에 부인에게 빌린 목걸이를 잃어버리자 가짜 목걸이를 구해서
주어야겠다고 생각했다. [O | X]

5 루아젤 부인이 빚을 갚는 10년이라는 세월을 요약적으로 빠르게 제시한 것은 시간의
차이는 극적 결말을 드러내는 데 매우 효과적이기 때문이다. [O | X]

○ 다음 문제를 읽고 올바른 답을 단답형으로 작성하시오.

1 루아젤 부인이 꿈꾸는 삶은 무엇인가요?
[   ]

2 소설의 구성에서 인물이 소개되고 사건의 실마리가 제시되는 특징이 있는 단계는
무엇인가요?
[   ]

3 루아젤 부인이 파티에 가지 않겠다고 한 이유는 무엇인가요?
[   ]

4 남편은 파티장에서 나온 루아젤 부인에게 파티복 상태로 밖에 나가면 감기에 걸
리니 잠깐 기다리라고 했지만 그녀는 남편의 말을 전혀 귀담아 듣지 않고 빠른 걸
음으로 층계를 내려갔습니다. 그 이유는 무엇인가요?
[   ]

5 루아젤 부인은 우연히 만난 포레스티에 부인에게 목걸이에 대한 진실을 말합니다.
그러자 포레스티에 부인은 발길을 멈췄습니다. 포레스티에 부인이 발길을 멈춘 행
동 묘사를 통해 알 수 있는 것은 무엇인가요?
[   ]

OOPS!

실전 문제로 작품 정리하기 ----------------------

1 이 글의 주된 시점에 대한 설명으로 적절한 것은?

① 소설 속의 '나'가 '나'의 이야기를 전달한다.

② 주인공이 독자에게 이야기하는 듯한 느낌을 준다.

③ 소설속의 '나'가 주인공의 이야기를 관찰하여 전달한다.

④ 작품 밖의 서술자가 인물의 행동이나 사건을 관찰하여 전달한다.

⑤ 작품 밖의 서술자가 인물의 심리와 외부 상황 등을 모두 꿰뚫어 서술한다.

2 '루아젤 부인'에 대한 이해로 적절하지 <u>않은</u> 것은?

① 아름다움이 그녀에게 독이 되었군.

② 지나치게 다른 사람의 시선을 의식하며 사는 것 같아.

③ 그래도 자신이 벌인 일을 뒷감당하는 자존심과 책임감은 있다고 생각해.

④ 자신이 그토록 혐오하던 가난한 생활을 할 수밖에 없던 이유는 결국 그녀의 허영심 때문이야.

⑤ 사소한 부주의의 대가가 너무 컸어. 이 사건을 통해 그녀는 차분하고 꼼꼼한 태도를 얻을 수 있었어.

3 이 글을 통해 알 수 있는 내용이 <u>아닌</u> 것은?

① 루아젤 부인은 하류층 여성의 모습으로 변했다.

② 루아젤 부부는 10년간 빚을 갚느라고 고생했다.

③ 루아젤은 수입을 늘리기 위해 부업을 갖기도 했다.

④ 루아젤 부인이 빚을 갚기 위해 물건 값을 깎기도 했다.

⑤ 루아젤 부인은 사치와 쾌락을 추구했던 과거의 삶을 완전히 잊어버렸다.

4 이 글에 대한 설명으로 적절한 것은?

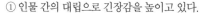

① 인물 간의 대립으로 긴장감을 높이고 있다.

② 반전을 통한 극적 결말을 이루고 있다.

③ 시대적 배경과 밀접한 어휘를 사용하고 있다.

④ 풍자적 어조를 통해 희극적인 성격을 강화하고 있다.

⑤ 비유적 표현으로 인물의 심리를 인상적으로 표현하고 있다.

글쓰기

◉ 다음 글쓰기 논제를 읽고, 한 편의 글을 완성하세요.

<보기>를 읽고, 소설 <목걸이>의 루아젤 부인을 비판 또는 옹호해보세요.

보기

'회복 탄력성'이라는 개념이 있다. 실패했을 때 좌절하더라도 다시 일어설 수 있는 능력을 의미한다. 회복 탄력성이 낮으면 학습된 무기력이 오기 쉽다. 반면에 회복 탄력성이 높은 사람은 좌절을 기회 삼아 성장하는 외상 후 성장을 겪기도 한다. 또한 회복 탄력성과 심리적 강인성은 단순한 의지의 문제 때문이 아닌, 현실적인 체력이나 능력의 한계에 따라 다르게 나타난다.

소설 <목걸이>에서 루아젤 부인은 회복 탄력성이 낮아 10년간의 고통 속에서 헤어나지 못한 것일까 아니면 단순한 의지 문제가 아닌 현실적인 체력과 능력의 한계 때문이었을까?

즐겁게
글쓰기 해보아요!

BAAM!

헛된 것에 대한 인간의 허영심과 욕망, 그러나 아름다움을 추구하고자 하는 인간

꼭 읽어주세요!

소설 〈목걸이〉는 주인공 루아젤 부인을 아름답고 매력적으로 묘사했고, 그녀의 허영심과 욕심으로 안타까운 운명을 보여주었습니다. 그러나 자신의 아름다움을 조금이라도 젊었을 때 드러내고자 하는 것이 과연 나쁜 것일까요? 모파상의 소설 〈목걸이〉는 '인간의 허영심이 보여주는 운명의 변화'라는 주제를 두고 있습니다. 대부분의 인간은 자신이 조금이라도 젊고 아름다울 때, 또는 외향적으로 멋있다고 생각될 때 조금이라도 더 드러내 보이고 싶어 합니다. 또한 누구나 부유한 삶을 희망합니다. 소설 〈목걸이〉는 표면적으로 인간의 허영심과 욕심을 비판하고 있지만, 이면적으로는 인간의 또다른 본능은 숨길 수 없음을 제시하고 있다는 점에서 양면성을 보입니다. 이렇게 소설을 볼 때에는 획일적인 주제에 국한하지 말고 다른 관점에서 살펴볼 수 있는 안목을 키우는 것이 중요합니다.

이 소설에서 '목걸이'의 상징적 의미는 매우 중요합니다. '목걸이'를 잃어버린 것은 단순히 물건의 분실만을 의미하지 않습니다. 자신의 아름다움과 청춘, 10년이라는 긴 세월을 잃어버린 것과 동일한 의미를 가집니다. 가짜 다이아 목걸이를 가진 포레스티에 부인은 여유 넘치고 너그러운 성격을 지녔습니다. 반면, 진짜를 추구하고 진짜를 해야만 가치 있다고 생각하는 루아젤 부인은 욕심이 많고 여유가 없습니다. 이러한 상반된 성격과 상황은 작가가 의도한 것이겠지만, 그 내면에는 루아젤 부인을 향한 안타까운 마음도 들어 있습니다. 단 한 번이라도 그 목걸이가 가짜라는 의심을 했더라면 10년이라는 세월을 그렇게 보내지 않았을 텐데 말입니다. 결국 소설 〈목걸이〉는 상황을 하나의 관점으로만 보는 인간의 어리석음을 잘 드러낸 소설이라고도 볼 수 있습니다.

〈목걸이〉의 주인공 루아젤 부인의 마지막 상황을 보면, '목걸이'를 통해 무너진 삶을 되돌릴 수 없을 정도로 무기력함을 보입니다. 과연 그녀에게 좌절과 시련을 극복할 만한 회복 탄력성은 없었을까요? 10년이라는 긴 시간 동안 단 한 번도 루아젤 부인은 이 상황을 벗어날 것이라는 생각을 하지 못했을까요? 소설은 이처럼 독자들에게 생각할 수 있는 기회를 제공하며 인간의 단편적인 모습까지 보여줍니다. 작가는 복잡하게 인물을 그려내지 않으면서도 인간의 심리를 여러 방면으로 보여주었습니다. 그러므로 여러분은 보다 다양한 관점으로 이 작품을 감상해보기 바랍니다.

✦ 고무신 ✦

남이

잠깐!

작가에 대해 알아볼까요?

오영수
1909~1979

1909년 경상남도(현 울산광역시) 울주군 언양면에서 태어났다. 1949년 김동리의 추천으로 〈남이와 엿장수〉(〈고무신〉으로 게재)를 《신천지(新天地)》에 발표하며 작품 활동을 시작했다. 작중 인물들은 온정과 선의의 인간들이며, 도시보다는 향촌을, 기계 문명보다는 자연을, 현대적 세련미보다는 고유한 소박성을 각각 그리워하며 예찬하는 경향을 보였다. 소설집으로 《머루》, 《갯마을》, 《명암》, 《메아리》 등이 있다.

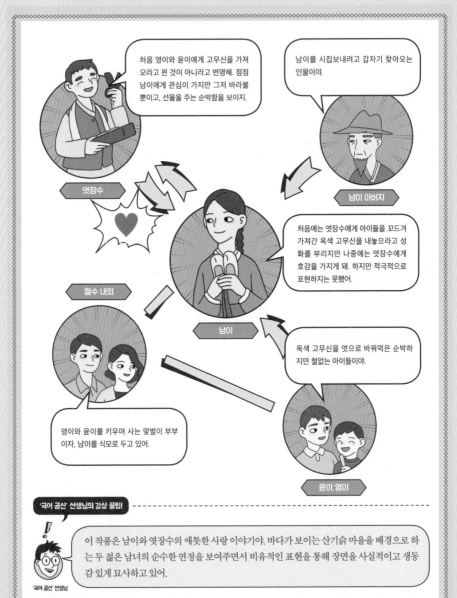

고무신

남이와 엿장수에게 '옥색 고무신'은 무슨 의미일까?

보리밭 이랑 (논이나 밭을 갈아 골을 타서 두두룩하게 흙을 쌓아 만든 곳)에 모이를 줍는 낮닭 울음만이 이따금씩 들려오는 고요한 이 마을에도 올봄 접어들어 안타까운 이별이 있었다.

바다와 시가지 일부가 한꺼번에 내다보이는, 지대가 높고 귀환 동포 (전쟁이나 징용으로 외국에 나갔다가 고국으로 돌아온 사람을 부르는 말)가 누더기처럼 살고 있는[1] 산기슭 마을이었다.

그렇기에 마을 사람들은 철수 내외와 같이 가난뱅이 월급쟁이가 아니면 대개가 그날그날의 날품팔이 (일정한 직장이 없이 일거리가 있는 날에만 하루치의 돈을 받고 일하는 사람)[3]이다. 밤이면 모여들고 날이 새면 일터로 나가기가 바빴다.

다만 어린아이들만이 마을 앞 양지바른 담 밑에 모여 윤선 (증기 기관의 동력으로 움직이는 배를 통틀어 이르는 말)이 오고 가는 바다를 바라보고, 윤선도 보이지 않는 날은 무료에 지쳐 버린다.

그러나 이 단조한 (사물이 단순하고 변화가 없어 새로운 느낌이 없다.) 마을, 무료 (흥미 있는 일이 없어 심심하고 지루함)한 아이들에게도 단 하나의 즐거움은 있었다. 그것은 날마다 단골로 찾아오는 젊은 엿장수였다.

내신 준비!

[1] 가난한 마을 형편을 직유법을 사용해 생생하게 표현했다. '귀환 동포'라는 단어를 통해 이야기의 시대적 배경이 일제로부터의 독립 이후임을 추측할 수 있다.
[2] 이야기가 전개되는 공간적 배경이다.
[3] 가난한 마을 형편을 직유법을 사용해 생생하게 표현했다.

'국어 급신' 선생님

내려다보이는 아랫마을을 거쳐, 보리밭 사잇길로 이 마을을 향해 올라오는 엿장수는 가위를 째깍거리면서,

"자아 엿이야, 엿-맛 좋고 빛 좋은 울릉 호박엿-처녀가 먹으면 시집을 가고 총각이 먹으면 장가를 들고……."

언제나 귀 익은 타령이건만 이 마을 아이들에게는 언제나 새롭고 즐겁고 또 신이 나는 넋두리였다.

엿장수가 마을 앞까지 채 오기도 전에 아이들은 벌써 길목에 쭉 모여 서서 개선장군(적과의 싸움에서 이기고 돌아온 장군)이나 맞이하듯❹ 기다리고 섰다.

그러면 엿장수는 더한층 가위 소리를 째깍거리고 길목 돌 위에다 엿판을 턱 내려놓고는 '자! 어떠냐?' 하는 듯이 맛보기를 주면 아이들은 서로 다퉈 담을 치고 들여다본다. 그러나 막상 엿을 사 먹는 아이는 좀체 보이지 않고, 혹 떨어진 고무신짝이나 가지고 와서 바꿔 먹는 아이가 없지는 않으나 그것도 매일같이 있을 리는 없다.

아이들은 사 먹지는 못할망정 보기만 해도 좋았다.❺ 그 뽀얗게 밀가루를 쓴 엿가락이 가지런히 누워 있는 엿판을 들여다보고 있을 양이면 저절로 입에 군침이 괴고 마음까지 흐뭇해지는 것이었다.❺

이 마을 아이들에게 엿장수의 존재란 커다란 매력이었다. 이 마을 아이들에게는 세상에서 가장 부러운 것이 엿장수였을지도 모른다.

철수가 막 저녁 밥상을 받자, 그보다 먼저 저녁을 먹은 여섯 살짜리 영이와 네 살짜리 윤이 놈이 상머리에 와 앉는다. 영이 놈이 시무룩한 상(그때그때 나타나는 얼굴 표정)을 하고 누가 묻기나 한 듯이,

"어머닌 외가 갔어!"

여러분 집중해야 해요!

'국어 공신' 선생님

❹ 엿장수를 열렬히 환영하는 마을 아이들을 직유법을 사용하여 인상적으로 표현했다.
❺ 엿을 바라보는 아이들의 심리를 직접적으로 제시했다.

한다. 즉, 저희들을 안 데리고 갔다는 불평인 눈치다. 이런 때 저희들을 동정하는 눈치를 보이기만 하면 투정을 부리는 줄 알기 때문에 철수는 시치미를 딱 떼고,

"흐음!"

했을 뿐 더는 대꾸를 않았다.

윤이는 밥술 오르내리는 것만 하염없이 바라보고 있는데, 영이는 제 말한 것이 아무 반응이 없어 계면쩍어^(쑥스럽고 면목이 없어 어색하다) 앉았다가 갑자기 생각난 듯이 앉은걸음으로 한 걸음 앞으로 다가앉으면서,

"아부지!"

하고는 채 대답도 듣기 전에,

"아지마가 오늘 윤이 때리고 날 꼬집고 했어!"

한다. 철수는 밥을 씹다 말고,

"응, 정말?"

"그래!"

하고는 팔을 걷어 보이나 꼬집힌 흔적은 보이지 않았다.

그러자 작은 놈도 밑이 타진 바지를 젖히고 볼기짝을 가리키면서,

"에게, 에게, 때려……."

하는 것을 보아 거짓말은 아닌 것 같다. 의외의 일이다.

그것은 식모아이 분수로서 함부로 애들을 때리고 꼬집었든가 하는 무슨 명분^(일을 꾀할 때 내세우는 구실이나 이유 따위)을 가려서가 아니라, 남이가 이 집에 온 이후 오늘까지 한 번이라도 애들에게 손찌검을 하거나 또 했다거나 하는 것을 보지도 듣지도 못했기 때문이었다. **6**

만일 남이가 저희들 말과 같이 때리고 꼬집기까지 했을 때는 이만저만한 일 때문이 아니리라.

6 철수가 영이 이야기를 듣고 의외라고 생각하는 이유다.

"그래, 왜 아지마가 때리고 꼬집더냐?"

"……."

"응?"

"……."

한 놈도 대답이 없다.**7**

철수는 부엌에서 저녁 설거지를 하고 있는 남이를 불렀다. 남이 역시 대답이 없다. 대답은 없으나 마루께로 걸어오는 발소리는 들린다. 부엌에서 할 대답을 방문을 열고서야,

"예!"

하는 남이의 태도도 역시 여느 때와는 다르다.

철수는 부드러운 목소리로,

"오늘 왜 윤이를 때리고 영이를 꼬집었냐?"

"……."

"아니, 때리고 꼬집은 것을 나무람이 아니라, 애들이 무슨 저지레(일이나 물건에 문제가 생기게 만들어 그르치는 일)를 했느냐 말이다.**8**"

그제서야 남이는 곁눈으로 영이와 윤이를 한 번 흘겨보고는,

"오늘 뒤 개울에 빨래를 간 새, 영이와 윤이가 제 고무신을 들어다 엿을 바꿔 먹었어요.**9**"

어이없는 소리다. 철수는,

"뭣이 어쩌고 어째?"

하고는 밥술을 걸쳐 놓고 남이에게로 돌아앉으면서,

"아니 그래, 넌 빨래 갈 때 신을 벗고 갔더냐?"

"아니요."

수능에 나올 수도 있어!

'국어 굴삭' 선생님

7 대답을 못하고 있다. 이는 아이들에게 무슨 잘못이 있음을 짐작게 한다.
8 철수는 사려깊고 신중한 태도로 남이를 대하고 있다.
9 ①남이가 아이들을 손찌검한 이유다. ②남이와 엿장수가 만나는 계기가 된다. ③앞으로 전개될 사건의 실마리임을 알 수 있다.

"그럼?"

"집에서 신는 헌 신 말고요, 옥색 신을요."

철수는 또 한번 놀라지 않을 수 없었다.

"응? 옥색 신이다?"

"예."

이 옥색 고무신으로 말하면, 바로 작년 팔월 대목(설이나 추석 따위의 명절을 앞두고 경기가 가장 활발한 시기)이었다. 철수가 남이더러 추석치레(추석날에 모양을 내는 일)로 뭣을 해 주면 좋으냐고 물었을 때, 남이는 옥색 바탕에 흰 테두리 한 고무신이 소원이라고 했다. 옷은 작년에 지어 둔 것이 있다는 말을 철수는 그의 아내에게서 들었기 때문에 한껏 해야 크림이나 한 통 사 줄 생각으로 말한 것이 의외로 옥색 고무신이라는 데는 철수도 당황하지 않을 수 없었다. 그러나 한번 해 준다고 한 이상 과하니 어쩌니 할 수도 없고 해서 좀 무리를 해서 삼백육십 원을 주고 사 줬던 것이다. 남이는 무척 기뻐했고 그만큼 또 그 신을 아꼈다. 제가 쓰는 궤짝 속에 감춰 두고 특별한 출입—이를 테면 명절날이나, 또는 심부름 갈 때나, 학교 운동회 때—이 아니면 좀체 신질 않았고, 또 한번 신기만 하면 기어코 비누로 씻고 닦고 했다. 그렇기에 신어서 닳기보다 닦아서 닳는 것이 더했으리라. 그렇듯 골똘히도 아끼는 신이었으니 남이인들 여간 속이 상했기에 때리고 꼬집었을까.

"그래, 그 신을 어디다 뒀길래?"

"마루 끝에 엎어 둔 걸요."

"왜 마루 끝에 뒀니?"

"씻어서 말린다고요."

철수는 한숨을 내쉬며 영이와 윤이를 돌아보니 영이 놈은 맹꽁이처럼 부르

---

10 철수가 남이에게 옥색 고무신을 선물하게 된 과정을 요약적으로 제시하였다.

11 ①갖고 싶었던 물건을 선물로 받았기 때문이다. ②남이의 처지에 쉽게 살 수 없는 비싼 물건이기 때문이다.

12 옥색 고무신을 아끼는 남이의 행동을 알 수 있다.

내신 준비!

'국어 공신' 선생님

켜('부르트다'의 방언. 성이 나다) 가지고 한결같이 고개를 숙이고 있고, 윤이 놈은 밥상을 노려만 보고 앉았다.

남이는 또 말을 계속했다.

"지가 빨래를 해가 지고 오니 골목에서 영이와 윤이가 엿을 먹고 있기에 웬 엿이냐니까 싱글벙글 웃기만 하고 달아나는데, 이웃 아이들 말이 옆집 순이가 헌 고무신 한 짝을 갖고 와서 엿을 바꿔 먹는 것을 보고 윤이가 집으로 들어가서 신 한 짝을 들고 나와 엿장수에게 팽개치다시피 하고 엿을 바꿔 가지고 갔는데, 조금 뒤에 영이가 또 한 짝을 마저 갖다 주고 엿을 바꿨대요." ¹³

남이가 말을 마치자마자 영이는 눈을 해뜩거리면서^(갑자기 얼굴을 돌리며 살짝살짝 자주 돌아보다),

"지가 와 그래, 와 좀 안 주노, 와?"

하는 것은 윤이가 엿을 바꿔 나눠 먹지 않기에 저도 그랬다는 뜻이다.

이러는 동안 윤이는 밥상에 얹힌 계란 부침을 먹어 버렸다. ¹⁴

"그래, 그 엿장수는 어느 놈인데?"

"매일 단골로 오는……."

"머리 텁수룩하고 젊은 총각 놈 말이지? 음……."

철수는 밥상을 내밀었다. 남이는 남이대로,

"이놈의 엿장수 오기만 와 봐라!"

하고 벼르면서 밥상을 내갔다. 영이 놈도 슬며시 일어나서 윤이 옆에 가서 잘 작정을 한다.

부엌에서는 남이가 엿장수에 대한 앙갚음을 하는 셈인지 솥전에 바가지 닥뜨리는^(닥쳐오는 사물에 부딪다) 소리가 요란하다.

철수는,

"얘, 남아, 신을 도로 찾아 주든지 아니면 새로 사 주

'국어 공신' 선생님

¹³ 영이와 윤이의 천진난만한 성격을 드러낸다.
¹⁴ 윤이가 밥상을 노려 보았던 이유이다. 윤이는 계란 부침을 먹을 궁리를 하고 있었다. 순수하고 천진난만한 성격을 엿볼 수 있다.

든지 할 테니 바가지 너무 닥뜨리지 말고 그릇 조심해라."

그러고는 담배를 붙여 물었다.

⑮ 그러나 세상이 도둑 판이고, 따라서 요즘 엿장수란 엿 파는 빙자로 빈집을 노려 요강, 대야를 훔쳐 가기가 예사고 심지어는 빨래까지 걷어 가는 판인데, 신으로 말하면 도둑질해 간 것도 아닌 이상 그놈을 잡고 힐난(트집을 잡아 거북할 만큼 따지고 들다)을 한댔자 쉽사리 찾아질 것 같지도 않았다.

영이와 윤이는 어느새 잠이 들었다. 웃옷을 벗기고 베개를 베어 주고 철수도 옷을 갈아입고 자리에 누웠다.

⑯ 밖은 물기 먹은 초열흘 달이 희붓한데('희부옇다'의 방언. 희끄무레하게 부옇다), 남이는 설거지를 마쳤는지 부엌은 조용하다. 어디서 아낙네들의 웃음소리가 먼 듯 가까운 듯 들려오고 밤은 간지럽게 깊어 갔다.

남이가 세숫대야에 걸레랑 헌 양말이랑 담아 옆에 끼고 막 대문 밖을 나서는데 엿장수의 가위 소리가 들려왔다. 엿장수는 마을 중턱 보리밭 사잇길을 올라오고 있었다. 남이는 대문 설주(문설주. 문짝을 끼워 달기 위하여 몸을 양쪽에 세운 기둥)에 몸을 붙이고 엿장수를 기다렸다. 엿장수는 마을 앞에 오자 한층 더 목청을 높여,

"자아, 떨어진 고무신이나 백철(함석이나 양은, 니켈 따위의 빛이 흰 쇠붙이) 부서진 거나 삼베 속곳(한복 차림일 때 치마 안에 입는 바지 모양의 속옷) 떨어진 거나……. 째깍째깍."

그러자 남이는,

"저놈의 엿장수 미쳤는가 베!"

하고 입속말로 중얼거렸고, 마을 아이들은 어느새 엿장수를 둘러쌌다.

엿장수가 엿판을 길목에 내리자 남이는 가시처럼 꼭 찌르는 소리로⑰,

"보소!"

엿장수는 놀란 듯 힐끔 한 번 돌아보고는 담을 싼 아이들을 헤치고 남이에게로 오는데 남이는 입을 쌜쭉하면서 대뜸,

'국어 귀신' 선생님

⑮ 철수는 세상의 인색한 인심 때문에 고무신을 찾는 것이 어려울 것이라 생각했다.
⑯ 깊어가는 밤 분위기를 공감각적으로 묘사하였다.
⑰ 화가 난 남이의 날카로운 목소리를 직유법을 사용하여 생생하게 표현했다.

"내 신 내놓소!"

했다. 엿장수는 걸음을 멈추고 한참 동안 남이를 바라보다 말고 은근한 말투로,

"신은 웬 신요?"

하고는 상대편의 의심을 받을 만큼 히죽이 웃어 보이자[17], 남이는 눈이 까칠해 가지고[18],

"잡아떼면 누가 속을 줄 아는가 베!"

그러나 엿장수는 수양버들 봄바람 맞듯[19] 연신(잇따라 자꾸) 히죽거리며, "뭘요, 그믐밤에 홍두깨(별안간 엉뚱한 말이나 행동을 함을 비유하여 이르는 말)도 분수가 있지?"

남이는 발끈하고,

"신 말이오!"

"신을요?"

"어제 우리집 아이들을 꾀어 간 옥색 고무신 말이오!"

엿장수는 머리를 벅벅 긁으며,

"꾀기는 누가……."

하고는 한 걸음 앞으로 다가서서 길 아래위를 살핀 다음 낮은 소리로,

"그 신이 당신 신이던교?"

"누구 신이든 내 봐요, 빨리!"

엿장수는 또 머리를 긁으면서,

"당신 신인 줄 알았으면야, 이놈이 미친놈이 아닌 담에야……."

하고 지나치게 고분거리는데 남이는 한결같이 앙살(엄살을 부리며 버티고 겨루는 짓)을 부린다.

"내와요, 빨리!"

여러분, 집중해야 해요!

'국어 공신' 선생님

---

[17] 순박하고 순수한 엿장수의 태도를 엿볼 수 있다.
[18] 남이는 엿장수가 고무신을 가져가지 않았다고 우기는 것으로 생각하고 있다.
[19] 부드럽게 웃는 모습을 직유법을 사용하여 인상적으로 표현했다.

엿장수는 손짓으로 어르듯 달래듯,

"가만있소. 도가(동업자들이 모여서 계나 장사에 관해 의논하는 집)에 가 보고 신이 있으면야 갖다 주고말고. 만일 신이 없으면 새 신이라도 사다 줄게요. 염려 마소!"

하고는 남이의 발을 눈잼(눈짐작. 눈으로 헤아려 보는 짐작) 하는데, 이때 난데없이 굵다란 벌 한 마리[20]가 날아와 남이의 얼굴 주위를 잉잉 날아돈다. 남이는 상을 찌푸리고 한 손을 내저어 벌을 쫓고, 목을 돌리고 하는데, 벌은 갑자기 남이 저고리 앞섶에 붙어 가슴패기로 기어오르고 있다.

이것을 조마조마 보고 있던 엿장수는,

"가, 가만……"

하고는 한걸음에 뛰어들어,

"요놈의 벌이."

하고 손바닥으로 벌을 딱 덮어 눌렀다.

옆에서 보기에도 민망스런 순간이었다.

남이는 당황하면서도 귀 언저리를 붉히고 한 걸음 뒤로 물러서자, 함께 엿장수 손아귀에는 벌이 쥐어졌다. 쥐인 벌은 고스란히 있을 리가 없다. 한 번 잉 소리를 내고는 그만 손바닥을 쏘아 버렸다. 동시에 엿장수는,

"앗!"

[21] 하고, 쥐었던 손을 펴 불며 털며 앙감질(한 발은 들고 한 발로만 뛰는 것)을 하는 꼴이 남이는 어떻게나 우스웠던지 그만 손등으로 입을 가리고 킥킥하고 웃어 버렸다. 엿장수는 반은 울상 반은 웃는 상 남이를 바라보는데, 남이의 송곳니가 무척 예뻐 보였다. 남이는 엿장수와 눈이 마주치자 무색해서(겸연쩍고 부끄럽다) 눈을 땅바닥으로 떨어뜨렸다.[22] 살을 쏘아 버린 벌이 꽁무니에 흰 실 같은 것을 달고, 거추장스럽게 기어가고 있다. 남이의 시선을 따라온 엿장수 눈이

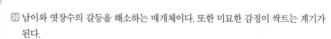

[20] 남이와 엿장수의 갈등을 해소하는 매개체이다. 또한 미묘한 감정이 싹트는 계기가 된다.
[21] 남녀 간 내외하는 시대적 분위기가 나타나고 있다.
[22] 젊은 남녀 사이에 맑고 순수한 연정이 싹트고 있음을 알 수 있다.

'국어 공신' 선생님

이것을 보자 그만 억센 발로,

"엥이, 엥이, 엥이."

하고 망깨(여러 일꾼들이 들었다 놓았다 하면서 땅을 단단하게 다지는 작업도구) 토목 공사에서 다지듯 짓밟고 문질러 자취도 없이 해 버리자 남이는 또 웃음이 나올 것만 같아 문을 밀고 안으로 들어가 버렸다.

엿장수는 무슨 발작이나 막 하고 난 사람처럼 맥이 없었다. 어깨와 두 팔을 축 늘어뜨리고 남이가 들어간 문 쪽을 한참 동안 멍하니 바라보고 나서야 비로소 어슬렁어슬렁 엿판께로 돌아왔다.

엿판가에는 아이들이 파리 떼처럼 붙어 있다. 윤이는 아랫배에 두 손을 붙여 도사리고 앉아 엿을 노리고 있고, 영이는 서서 아이들과 어느 것이 굵으니 작으니 하며 태태거리고(장난스럽게 다투다) 있다.

엿은 애들이 그새 얼마나 손질을 했기에 가루가 벗어지고 노르스름한 알몸이 드러난 것이 따끈한 봄볕에 쪼여 노그라질(지쳐서 맥이 빠지고 축 늘어지다) 대로 노그라졌다.[23] 이런 엿은 누가 시험 삼아 입에 넣어 볼 양이면 단맛보다는 먼저 짭짤한 맛이리라.

엿장수는 아이들과 엿판을 번갈아 보다 말고 무슨 생각에선지 엿을 몇 가락 움켜쥐고는 가위로 때려 부수어 둘러선 아이들에게 한 동강이씩 선심을 쓰는데 그중에서도 영이와 윤이는 제일 큰 것을 받았다.

엿장수는 한쪽 어깨에 비스듬히 엿판을 메고 연신 힐끗힐끗 철수네 집을 보아 가며 다음 마을로 건너갔다. 그러나 해 질 무렵 해서 또다시 가위 소리가 들렸으나 엿장수는 엿판을 내리지 않았고 또 아이들도 채 모이기도 전에 아랫마을로 내려가 버렸다.

다음 날도 좋은 날씨였다. 먼 산은 선잠 깬 여인의 눈시울처럼 자꾸만 선이 희미해 오고 수양버들은 아지랑이가 간지러운 듯 한들거렸다. 보리 싹은 제법

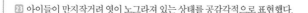

내신 준비!

[23] 아이들이 만지작거려 엿이 노그라져 있는 상태를 공감각적으로 표현했다.

'국어 금신' 선생님

파릇하고 남향 담 밑에는 민들레가 놀란 듯 활짝 피었다.[24]

오늘따라 엿장수는 일찍 왔다. 엿장수가 오는 시간을 누구보다 더 잘 알고 있는 이 마을 아이들에게는 작지 않은 사건이었다. 또 하나 의외의 일은 한 담배 참(일을 시작하여서 일정하게 쉬는 때까지의 사이)씩이면 다음 마을로 가 버리는 엿장수가 오늘은 제법 아이들과 시시덕거리고 놀기를 시작한 것이다. 그뿐만 아니라, 길목 타작마당에서 아이들과 뜀뛰기까지 하다가 점심때 가까이 해서야 다음 마을로 건너가는 것이었다.

아이들은 어제 모양으로 엿을 한 동강이씩 주지 않고 가는 것이 퍽이나 섭섭한 눈초리로 뒤 꼴을 바라보았으나, 보리쌀 삶을 즈음해서 엿장수는 또 왔고, 해가 져서야 돌아갔다.

다음 날도 그랬고 그다음 날도 그랬다. 다만 전날과 다른 것은 영이와 윤이에게 엿을 한 가락씩 쥐여주고 간 것이다. 동네 아이들은 영이와 윤이가 무척 부러웠다.

날씨는 한결같이 좋았다. 산기슭 잔디 언덕에는 쑥 싹을 캐는 소녀들의 색 낡은 분홍 치마가 애틋하게 정다워 보이고 개울가에는 냉이랑 독새랑 어뀌랑 미나리랑 싹이 뾰족뾰족 돋아났다.[25]

엿장수는 한결같이 왔고 와서는 갈 줄을 몰랐다. 어떤 날은 벙글벙글 웃었고, 웃는 날은 애들에게 엿을 나눠 주었으나 벙어리처럼 덤덤히 앉았다가 가는 날은 엿 맛을 못 보았다. 그렇기에 아이들은 엿장수가 오면 엿판보다 먼저 엿장수 눈치 보는 버릇이 생겼다.

요즘은 그 텁수룩한 머리에다 기름 칠갑(물건의 겉면에 다른 물질을 흠뻑 칠하여 바름)을 해 가지고는 억지로 빗어 넘기고 또 옥색 인조견(사람이 만든 명주실로 짠 비단) 조끼도 입었다.[26] 낯익은 동네 아낙들이,

"엿장수 요새 장가갔는가 베?"

[24] 활짝 핀 민들레의 모습을 깜짝 놀란 사람의 모습에 빗대어 표현했다.
[25] 봄싹이 돋아나는 모습을 통해 엿장수의 마음에 싹튼 사랑을 간접적으로 제시하고 있다.
[26] 엿장수가 남에게 잘 보이기 위해 멋을 냈다.

'국어 공신' 선생님

라고 할라치면 엿장수는 수줍게도 씩 웃으며 그 펑퍼짐한 얼굴을 모로 돌리곤 했다.[27]

하루는 철수가 저녁을 딴 데서 치르고 늦게 돌아오는데, 어떤 젊은 사내가 대문 틈으로 정신없이 집 안을 들여다보고 있었다. 철수는 이놈이 바로 좀도둑이거니 하고 손가방으로 궁둥짝을 후려치며,

"웬 놈이냐?"

하고 고함을 질렀다. 사나이는 그야말로 뱀이나 밟은 것처럼 기겁을 하고는 철수를 보자 이내 한 손을 머리로 올리고 꾸벅꾸벅 절만 했다.

"뭣을 훔치려고 노리는 거야?"

"아, 아니올시더. 예, 예, 저 댁의 강아지가, 예, 헤헤……[28]"

"강아지가 어쨌단 거야?"

"예, 저 아니올시더. 헤헤."

연신 허리를 꾸벅거리고는 비슬비슬 달아나 버렸다.

"그놈 미친놈이군!"

했을 뿐, 그 사나이가 엿장수인 줄 철수는 몰랐다.

밤이면 개 짖는 소리가 요란했고, 그런 밤이면 마을 사람들은 안팎 문을 꼭꼭 걸어 닫았다.

어떤 사람은 철수네 집 담 밑에서 도둑놈을 보았다고 했고 또 어떤 사람은 길목에서도 보았다고들 했다. 그러나 막상 도둑을 맞은 사람은 한 사람도 없건만 마을에서는 도둑 소문이 자자한 채 달도 바뀌고 제비 올 무렵 어느 날 저녁녘에 우연히 도 남이 아버지가 찾아왔다.

철수 내외가 남이 아버지를 맨 나중 만나기는 지금으로부터 삼 년 전 윤이가 나던 해였다. 그리고 삼 년이 지났다.

여러분, 집중해야 해요!

'국어 금신' 선생님

---

[27] 부끄러워하는 모습에서 엿장수의 순박한 성격을 알 수 있다.
[28] 놀라고 당황해 횡설수설하는 엿장수의 모습을 볼 수 있다.

오영수_고무신 · 177

삼 년 동안 남이 아버지는 많이도 변했다. 머리는 검은 털보다는 흰 털이 훨씬 많았고, 그 길쑴한^(시원스레 조금 긴 듯하다) 얼굴은 유지^(기름종이)를 비벼 놓은 것처럼 주름살이 잡혔다.

저녁을 먹고 나서 남이 아버지는,

"내가 달리 온 것이 아닙더!"

하고는 담배를 잰다. 철수 내외는 암만해도 이 영감이 딸을 보러만 온 것이 아니라고 짐작은 하면서도,

"무슨 일인데요? 새삼스리?"

그러나 남이 아버지는, "안 그런기요? 내가 나이 칠십에 내일 죽을지 모레 죽을지……."

그러고는 담배를 쭉쭉 소리를 내어 빨고 나서,

"온 것은 다름이 아니올시더. 저 남이 말임더, 저것을 내 산 동안에 짝을 맞차 놔야 안 되겠는교?③⁰"

하고는 또 담배를 빨기 시작한다.

철수는,

"그야 짝을 맞출 때가 되면 그래야죠."

한즉,

"아니올시더, 지집애가 나이 열여덟이면 과년^(주로 여자의 나이가 보통 혼인할 시기를 지난 상태에 있다.)했거던요."

"……."

"우리 동네 말임더, 나이 올해 스무 살 먹은 얌전한 신랑이 있는데, 모자 단둘이고요, 뱃일이고 바닷일이고 입댈^(말이 필요함) 것 없지요."

철수는 듣다못해,

"그래서 영감은 거기다 남이를 시집보내겠단 말씀이죠?③¹"

② 남이 아버지의 얼굴 생김새를 생생하게 묘사하고 있다.
③⁰ 남이 아버지가 철수네를 방문한 이유를 알 수 있다. (남이를 시집보내기 위해서이다.)
③¹ 가부장적 질서로 인해 부모님의 의사대로 결혼하는 경향이 있었다.

'국어 글신' 선생님

"암요."

그러자 철수 아내가,

"보이소, 나도 스물한 살 때 이 집에 시집을 왔는데, 뭣이 그리 급해서……, 더구나 남이는 나이만 열여덟이지 원래 좀된(사람의 됨됨이나 언행이 너무 치사스럽고 잘다. 여기서는 '몸집이 작은'이라는 뜻으로 쓰임)편이라 숙성한 애들의 열대여섯밖에는 안 뵈는데……."

"아니올시더, 부모 갖고 살림 있으면야 한 해 두 해 늦어도 까딱없지요. 암, 까딱없고말고……."

"그렇잖아도 스무 살은 안 넘길 작정을 하고 또 그리 준비도 하고 있소."

스무 살이라는 말에 남이 아버지는 그만 질색을 하면서,

"언머어이, 무슨 말인교? 당찮심더!"

하고는 낯까지 붉히었다. 철수 아내가 또 무슨 말을 하려는 것을 철수는 손짓으로 막고,

"영감, 잘 알았소. 그만 건너가서 편히 쉬이소."

하자 그제서야 남이 아버지는 안심이 되는 듯 일어서며,

"내일 아침에 일찍 가겠심더. 안 그런교? 기왕 남의 권식(한집에 사는 식구) 될 바야 하루라도 일찍 보내는 기 좋지 않겠는교.❸❸"

하고 또 뭐라고 중얼거리면서 건너갔다.

남이는 여느 때와 조금도 다름없이 부엌에서 아침 채비를 하고 있다. 다만 다른 것은 눈시울이 약간 부은 것뿐이다.❸❹

이날 철수 내외는 둘 다 결근을 했다. 철수 아내는 그동안 장만해 두었던 남이의 옷감을 꺼냈다. 그리 좋은 것은 아니나 그래도 저고릿감이 네 벌, 치맛감이 세 벌, 그 밖에 자기가 시집올 때 해 온 무색옷 중에서 시속(그 시대의 풍속)에 맞지 않고, 색이 너무 난한(빛깔이나 글씨, 무늬 따위가 깔끔하지 아니하고 무질서하여 어지럽고 어수선하다) 것을 추

---

❸❷ 남이를 데리고 있고 싶어하는 철수 아내의 마음이 드러나 있다.
❸❸ ①엿장수와 갑작스럽게 이별한다. ②아버지가 자식의 의사와 관계 없이 일을 결정하는 사회적 분위기를 알 수 있다.
❸❹ 정든 마을을 떠나기 싫은 남이의 마음을 짐작할 수 있다.

내신 준비!

'국어 공신' 선생님

려 몇 벌, 또 속옷 이것저것 해서 한 보퉁이는 좋이^(거리, 수량, 시간 등이 어느 한도에 미칠 만하게)

되었다. 아침을 치르고 나서 철수 내외는 남이를 불러 갈 채비를 하라고 이르고, 그의 아내는 밀쳐 문 보퉁이를 헤치고 이것은 뭣이고, 이것은 언제 입는 옷이고 또 이것은 다시 고쳐 하고 하면서 일일이 일러주는데, 남이는 듣는 둥 마는 둥 하고,

"아직 설거지도 안 했는데……"

하고 일어선다.

"내가 할 테니 그만두고, 어서 머리 빗어라. 그리고 옷은 이걸 입고, 버선은 요전번에 신던 것 신고……."

그러나 남이는, "물도 안 길었어요." 하고 또 밖으로 나가려고 한다.

"그만둬라."

"요새 물이 달려서 일찍 가야 해요."

그러자 건넌방에서는 남이 아버지가,

"남아, 준비 다 됐나? 차 시간 놓칠라, 속히 가자."

하고 소리를 질렀다. 남이는 건넌방 쪽을 흘겨보고,

"가고 싶거든 혼자 가지……³⁵"

하고 중얼거리면서 또 밖을 나가려는 것을, 이번에는 철수가 불러들여,

"가 보고 마땅찮거든 다시 오더라도 가도록 해야지. 차 시간도 있고 하니 빨리 채비를 해라!"

하고 타이르는데, 남이 아버지는 벌써 뜰에 나와 기다리고 있다. 남이는 그제서야 낯을 씻고 제가 일상 쓰던 물건들을 챙겼다. 크림 통과 가루분 통이 하나씩, 그리고 한쪽 모가 떨어져 삼각이 된 거울이 한 개, 얼래빗과 참빗, 그 밖에 수본^(수를 놓기 위하여 어떤 모양을 종이나 헝겊 따위에 그려 놓은 도안), 골무, 베갯모^(베개의 양쪽 끝에 대는 꾸밈새), 색 헝겊, 당세기^('고리' 방언. 버드나무의 가지나 가늘게 쪼갠 대나무 조각을 엮어서 상자같이 만든 물건) 허드레옷

해서 그것도 한 보퉁이가 실하다.

내신 준비!

'국어 공신' 선생님

35 철수네를 떠나기 싫어하는 남이의 심리를 간접적으로 제시했다.

분홍 치마에 흰 반회장저고리(깃, 고름, 끝동에 다른 색의 천을 대어 지은 여자가 입는 저고리)를 입고 맑은 때가 묻을락 말락한 버선을 신은 남이는 딴사람같이 예뻐 보였다.[36] 어디다 내세우더라도 얌전한 색싯감이었다. 남이 아버지가 대문짝에 담뱃대를 딱 딱 두드리면서 헛기침을 하는 것은 빨리 나오라는 재촉일 게다. 철수 아내는 이모저모 남이 옷맵시를 보아주고,

"어서 가거라, 너 잔치할 때는 너 아저씨가 가든지 내가 가든지 꼭 할 테니.[37]"

그러자 남이는 한마디 인사말도 없이 영이와 윤이를 찾는다. 골목에 나가 있던 영이와 윤이는 남이의 달라진 모양을 보고 눈이 뚱그레져서,

"아지마, 어데 가노?"

하고 묻는다.

남이는 대답도 않고 두 아이를 데리고 건넌방으로 들어가, 영이와 윤이를 세운 채 두 팔로 가둬 안고,

"윤아, 아지마 가면 니 빠빠 누가 줄꼬?"

하자, 영이가 또,

"아지마, 어데 가노?"

하고 묻는다. 남이는 목멘 낮은 소리로,

"우리 집에 간다."

그러나 영이는, "거짓말이다. 이거 너거 집 앙이고 머고?[38]"

하고 발까지 구르며 짜증을 낸다. 갑자기 윤이가 그 넓적한 입을 삐죽거리면서 억실억실한(얼굴 모양이나 생김새가 선이 굵고 시원시원하다) 눈에 눈물을 함빡 가둔다. 남이는 지그시 팔에 힘을 준다. 윤이 눈에서 눈물 한 방울이 떨어져 남이의 자줏빛 옷고름에 얼룩이 진다.

[36] 평소와 다른 모습, 길을 떠나려는 남이가 곱게 차려 입고 있는 모습을 묘사했다.

[37] ①철수와 그의 아내가 다정하고 따뜻한 성품을 가졌음을 알 수 있다. ②남이를 가족같이 여긴다.

[38] 아이들은 남이를 한 식구처럼 여겨 남이의 말을 이해하지 못한다.

바로 이때다. 골목에서 엿장수 가위소리가 들려왔다. 남이는 재빨리 윤이를 업고, 영이의 손목을 잡은 채 밖으로 나갔다. 남이 아버지는 벌써 저만치 철수와 하직을 하면서 내려가고, 엿장수는 막 철수네 집 앞에서 대문을 나서는 남이와 마주쳤다. 엿장수는 얼빠진 사람처럼[39] 남이를 바라보는데 남이의 눈에는 순간 어두운 그림자가 지나갔다.

남이는 윤이를 업은 채 허리를 굽히고, 몸을 약간 돌려 치맛자락을 걷고 빨간 콩 주머니에서 십 원짜리 두 장을 꺼내 엿장수를 주었다. 엿장수는 그제서야 눈을 돌려 남이와 돈을 번갈아 보다 말고, 신문지 조각에 엿을 네댓가락 싸서 아무 말도 없이 돈과 함께 내민다.

남이는 약간 망설이다가 역시 암말도 없이 한 손으로 받아 가지고는 영이를 앞세우고 안으로 들어왔다. 엿장수는 멍하니 대문만 쳐다보고 있다가 침을 한 번 꿀꺽 삼키고 나서 엿판을 둘러메고는 혼잣말로,

"꽃놀이를 가면 자천 골짜기지. 그럼 한 걸음 앞서 울음 고개로 질러감 되겠지."

이렇게 중얼대면서 엿장수는 빠른 걸음으로 담 모퉁이를 돌아 울음 고개로 향해 갔다.[41]

남이는 그 엿장수에게 받은 엿을 영이에게 둘, 윤이에게 둘 각각 손에 쥐여 주고서도 한 동강이 잘라 입에 넣고는 손수건으로 윤이 눈물 자국과 영이 코밑을 닦아 주고서야 보퉁이를 들고 일어섰다.

영이와 윤이는 엿 먹기에 여념이 없었다.

철수 아내는 보퉁이 한 개를 들고 따라 나오면서 남이에게 귀엣말로 일러주고…… 이래서 남이는 떠나간다. 다만 한

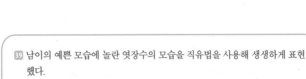

여러분, 집중해야 해요!

'국어 귀신' 선생님

[39] 남이의 예쁜 모습에 놀란 엿장수의 모습을 직유법을 사용해 생생하게 표현했다.
[40] 갈등이 최고조에 이르는 부분이며, 사건 해결의 실마리가 제시된다.
[41] 남이의 모습을 먼발치에서라도 보기 위해 고개로 갔다.

가지 철수 내외에게 수수께끼는 마을 중턱에서 남이를 보내고 서서 그의 뒷모양을 바라보는데, 남이가 어이한('어찌한'을 예스럽게 이르는 말. 여기서는 '어디서 생겼는지 알 수 없는'의 뜻으로 쓰임) 옥색 고무신㉒을 신고 가는 것이다. 더구나 한 번도 신지 않은 새것㉓을…….

철수 내외는 서로 얼굴만 처다볼 뿐 도로 물어본달 수도 없고 해서 그만두었다.

보리밭 사이 조그만 언덕길로 옥색 고무신을 신은 남이는 갔다. 자천 골짜기로 꽃놀이를 가는 줄만 알았던 남이가 난데없는 영감 하나를 따라가고 있는 광경을 엿장수는 울음 고개 위에서 멀거니 바라보고 있는 것을 남이 자신이야 알리도 없었다.

㉒ 남이와 엿장수의 만남의 매개체이다. 남이와 엿장수의 애정과 추억이 담겼기 때문에 남이와 엿장수의 이별을 더욱 안타깝게 하는 소재이다.
㉓ 엿장수가 주었을 가능성이 크다.

내신·수능 만점 키우기

1 작가 소개

작가 오영수(1909~1979년)는 1949년 단편소설 「남이와 엿장수」('고무신'으로 개제)가 『서울신문』 신춘문예에 입선, 이 작품을 『신천지(新天地)』에 발표하고, 이듬해 단편 「머루」가 『서울신문』 신춘문예에 당선되면서 작품 활동을 시작하였다. 작중 인물들은 온정과 선의의 인간들이며, 도시보다는 향촌을, 기계 문명보다는 자연을, 현대적 세련미보다는 고유한 소박성을 각각 그리워하며 예찬하는 경향을 보였다. 소설집에 『머루』, 『갯마을』, 『메아리』 등이 있다.

2 핵심 정리

○ 다음 내용에서 괄호 안에 알맞은 답을 쓰시오.

갈래	현대소설, 단편소설
성격	서정적, (❶　　　　)적
배경	1940년대 후반. (❷　　　　　)가 보이는 산기슭 마을
시점	전지적 작가 시점
제재	고무신
주제	젊은 남녀의 맑고 애틋한 사랑
특징	·산기슭을 배경으로 하여 두 젊은 남녀 사이의 (❸　　　　)을 드러냄 ·비유적 표현을 사용하여 장면을 생생히 (❹　　　　)함 ·(❺　　　　)에 따라 사건이 전개됨

3 이 글의 짜임

○ 다음 내용에서 괄호 안에 알맞은 답을 쓰시오.

구분	소설 구성 단계에 따른 갈등 양상 단계와 내용
발단	산기슭 마을에 (❶　　　　)가 나타나 심심했던 아이들에게 즐거움을 제공함
전개	남이의 (❷　　　　)을 영이와 윤이가 엿과 바꿔 먹었다가 다시 돌려받는 과정에서 남이를 알게 된 엿장수가 남이를 보려고 동네에 자주 나타남
위기	남이 아버지가 찾아와 남이를 데려가 (❸　　　　)보내겠다고 함
절정	남이는 주인집 식구들과 애틋한 (❹　　　　)를 하고, 때마침 나타난 엿장수에게 엿을 사 아이들에게 줌
결말	엿장수는 옥색 고무신을 신고 떠나는 남이를 울음 (❺　　　　)에서 바라봄

◈ 그래픽 구조로 글의 짜임 한 번 더 이해하기

발단	전개	위기	절정	결말
마을에 엿장수 등장	남이의 옥색 고무신 때문에 엿장수와 갈등과 관심이 생김	남이 아버지가 남이를 시집보내겠다고 결심함	남이는 지인들에게 이별을 고함	엿장수는 울음고개에서 남이를 바라봄

4 소설의 특성과 전개 과정에 따른 변화 양상

1 주요 인물 소개 및 특성

⊙ 다음 각 인물에 대한 올바른 설명을 연결하시오.

그룹 채팅(주요 인물 소개)

남이 ㉮

㉠ 자신의 연정을 적극적으로 드러내기보다 그저 남이를 바라보거나 선물을 주는 행동으로 표현하는 순박한 청년

엿장수 ㉯

㉡ 철수의 집에서 식모살이를 하면서 철수 가족을 다소곳하고 친절하게 대하며 매우 성실함. 엿장수에게 호감이 있으나 보수적인 사회 분위기 속에서 그런 마음을 적극적으로 표현하지 못함

철수 내외 ㉰

㉢ 옥색 고무신을 엿으로 바꿔 먹은 순진하고 철이 없는 아이들

영이 윤이 ㉱

㉣ 가부장적 사고방식의 소유자로 매우 독단적인 인물

남이 아버지 ㉲

㉤ 가난한 산기슭 마을에 살며 맞벌이를 하는 평범한 부부로 식모인 남이를 식구처럼 아끼고 잘 대해 줌

2 사건 전개에 따른 남이의 심리 변화

◎ 다음은 사건에 따른 남이의 심리 변화이다. 카톡 대화를 하듯 ①~②의 알맞은 답변을 쓰시오.

그룹 채팅(남이의 심리) 　Q ≡

국어 공신

> 남이야, 엿장수에 대한 첫인상이 어땠어?

> ❶
>
>

남이

국어 공신

> 그럼 언제 엿장수를 다시 보게 됐어?

> 사실 처음에 따지러 갈 때만 해도 엿장수가 순순히 고무신을 돌려줄 리가 없다고 생각해서 마음 단단히 먹고 갔거든. 근데 엿장수가 너무 순순히 돌려준다고 하고 심지어 없어졌으면 새로 사주기까지 한다는 말에 생각했던 것만큼 나쁜 사람은 아니구나 하면서 다시 보게 되었고, 결정적으로 (❷　　　　　　　　) 일 때문에 나도 웃음이 빵 터지면서 완전히 경계심을 놓아버렸지 뭐야.

남이

국어 공신

> 근데 그건 그 사람이 싫지 않아진 거지 좋아하는 건 아니었잖아? 언제부터 엿장수가 좋아진 거야?

> 아니 뭐... 그 일 이후로 엿장수가 좀 꾸미고 다니니까 예전보다는 괜찮아 보이기도 했고... 우리 애들한테도 잘했고... 나한테 관심 있어 보이기도 하고 그러다 보니까 나도... 아이 몰라~

남이

⊕ 　　　　　　　　　　　　　　　　　　　　　　⌣ #

5 창의융합 학습 이해하기

○ 아버지를 따라 떠나는 남이를 울음 고개에서 바라보던 엿장수에게 격려의 문자를 보내봅시다

6 '엿장수'의 뇌 구조

○ 책 내용을 참고하여 '엿장수'의 뇌 구조를 자유롭게 작성해봅시다.

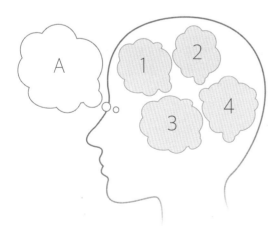

Ⓐ - 남이가 다른 곳으로 시집가지 못하게 붙잡을 걸 그랬나?

1 - 영이와 윤이는 하필 남이의 옥색고무신과 엿바꿔 먹었을까?

2 - 다짜고짜 남이는 나에게 신을 내놓으라니 참 그 앙탈이 예뻤다.

3 -

4 -

7 작품 깊이 이해하기

○ 다음 문제를 읽고, 서술형으로 답해봅시다.

1 소설 마지막 부분에 남이가 떠나는 장면에서 남이는 새로운 옥색 고무신을 신고 갑니다. 아마도 남이의 새 옥색 고무신은 엿장수가 선물한 것일 텐데, 소설에서는 엿장수가 고무신을 선물하는 장면은 나오지 않습니다. 소설가는 어떤 의도로 이 장면을 생략한 것인지 생각해 봅시다.

수행평가에 나올 수 있어!

OOPS!

2 이 소설에서 '고무신'은 구성 단계별로 역할이 다릅니다. 각 단계에서 어떤 역할을 하고 있는지 알아봅시다.

내신 준비!

BAAM!

구성 단계	사건에 따른 역할	의미
전개	★ 남이가 추석차례로 선물 받아 애지중지하는 옥색 고무신을 아이들이 엿과 바꿔 먹음 ★ 남이는 엿장수에게 자신의 고무신을 돌려달라고 함 → **1**	**3** ★ ★ ★ ★
결말	★ 남이가 옥색 고무신을 신고 아버지를 따라 떠남 → **2**	

3 남이는 왜 아버지를 따라 순순히 떠났을까요? 여러분이 남이라면 어떻게 행동했을지 이야기해 보세요.

8 토론해 보기

◎ 다음 논제를 파악한 후 주장과 근거를 서술하시오.

논제 : 결혼은 사랑이 중요하다 VS 결혼은 조건이 중요하다

논제	결혼은 사랑이 중요하다	결혼은 조건이 중요하다
주장		
근거		

○ 다음 문제를 읽고 올바른 내용에는 O, 틀린 내용에는 X 표시를 하시오.

1 이 소설의 계절적 배경은 봄, 공간적 배경은 바다가 내다보이는 산기슭 마을, 시간적 배경은 1940년대 후반이다. [O | X   ]

2 남이는 평소 고무신을 매우 아낀다. [O | X   ]

3 '옥색 고무신'의 역할은 남이와 엿장수를 다투게 하면서 서로 상극이 되는 매개체이다. [O | X   ]

4 「엿장수는 마을에 일찍와 오래 머무르며 아이들과 놀고, 어떤 날은 벙글벙글 웃고, 어떤 날은 벙어리처럼 앉아 있다가 가기도 한다. 또한 머리에 기름을 바르고 옥색 인조견 조끼를 입기도 했다.」 이러한 엿장수의 행동에서 남이에게 마음이 있다는 것을 알 수 있다. [O | X   ]

5 남이 아버지가 등장하며 사건의 전환을 맞이한다. 남이 아버지는 남이에게 선볼 것을 강요한다. [O | X   ]

○ 다음 문제를 읽고 올바른 답을 단답형으로 작성하시오.

1 엿장수가 남이가 낸 돈을 받지 않고 엿을 주는 것에서 알 수 있는 엿장수의 마음은 무엇인가요?

[   ]

2 엿장수는 남이가 자천 골짜기로 꽃놀이를 가는 줄만 알았는데, 난데없이 영감 하나를 따라가고 있는 광경을 울음고개 위에서 멀거니 바라보았습니다. 이 장면은 엿장수의 어떤 마음을 고조시키기 위한 것인가요?

[   ]

3 이 소설에서 '고무신'의 상징적 의미를 작성해 봅시다.

[   ]

4 이 소설에서 '벌'의 역할은 무엇인가요?

[   ]

5 이 소설의 사회적·문화적 요소를 서술하세요.

[   ]

OOPS!

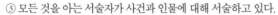

실전 문제로 작품 정리하기

1 이 글에 대한 설명으로 옳지 <u>않은</u> 것은?

① 시간적 순서에 따라 전개되고 있다.
② 빈부 격차에 대한 비판을 담고 있다.
③ 모든 것을 아는 서술자가 사건과 인물에 대해 서술하고 있다.
④ 봄을 배경으로 한 안타까운 이별 이야기가 전개된다.
⑤ 사투리의 사용으로 대화를 직접 보는 듯한 현장감이 느껴진다.

2 이 글에 대한 내용으로 옳지 <u>않은</u> 것은?

① '엿장수'는 자신에게 화를 내는 '남이'를 공손하고 부드럽게 대한다.
② '남이'는 '영이'와 '윤이'가 '엿장수'에게 가져다 준 자신의 옥색 고무신을 돌려받기 위해 '엿장수'에게 항의한다.
③ '남이'는 벌에 쏘여 앙감질을 하는 '엿장수'를 안쓰럽게 생각한다.
④ '남이'는 '엿장수'가 자신을 바라보자 부끄러워 눈을 피한다.
⑤ '엿장수'는 '남이'의 저고리 앞섶에 붙은 벌을 잡으려 '남이'의 가슴패기에 손이 닿자 민망해한다.

3 결말에서 '남이'가 신고 가는 옥색 고무신이 의미하는 바로 가장 적절한 것은?

① '남이'와 '엿장수'의 추억, 사랑과 이별을 상징한다.
② '남이'가 원래 가지고 있던 고무신이다.
③ '남이'와 '엿장수'가 다시 만날 것을 암시한다.
④ '엿장수'가 자신을 잊기를 바라는 '남이'의 마음이 담겨 있다.
⑤ '남이'의 허영심이 드러난다.

4 글을 읽고 알 수 있는 것으로 적절하지 <u>않은</u> 것은?

① 봄날 풍경을 묘사함으로써 '엿장수'와 '남이'의 사랑이 싹트고 있음을 보여준다.
② 밤에 개들이 요란하게 짖는 장면은 '엿장수'와 '남이'의 사랑에 변화가 생길 것을 암시한다.
③ '엿장수'가 '남이'가 오는 날에만 기분이 좋아 보이던 것으로 '남이'에 대한 '엿장수'의 마음을 추측할 수 있다.
④ '엿장수'가 외모에 신경을 쓰고 좋은 옷을 입고 다니기 시작한 것으로 보아 '남이'에게 마음이 있음을 알 수 있다.
⑤ 밤에 동네에 나타난 도둑놈이 '엿장수'인 것으로 보아 '엿장수'는 '남이'를 볼 수 있는 장소를 찾아다녔다고 짐작할 수 있다.

글쓰기 --

◎ 다음 글쓰기 논제를 읽고, 한 편의 글을 완성하세요.

> | 논제 |
>
> 이 소설에서 남이와 엿장수는 서로의 마음을 직접적으로 말하지는 못합니다. 그러나 엿
> 장수와 남이의 행동과 시선에서 둘은 서로에게 관심과 호감이 있음을 알 수 있습니다. 소
> 설 속 내용을 참고해서 서로의 호감이 느껴지는 부분을 찾아 설명하고, 이 소설에서 '옥색
> 고무신'이 가지는 의미에 대해 서술하세요.

즐겁게
글쓰기 해보아요!

작품 해설

BAAM!

✦ 엿장수와 한 소녀의 순수하고 애틋한 사랑 ✦

꼭 읽어주세요! 　오영수 작가의 〈고무신〉은 그 시대적 배경을 먼저 이해하는 것이
좋습니다. 소설 속 시간적 배경은 광복 직후인 1940년대 후반입니다. 당시에
는 지금처럼 멋진 구두나 운동화보다는 고무신이 일상에서 신는 신발로 대중화
되었습니다. 조금 더 고급스러운 고무신이라면, 소설 속에 등장하는 빛깔 고운 옥색 고무신
이었겠죠. 특히 식모살이를 하는 남이에게 옥색 고무신은 더할 나위 없이 귀한 물건이었을
지 모릅니다.

영이와 윤이가 남이의 옥색 고무신을 엿 바꿔 먹었다는 사실을 알고 남이는 화가 잔뜩
납니다. 철수가 추석 선물로 사준 귀한 옥색 고무신이었기에 남이는 더욱 화가 났습니다.
그러던 어느 날, 마을에 찾아 온 엿장수를 만납니다. 남이는 엿장수에게 고무신을 내놓으라
고 합니다. 엿장수는 그런 남이의 모습을 보고 좋아하게 됩니다. 즉, '고무신'은 남이와 엿장
수의 '만남'의 매개체로 작용하게 되고, 또한 엿장수가 선물한 고무신을 신고 길을 떠나는
남이의 모습에서 '이별'의 소재로도 작용합니다. 하지만 남이가 신고 떠나는 고무신은 엿장
수가 선물한 것이라고 정확하게 서술되지는 않았습니다. 다만, 남이와 엿장수 사이에서 일
어난 사건들을 통해 엿장수가 선물해준 것이라는 것을 짐작할 수는 있습니다. 남이에게 '고
무신'은 추억이 담긴 소중한 물건이자, 엿장수에게 '고무신'은 애정의 징표이면서 이별을 상
징한다고 볼 수 있습니다.

한적한 산기슭 마을을 배경으로 하는 〈고무신〉에 등장하는 남이와 엿장수는 평범한 청
춘 남녀입니다. 1940년대 말의 사회 분위기를 본다면, 이들은 자유로운 연애보다는 보수적
인 분위기 속에서 자신의 마음을 드러내지 못합니다. 고무신을 가지고 옥신각신하는 남이
와 엿장수 사이에서 의도치 않은 접촉이 일어나고, 서로 부끄러워하는 모습을 보면 귀엽기
도 하고 설레기도 합니다. 서로에게 호감이 있지만 결코 적극적으로 드러낼 수 없는 그들의
마음이 모두 '고무신'에 집약된 것이라 볼 수 있습니다. 그래서 '고무신'은 가부장적이고 보
수적인 사회적 분위기 속에서 서로의 애정을 확인하는 소재이지만, 보리밭 사이 조그만 언
덕길로 걸어가는 남이의 모습에 가슴 아픈 사연을 담은 소재이기도 합니다. 극적인 이별이
아닌, 아버지를 아무렇지도 않게 따라가는 남이의 모습과 울음고개에서 그저 바라만 볼 뿐
인 엿장수의 모습을 생각하면 더 마음이 아픕니다. 여러분도 〈고무신〉을 읽으며 마지막에
떠나가는 남이의 마음과 엿장수의 마음을 깊이 있게 헤아려보며 감상해보시기를 바랍니다.

✦ 홍길동전 ✦

홍길동

잠깐!

작가에 대해 알아볼까요?

허균
1569~1618

조선 중기의 관료이자 사상가. 1569년 12월 강원도 강릉에서 태어났다. 시와 문장으로 조선과 명나라 양쪽에서 명성을 떨쳤다. 대표작으로 〈홍길동전〉이 있으며, 조선 초기 정도전부터 권필까지 35명의 시를 모아서 해설한 《국조시산》, 허균의 시, 문장, 편지, 소설 등을 모은 《성소부부고》가 유명하다.

만화로 미리 주제 파악하기

길동의 아버지로 조선 시대 유교적인 신분 질서를 매우 중시하는 인물. 그러나 집을 떠나는 홍길동에게 '호부호형(呼父呼兄)'을 허락하는 인물이야.

홍 판서의 적자이자 홍길동의 이복형. 홍길동의 처지를 안타까워하지만, 임금의 명 때문에 어쩔 수 없이 홍길동을 잡아들이는 인물이야.

홍 판서

인형

재상 집안에서 태어난 서자로 적서 차별에 반대하고, 당시 부조리한 현실을 바꾸려는 의지를 보이는 인물이야.

춘섬

홍길동

홍길동을 도적으로 여기고 잡아들이려고 하는 인물. 하지만 후에 길동의 비범함을 깨닫고 그의 소원을 들어주는 인물이야.

홍길동의 어머니로, 길동의 처지를 안타깝게 여기지만 조선 시대의 신분 질서 때문에 어쩔 수 없이 당시 사회 질서에 순응하는 인물이야.

임금

'국어 공산' 선생님의 감상 꿀팁!

이 작품은 고전 소설로 길동이 살았던 사회의 엄격한 신분제도, 축첩제도, 적자와 서자, 유교적 출세주의, 가난한 백성들의 재물을 빼앗는 부패한 관리들의 모습을 살펴보며 감상해보자!

'국어 공산' 선생님

홍길동전

적서 차별로 호부호형하지 못하는 길동의 운명은?

길동이 자라 여덟 살이 되니, 그 총명함을 따를 자가 없었다. 하나를 들으면 자연히 백을 알게 되니 이에 공은 길동을 더욱 사랑하며 귀히 여겼다.**1** 그러나 근본이 천생(종이나 기생 출신의 첩에게서 낳은 자손)인지라**2**, 길동이 호부호형(아버지를 아버지라 부르고 형을 형이라 부름)을 하면 바로 꾸짖었으니 열 살이 넘도록 길동은 아버지와 형을 부르지 못했다.**3** 여기에 더해 종**4**들마저 그를 천대하니, 길동은 원통한 마음이 가슴 깊이 사무쳐 마음 둘 곳을 찾지 못해 방황했다.

어느덧 9월 보름이 되자 둥근 달이 밝게 비추고 청명한 바람이 쓸쓸히 불어와 길동의 마음속에 여러 생각을 불러일으켰다. 서당에서 글을 읽던 길동은 책상을 밀치며 탄식했다.

5 "무릇 대장부가 세상에 태어나 공맹(공자와 맹자의 가르침, 즉 유학의 가르침)을 본받지 못하면, 차라리 병법(전쟁에서 전투를 벌이는 방법)을 외워 대장군의 도장(圖章)을 허리에 비껴 차고 여러 나라를 정벌하여 입신양명(출세하여 이름을 세상에 떨침)하는 것**6**이 마땅히 장부가 해야 할 일이라. 한데 어찌하여 나는 일신(一身)이 이리 적막한가! 아버지와 형이 있어도 호부호형을 하지 못하니 심장이 터질 것 같구나. 참으로 원통하도다!"

1 길동의 영웅적 면모로, 비범한 능력을 타고났다.
2 길동의 갈등 원인이며 호부호형할 수 없는 이유이다.
3 사회문화적 배경 ①-적서 차별 | 사회문화적 배경 ②-적서 차별: 서자는 양반에게 호부호형을 못 하며 문관으로 출세할 수 없었다.
4 사회문화적 배경 ③-신분 제도: 양반과 종의 구분이 있었다.
5 길동의 내적 갈등을 심화하는 분위기가 조성되고 있다.
6 입신양명(출세하여 이름을 세상에 떨침)의 출세주의가 반영됨.

내신 준비!!

'국어 공신' 선생님

길동이 말을 마치고 뜰에 내려와 검술을 공부하고 있던 중, 마침 달빛을 구경하던 홍 공이 길동이 배회하는 것을 보자 즉시 불러 물었다.

"네 무슨 흥이 있어 밤이 깊도록 잠 못 이루는 것이냐?"

그러자 길동이 공손하게 대답했다.

"소인[7]도 마침 달빛을 즐기고 있었사옵니다. 무릇 하늘이 만물을 내실 적에 오직 사람만이 귀하다 하였사오나[8] 소인에게는 그 귀함이 없으니 어찌 사람이라 하오리까?"

공이 그 말뜻을 짐작하나 짐짓 길동을 책망하며 말했다.

"네 말이 무슨 뜻이냐?"

이에 길동이 두 번 절하고 아뢰었다.

"소인은 대감의 정기를 받은 떳떳한 사내로서 부모님이 낳아 길러준 은혜가 깊사온데, 아버지를 아버지라 못 하고 형을 형이라 못 하니 서러움 금할 길이 없사옵니다. 이 어찌 사람이라 하오리까?[9]"

길동의 눈물이 단삼(윗도리에 입는 홑옷)을 적시니, 공은 측은한 마음이 들었으나 만약 그 뜻을 위로하면 길동이 방자(어려워하거나 삼가는 태도가 없이 무례하고 건방지다)해질까 염려되어 도리어 크게 꾸짖었다.

여러분, 집중해야 해요!

"재상가 천비(賤婢)의 소생이 너뿐이 아니거늘, 네 어찌 이리 방자한 것이냐? 한 번만 더 이런 말을 꺼내면 내 다시는 너를 보지 않으리라."

길동은 감히 한마디 말도 더 고하지 못하고 땅에 엎드려 눈물만 흘릴 뿐이었다. 공이 물러가라 명하니, 길동이 침소로

[7] 길동의 신분을 알 수 있는 말로, 길동이 홍 판서의 적자라면 '소자'라고 해야 한다.

[8] 인간 평등, 만민 평등 사상이 드러난다.

[9] 호부호형하지 못하고 있다.

[10] 아버지로서의 정과 사회 제도라는 현실 사이에서 흔들렸으나 이내 현실에 순응한 모습이다.

[11] 사회문화적 배경-처첩 제도, 적서 차별이 드러난다.

국어 글쌤 선생님

돌아와 슬퍼함을 그치지 않았다.

길동이 본디 재주가 뛰어나고 도량(마음이 넓고 생각이 깊어 사람이나 사물을 잘 포용하는 품성)이 넓으니[12] 마음을 진정하지 못하여 밤이면 잠을 이루지 못했다. 하루는 어머니 침소에 가 길동이 울면서 말했다.

"소자[13], 어머님과 더불어 전생의 연분이 귀중하여 금세(今世)에 모자지간(母子之間)이 되었으니[14] 은혜가 망극하옵니다. 그러나 소자의 팔자가 기박하여(팔자, 운수 따위가 사납고 복이 없음) 천한 몸이 되오니 품은 한이 깊사옵니다. 장부가 세상에 살면서 남의 천대를 받는 것이 당치 않은 일이라, 소자가 자연히 기운을 억제하지 못하여 어머님 슬하를 떠나려 하옵니다. 엎드려 바라오니, 어머님은 소자를 염려하지 마시고 귀한 몸을 보중하옵소서." [15]

그 어미가 듣고 크게 놀라 말했다.

"재상가 천비의 소생이 너뿐이 아니거늘 어찌 마음을 좁게 먹어 이 어미의 애를 태우느냐?"

길동이 대답하기를,

"옛날 장충(張忠)의 아들 길산은 천생이었으나, 열세 살에 그 어미를 이별하고 운봉산(雲峯山)에 들어가 도를 닦아 아름다운 이름을 후세에 남겨 전했습니다. 소자도 그를 본받아 세상을 벗어나려 하오니[16] 어머님은 안심하시고 후일을 기다리옵소서. 그간 곡산모[17]의 행색을 보니 상공(재상을 높여 이르던 말)의 총애를 잃을까 하여 우리 모자를 원수같이 아는지라, 큰 화를 입을까 하옵나니[18] 어머님은 소자가 나가는 것을 염려하지 마옵소서."

하니, 그 어미 또한 슬퍼했다.

---

[12] 길동의 영웅적 면모로, 비범한 능력을 타고남.
[13] 길동이 어머니의 신분과 같았기에 홍 판서 때와 달리 '어머니', '소자' 등을 쓸 수 있다.
[14] 불교의 윤회 사상이 반영되어 있다.
[15] 입신양명이라는 큰 뜻을 가지고 있으나 사회 제도로 인한 한계에 부딪혀 한을 품었다.
[16] 집을 떠나려는 이유 ①-적서 차별이라는 사회제도를 거부하고 삶을 개척하려 한다.
[17] 홍 판서의 애첩 초란.
[18] 집을 떠나려는 이유 ②-곡산모의 시기로 인한 화를 피하기 위함이다.

'국어 금산' 선생님

〈중략 부분 줄거리〉

곡산모는 상공의 첩이었는데, 매우 교만하고 방자해 자신의 마음에 들지 않는 인물을 음해하곤 했다. 특히 자신은 아들이 없는데 춘섬은 길동을 낳아 상공의 총애를 받는 것을 원망하여 길동을 없애려고 음모를 꾀했다.

곡산모는 무녀를 시켜 홍 판서에게 길동이 장차 집안에 큰 해를 끼칠 것이라 말하게 했고, 길동을 없애야 한다고 부추겼다. 음모를 꾸몄음에도 소용이 없자, 곡산모는 자객을 보내 길동을 죽이기로 한다.

어느날 밤, 길동은 자객의 습격을 받으나 비범한 능력으로 자객을 물리치고 살아남는다. 이후 살길을 찾고자 집을 나가, 한 도적 무리의 우두머리가 된다.

이후 길동이 스스로 이름 부르기를 활빈당[19]이라 하여 조선 팔도를 다니며 각 읍 수령에게 의롭지 못한 재물이 있으면 탈취하고, 몹시 가난하고 의지할 곳 없는 자가 있으면 구제하며, 백성은 해치지 아니하고, 나라에 속한 재물은 추호도 범하지 아니하니, 이윽고 도적들도 길동의 뜻에 복종하게 되었다. [20]

하루는 길동이 사람들을 모아 의논하기를,

"지금 함경 감사는 탐관오리^(백성의 재물을 탐내어 빼앗는, 행실이 깨끗하지 못한 관리)로, 백성을 착취하고 괴롭혀 모든 백성들이 견디지 못하고 있도다. 우리들이 이를 그저 두지는 못하리니 그대들은 나의 지휘대로 하라."

하고, 아무 날 밤에 기약을 정하고 한 사람씩 흘러들어가 남문 밖에 불을 질렀다. 이에 감사가 크게 놀라 그 불을 끄라고 명하니, 관속 지방 관아의 아전과 하인 들과 백성들이 한꺼번에 내달려나와 불을 껐다. 그동안 길동의 수백 명 도적의 무리는 일제히 성안으로 달려들어 창고를 열고 전곡^(돈과 곡식)과 무기를 빼앗아 북문으로 달아나니, 성안이 요란하여 마치 물 끓는 듯했다.[21]

수능에 나올 수도 있어!

'국어 굴신' 선생님

[19] 부자의 재물을 빼앗다가 가난한 사람을 도와주기 위하여 결성된 도적의 무리.
[20] 활빈당이 단순한 도적의 무리가 아니라 의적 활동을 한 것임을 알 수 있음. 빈민 구제 사상이 드러난다.
[21] 비유법^(직유법)이 사용되었다

감사는 뜻밖의 변고^(갑작스러운 재앙이나 사고)에 어찌할 줄 모르다가, 날이 밝은 후에 창고의 무기와 전곡이 없어진 것을 보고는 대경실색하여 몹시 놀라 얼굴빛이 하얗게 질리다 그 도적 잡기를 힘썼다. 그러던 중 홀연 북문에 방^(榜)이 붙었는데,

"아무 날 전곡을 도적질한 자는 활빈당 행수 무리의 우두머리 홍길동이라."

하니, 감사가 군사를 움직여 그 도적을 잡으려 했다.

한편 길동은 도적들과 함께 많은 전곡을 도적질했으나, 행여 길에서 잡힐까 염려하여 둔갑법과 축지법^(먼 거리를 가깝게 하는 술법)을 행하여 처소로 돌아오니, 이제 막 날이 새려고 했다.²²

하루는 길동이 사람들을 모아 의논하기를,

"이제 우리가 합천 해인사에서 재물을 빼앗고 또 함경 감영에서 전곡을 도적질하여 그 소문이 파다하거니와²³, 나의 이름을 써서 감영에 붙였으니 오래지 않아 잡히기 쉬울 것이라. 그대들은 나의 재주를 보라."

하고, 즉시 초인^(짚으로 만든 사람 인형) 일곱을 만들어 진언^(진리를 나타낸 글귀)을 외우고 혼백^(마음이나 정신을 이르는 말)을 붙였다. 그러자 일곱 길동이 동시에 팔을 뽐내며 크게 소리치고 한곳에 모여 야단스럽게 이야기하니, 어느 것이 진짜 길동인지 알지 못할 정도였다. 팔도에 하나씩 흩어져 각각 사람 수백 명씩 거느리고 다니니 그중에 진짜 길동이 어느 곳에 있는지 알 수 없었다.²⁴

여덟 길동이 팔도에 다니며 바람과 비를 불러일으키는 술법을 행하여 각 읍 창고의 곡식을 하룻밤 사이에 종적^(없어지거나 떠난 뒤에 남는 자취나 형상) 없이 가져가고, 서울로 가는 봉물^(시골에서 서울의 왕이나 벼슬아치에게 바치던 물건)을 의심할 겨를 없이 모조리 탈취^(빼앗아 가짐)했다. 팔도 각 읍이 소란하여 밤에는 능히 잠을 자지 못하고, 길에는 행인이 끊어질 정도였으니, 이 때문에 팔도가 요란했다.

22 길동의 비범한 능력이 나타남.
23 활빈당의 활동이 널리 알려졌다.
24 분신술로, 길동의 비범한 능력과 영웅적 면모를 보여준다.

〈중략 부분 줄거리〉
　팔도에서 홍길동을 잡아 달라는 장계가 계속 올라오자 임금은 포도청에 명해 길동을 잡아오라 한다. 포도대장은 임금의 명을 받고 길동을 잡으려 길을 나서지만 오히려 길동에게 잡혀 조롱만 당한다. 길동을 잡지 못하자 임금은 더욱더 큰 걱정과 근심에 빠지게 된다.

　이때 임금께서 팔도에 공문을 보내 길동을 잡아들이라고 하셨으나, 길동이 부리는 변화는 예측할 수 없을 정도였다. 장안 대로를 고관(직위가 높은 관리)의 수레를 타고 왕래하기도 하고, 각 읍에 공문을 보낸 후 쌍가마를 타고 왕래하기도 하며, 혹 암행어사의 모습을 하고 각 읍 수령 중에 탐관오리인 자의 목을 벤 후 '가짜 어사 홍길동의 계문(啓聞, 신하가 임금에게 올리던 글)'이란 것을 써놓기도 하니, 임금께서 더욱 진노하여 말씀하셨다.

　"이놈이 각 도를 다니며 이런 장난을 하되, 아무도 잡지 못하고 있으니 이를 장차 어찌하리오."

삼정승(의정부에서 주요 정책을 결정하는 영의정, 좌의정, 우의정)과 육판서(국가의 정무를 나누어 맡아보던 이조, 호조, 예조, 병조, 형조, 공조의 으뜸 벼슬)를 모두 모아 의논하는 동안에도 계속해서 장계가 올라왔는데[25], 이는 다 팔도의 홍길동이 장난한다는 장계였다. 임금께서 차례로 보시고는 크게 근심하시며 좌우를 돌아보고 물으셨다.

"이것은 아마 사람이 아니요 귀신이 폐단을 일으키는 것이니[26] 조정의 신하 중에 누가 그 근본을 알고 있느냐?"

한 사람이 앞으로 나서며 아뢰었다.

"홍길동은 전임 이조판서 홍 아무개[24]의 서출(첩이 낳은 자식)이요, 병조좌랑 홍인형의 서출 아우이오니, 지금 그 부자를 잡아들여 친히 물어보시면 자연 아실 것이옵니다." 하니, 임금께서 더욱 화를 내며 말씀하셨다.

"이런 말을 어찌 이제야 하느냐?"

즉시 홍 아무개는 의금부 임금의 명령을 받들어 중죄인을 신문하는 관아에 잡아 가두고, 먼저 홍인형을 잡아들여 임금께서 직접 심문하셨다. 임금께서 진노(몹시 노하다)하시어 책상을 치면서 말씀하셨다.

ZAP!

[25] 조선 팔도에 홍길동과 활빈당에 대한 소문이 퍼졌다. 길동의 활동이 백성들에게 부정적 영향을 미친다는 것을 알 수 있다.

[26] 한 사람이 팔도에서 동시다발적으로 난리를 일으키는 것은 현실적으로 불가능하기 때문이다.

국어 공산 선생님

"길동이란 도적이 너의 서출 아우라 들었다. 그런데 어찌 길동이 장난하지 못하도록 막지 아니하고[27] 그냥 두어 나라에 큰 근심거리가 되게 했느냐? 네 만일 잡아들이지 아니하면 네 부자의 충효를 돌아보지 않을 것이니, 빨리 잡아들여 조선에 큰 변고^(갑작스럽게 일어난 좋지 않은 일)가 없게 하라."

인형이 황공하여^(위엄 있고 분에 넘쳐 어렵고 두렵다) 모자를 벗고 조아리며 말했다.

"신에게 천한 아우가 있어 일찍이 사람을 죽이고[28] 도망한 지 수년이 지났으나 그 종적^(없어지거나 떠난 뒤에 남는 자취나 형상)을 떠나거나 사라진 뒤에 남는 흔적이나 자취를 알지 못하옵니다. 신의 늙은 아비는 이 일로 인해 병이 위중해져 거의 돌아가실 지경이옵니다. 길동이 도리에 어긋난 막된^(거칠고 나쁘다) 짓[29]으로 전하께 근심을 끼쳤으니, 신의 죄는 만 번 죽어도 아깝지 않사옵니다. 엎드려 바라건대 전하께서는 하해^(큰 강과 바다)와 같은 은혜를 베푸시어 신의 아비의 죄를 용서하시고 집에 돌아가 병을 돌볼 수 있게 해주신다면, 신이 죽기를 각오하고 길동을 잡아 신의 부자의 죄를 면하고자 하나이다."

임금께서 다 듣고 감동하여 즉시 홍 아무개를 용서하시고 인형에게 경상 감사를 내리시며 말씀하셨다.

"경에게 감사라는 직책이 없으면 길동을 잡지 못할 것이라.[30] 일 년 기한을 정해주니 빨리 잡아들이라."

인형이 백배사은^(거듭 절하며 은혜에 감사함)한 후 하직하고 그날로 길을 떠나 경상 감영에 도착했다. 각 읍에 길동을 달래는 방을 붙였는데, 그 방에 말하기를,

사람이 세상에 나서 살아감에 오륜[31] ^{(유학에서 사람이 지켜야 할 다섯 가}

여러분, 집중해야 해요!

'국어 귀신' 선생님

---

26 홍 판서
27 국가의 환란을 막지 못한 죄가 관직에서 쌓은 공적보다 큼.
28 곡산모의 사주를 받은 자객과 관상녀를 죽임.
29 길동이 팔도에서 난리를 일으켜 나라 질서를 어지럽힌다는 일.
30 인형에게 감사 직위를 내린 이유이다.
31 사람이 지켜야 할 다섯 가지 도리로, 부모와 자식^(부자유친), 임금과 신하^(군신유의), 남편과 아내^(부부유별), 어른과 어린이^(장유유서), 친구 간의 관계^(붕우유신)에서 지켜야 할 윤리를 말한다.

지 도리)이 으뜸이라. 오륜이 있어 인의예지(유학에서 사람이 마땅히 갖추어야 할 네 가지의 성품)가 분명한 것이거늘, 이를 알지 못하고 임금과 아버지의 명을 거역하여 불충불효(不忠不孝)하게 되면 어찌 세상이 용납하리오. 우리 아우 길동은 이런 일을 알 것이니 스스로 형을 찾아와 사로잡히라. 우리 아버님이 너로 말미암아 병이 뼛속까지 파고들었으며, 임금께서 크게 근심하시니 네 죄악이 가득 찼는지라. 이런 이유로 나에게 특별히 감사를 내리시어 너를 잡아들이라 하신 것이니[32], 만일 잡지 못하면 우리 홍씨 가문이 여러 대 동안 쌓아올린 청덕(청렴하고 고결한 덕행)이 하루아침에 없어질 것이니 어찌 슬프지 않으리오! 바라나니 아우 길동은 이를 생각해 일찍 자수하면 너의 죄도 덜 것이요, 우리 가문도 보존할 것이니, 아! 너는 만 번 생각하여 스스로 나타나거라.

하였다. 감사는 이 방을 각 읍에 붙이고 공무를 전폐(아주 그만두다.)한 채 길동이 나타나기만 기다리고 있었다.

하루는 나귀를 탄 한 소년이 하인 수십 명을 거느리고 관아의 문밖에 와 감사 뵙기를 청했다.[33]

감사가 들어오라 하니 그 소년이 마루 위에 올라와 절하며 인사를 올리거늘.

감사가 눈을 들어 자세히 보니 항시 기다리던 길동이었다. 크게 놀라고 기뻐 좌우를 물리치고 그 손을 잡고 목이 메어 눈물을 흘리며 말했다.

"길동아, 네 한번 집을 나간 후로 살았는지 죽었는지 알지 못하여 아버님께서 병이 깊어지셨거늘, 너는 갈수록 불효를 끼칠 뿐 아니라 나라에 큰 근심이 되니[34], 네 무슨 마음으로 불충불효를 행하며, 또한 도적이 되어 세상에 비할 수 없는 죄를 짓는 것이냐? 이런 이유로 전하께서 진노하시어 나에게 너를 잡아들이라 하셨으니 이는 피하지 못할 일이라. 너는 일찍 서울로 나아가 전하의 명을 순순히 받으라."

말을 마치자 눈물이 비 오듯 흘렀다.[35] 길동이 머리를 숙이고 말하

[32] 충효 사상을 이용해 길동을 설득하고 있다.
[33] 개인보다 가문의 명예를 중시하는 모습이다.
[34] 길동의 활동이 충효 사상에 어긋나기 때문이다.

기를.

"제가 여기 온 것은 아버님과 형을 위태로움에서 구하고자 함이니 어찌 다른 말이 있겠습니까. 대저 대감^(조선 시대, 정이품 이상의 관원에 대한 존칭)께서 당초에 천한 길동을 위해 아버지를 아버지라 하고 형을 형이라 부르도록 하셨던들 어찌 이 지경에 이르렀겠습니까. 지난 일은 말해봤자 쓸데없거니와, 이제 아우를 결박하여 서울로 올려 보내소서."

감사가 이 말을 듣고 슬퍼하면서 장계를 지어 길동의 목에 칼을 씌우고 발에 족쇄를 채워 수레에 싣고, 건장한 장교 십여 명을 뽑아 죄인을 호송하게 했다. 밤낮으로 쉬지 않고 부지런히 가게 하니, 각 읍 백성들이 길동의 재주를 들었는지라. 잡혀온다는 말을 듣고 길을 메울 정도로 나와 구경했다.

이때 팔도에서 다 길동을 잡아 올리니³⁷, 조정과 장안의 백성들은 당황하여 어찌할 줄 모르고 누가 길동인지 알 사람이 없었다. 임금께서도 놀라 신하들을 모두 모으고 친히 심문하고자 하셨다. 여덟 길동을 잡아 올리니, 저희끼리 서로 다투며 아뢰기를,

"네가 진짜 길동이요, 나는 아니라."

하며 싸우니 누가 진짜 길동인지 분간할 수 없었다. 임금께서 괴이하게 여겨 즉시 홍 아무개를 불러 말씀하셨다.

"아들 알아보는 데는 아버지만 한 사람이 없다 하니, 저 여덟 중에서 경의 아들을 찾아내라.³⁸"

홍공이 황공하여 머리를 조아리고 죄를 청하며 말하기를,

"신의 천생 길동은 왼쪽 다리에 붉은 혈점^(살갗에 피가 맺혀 생긴 점)이 있사오니³⁹ 이를 보면 알 것이옵니다."

34 길동의 활동이 충효 사상에 어긋나기 때문이다.
35 과장법이 사용되었다.
36 자신 때문에 아버지와 형이 화를 입게 될까 염려하여 자수하고자 하고 자신의 행동이 호부호형을 하지 못해서 생긴 한에서 비롯되었음을 드러낸다.
37 분신술로 만든 길동들이 잡혀 왔다.
38 임금이 홍 판서를 불러들인 이유이다.
39 진짜 길동과 가짜 길동을 구별할 수 있는 증거이다.

'국어 공신' 선생님

하고 여덟 길동을 꾸짖었다.

"네 지척(아주 가까운 거리)에 임금님이 계시고 아래에 아비가 있는데도, 이렇게 천고에 없는(오랜 세월을 통하여 유례가 없을 정도로 드문) 죄를 지었으니 죽기를 아까워하지 말라.⑩"

홍공이 피를 토하고 엎드려 기절하니, 임금께서 크게 놀라 약원(내의원. 조선 시대에 궁중의 의약을 맡아보던 관아)에게 구하도록 하셨으나 차도가 없었다. 여덟 길동이 이 광경을 보고 동시에 눈물을 흘리며 주머니에서 환약(약재를 가루로 만들어 반죽하여 작고 둥글게 빚은 약)을 한 개씩 꺼내어 입에 넣어드리니, 홍공이 반나절 후에 정신을 차리게 되었다.

여덟 길동이 임금께 아뢰었다.

"신의 아비가 나라의 은혜를 많이 입었사오니 신이 어찌 감히 괘씸한 일을 행하오리까? 신이 본디 천비 소생이라, 그 아비를 아비라 못 하옵고 형을 형이라 못 하니 평생 한이 맺혔기에 집을 버리고 도적의 무리에 참여했으나, 백성은 추호(매우 적거나 조금인 것을 비유적으로 이르는 말)도 범하지 않았으며 각 읍 수령 중에 백성을 착취하고 괴롭히는 자의 재물만을 빼앗았습니다. 이제 십 년이 지나면 떠나갈 곳이 있사오니, 엎드려 빌건대 전하께서는 근심하지 마시고 신을 잡으라는 명령을 거두소서." ⑪

말을 마치고 여덟 길동이 동시에 넘어졌는데, 자세히 보니 다 초인(풀로 만든 사람의 형상)이었다.⑫ 임금께서 더욱 놀라시며 진짜 길동을 잡으라는 공문을 다시 팔도에 내리셨다.

길동은 허수아비를 없애고는 두루 돌아다니다가 사대문에 직접 방을 붙였다.

"소신 홍길동은 무슨 수를 쓴다 해도 절대 잡히지 않을 것이나, 다만 병조 판서(조선 시대에 둔, 병조의 으뜸 벼슬. 군사와 국방에 관한 일을 총괄하였다.) 벼슬을 내리

⑪ 탐관오리들의 횡포를 고발하고 활빈당이 단순한 도적의 무리가 아니라 의적임을 밝히고 있다.
⑫ 길동이 가진 비범한 능력을 나타낸다.

'국어 급산' 선생님

신다면 순순히 잡히겠습니다."

임금이 그 글을 보고 신하들을 모아 의논하니, 모두가 있을 수 없는 일이라고 아뢰었다.

"도적을 잡기는커녕 도리어 병조 판서에 제수한다는 것은 이웃나라에도 창피하고 부끄러운 일입니다."

이 말이 옳다고 여긴 임금은 경상 감사에게 길동을 잡아 오라고 재촉할 뿐이었다. 경상 감사 인형은 왕의 엄한 교지(조선 시대에, 임금이 사품 이상의 벼슬아치에게 주던 명령이 담긴 문서)를 받고는 송구스러워 어찌할 바를 몰랐다.

그러던 어느 날 길동이 공중에서 내려오더니 인형에게 절하고는 말을 꺼냈다.

"지금 여기 있는 제가 진짜 길동이니, 형님은 아무 염려 마시고 저를 바로 결박하여(몸이나 손 따위를 움직이지 못하도록 동이어 묶다.) 서울로 올려 보내십시오."

감사가 이 말을 듣고는 길동의 손을 부여잡고 눈물을 흘리면서 말했다.

"이 철없는 녀석아, 아버지와 형의 가르침을 듣지 않고 온 나라를 떠들썩하게 하는 너를 보며 형으로서 내 마음이 어찌 애달프지 않았겠느냐, 하지만 이렇게 찾아와 자진해서 잡혀가려고 하니 기특한 일이로다."

인형이 급히 길동의 왼쪽 다리를 살펴보니 과연 혈점이 있었다.[43] 그는 즉시 길동의 팔다리를 단단히 묶어 죄인 호송 수레에 태웠다. 그러고는 건장한 장교 수십 명을 뽑아 길동을 철통같이(준비나 대책이 튼튼하고 치밀하여 조금도 허점이 없다) 에워싸고 풍우같이 몰아갔다. 이 와중에도 길동의 안색은 조금도 변하지 않았다.[44]

여러 날 만에 서울에 다다라 대궐 문에 이르자 길동이 한 번 몸을 움직였다. 그러자 쇠사슬이 끊어지고 수레가 깨져 버렸다. 길동은 마치 매미가 허물을 벗듯 공중으로 올라가 가볍게 날

여러분,
집중해야 해요!

'국어 굴신' 선생님

[43] 가짜 길동으로 잡힌 전력이 있어 진짜 길동인지 확인하기 위함이다.
[44] 자신이 잡힌 것이 아니라고 생각하기 때문에 의연한 태도를 보여준다.
[45] 길동의 비범한 능력을 보여준다.

듯이 구름에 묻혀 사라졌다.[45] 장교와 여러 군사는 어이없었지만 공중만 바라보며 넋을 잃고 있을 따름이었다. 할 수 없이 임금께 이 사실을 알리니 임금은 보고를 듣고 크게 근심했다.

"천고에 이런 일이 어디 있으랴?"

그러자 신하 가운데 한 사람이 나서며 아뢰었다.

"길동의 소원이 병조 판서인데 한 번 지내고 나면 조선을 떠나겠다고 합니다. 소원을 풀어 주면 스스로 성상의 은혜에 감사하러 올 것이니, 그때를 틈타 길동을 사로잡는 것이 어떨까 하나이다."

임금이 이를 옳게 여겨 즉시 홍길동을 병조 판서에 임명한다는 방을 사대문에 붙였다.

이 소식을 들은 길동은 사모관대(벼슬아치들이 관복을 입을 때에 쓰던 모자와 평상시 조정에 나아갈 때 입던 제복)에 서띠(조선 시대에 벼슬아치가 허리에 두르던 띠)를 매어 병조 판서 복색을 하고는 높은 수레에 의젓하게 앉아 큰길로 버젓이 들어오며 외쳤다.

"홍 판서 사은하러 온다!"

병조의 관리들이 길동을 맞이해 대궐로 들어가니, 신하들은 의논을 분분히 하다 약속을 정했다.

"큰 칼과 도끼를 쓰는 군사들을 매복(상대편의 동태를 살피거나 불시에 공격하려고 일정한 곳에 몰래 숨게 하다)시켰다가 길동이 사은하고 나오거든 일시에 쳐 죽여라."

한편 길동은 대궐에 들어가 병조 판서를 제수받고 임금에게 절하며 아뢰었다.

"소신의 죄악이 더없이 무거운데, 도리어 전하의 은혜를 입어 평생의 한을 풀고 돌아가옵니다. 하지만 전하를 모실 길이 없어 이제 영원히 작별하오니, 엎드려 바라건대 부디 만수무강하소서."

말을 마친 길동은 몸을 공중에 솟구치더니 구름에 싸여 알 수 없는 곳으로 사라졌다. 임금이 이를 보고 감탄하며 말했다.

"길동의 신기한 재주는 고금^(예전과 지금을 이르는 말)에 드물 것이다. 스스로 조선을 떠난다고 했으니 다시는 폐를 끼칠 일이 없으리라. 수상쩍기는 하나 대장부의 통쾌한 결정이니 염려하지 않아도 될 것이다."

임금은 홍길동의 죄를 용서한다는 내용의 공문을 팔도에 보내고, 그 뒤로 길동 잡는 일을 멈추었다.

[뒷부분 줄거리]
길동은 활빈당 무리를 이끌고 조선을 떠난다. 이후, 율도국을 정벌하고 왕이 된 길동은 태평성대를 누린다. 그리고 나라를 다스린지 30년만에 홀연 병이 들어 세상을 떠난다.

내신·수능 만점 키우기

1 작가 소개

작가 허균(1569~1618)은 조선 중기의 학자이자 정치가이며, 호는 교산(蛟山)이다. 현실 비판적이고 개혁적인 사상을 가진 인물로 「유재론」, 「호민론」 등 사회모순을 비판한 글과 『교산시화』, 『학산초담』, 『성소부부고』 등의 문집을 남겼다.

2 핵심 정리

○ 다음 내용에서 괄호 안에 알맞은 답을 쓰시오.

갈래	고전 소설, 사회 소설, 영웅 소설, 한글 소설
성격	현실 비판적, 우연적, 전기적(傳奇的)
배경	시대적 : 조선시대, 공간적 : 조선, 율도국
시점	·(❶) 시점
제재	· 적서 차별, 탐관오리의 부정부패
주제	·(❷)을 향한 비판과 저항, 탐관오리 응징과 (❸)
특징	· 현전하는 최초의 (❹). ·(❺) 인물을 등장시켜 조선 시대의 모순된 (❻)를 비판함.

3 이 글의 짜임

○ 다음 내용에서 괄호 안에 알맞은 답을 쓰시오.

구분	소설 구성 단계에 따른 갈등 양상 단계와 내용
발단	적서 차별로 인한 한과 (❶)의 포부를 드러내는 길동
전개	(❷)가 되어 (❸)의 재물을 빼앗아 가난한 백성에게 나누어 주는 길동
위기	형인 경상 감사에게 자진해서 잡힌 뒤에 임금 앞에 가서 현실을 (❹)하고 사라지는 길동
절정	길동을 잡기 위해 길동에게 (❺)을 내리는 임금
결말	입신양명의 꿈을 이루고 (❻)을 떠나는 길동

◈ 그래픽 구조로 글의 짜임 한 번 더 이해하기

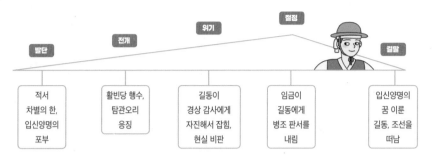

발단	전개	위기	절정	결말
적서 차별의 한, 입신양명의 포부	활빈당 행수, 탐관오리 응징	길동이 경상 감사에게 자진해서 잡힘, 현실 비판	임금이 길동에게 병조 판서를 내림	입신양명의 꿈 이룬 길동, 조선을 떠남

4 소설의 특성과 전개 과정에 따른 변화 양상

1 주요 인물 소개 및 특성

○ 다음 각 인물에 대한 올바른 설명을 연결하시오.

그룹 채팅(주요 인물 소개)

㉮
홍길동

㉠ 홍 판서의 첩이자 홍길동의 어머니. 자신의 처지에 체념하고 순응하지만 아들이 겪는 괴로움에 눈물을 흘리는 모성애가 깊은 전통적인 여인.

㉯
홍 판서

㉡ 홍 판서의 적자이자 홍길동의 이복형. 임금을 향한 충성과 부모에 관한 효를 강조하고 가문을 중요시 함. 길동의 처지를 안타깝게 여김.

㉰
춘섬

㉢ 홍길동의 아버지. 길동의 재능을 아까워하고 그 처지를 측은하게 여기나 적서 차별의 사회적 관념과 질서에 따르는 보수적 인물임.

㉱
홍인형

㉣ 홍 판서의 서자. 뛰어난 재주를 지님. 적서 차별이라는 부조리한 사회 현실에 저항하고 자신의 이상을 성취해 나가는 의지적이고 영웅적인 인물임.

② 사건 전개에 따른 길동의 심리 변화

○ 다음은 사건에 따른 길동의 심리 변화이다. 카톡 대화를 하듯 ①~②의 알맞은 답변을 쓰시오.

5 작품 깊이 이해하기

○ 홍길동전은 영웅 일대기적 서사 구조를 처음으로 소설에 적용한 작품입니다. 다음 <보기>를 읽고, 영웅 일대기의 특징이 홍길동전에서 어떻게 드러났는지 작성해봅시다.

┌─ 보기 ─┐

영웅 일대기적 서사 구조에 나타난 대부분의 설화나 고전 소설의 영웅은 고귀한 혈통, 비정상적 태생(주몽이 알에서 깨어나거나, 홍길동의 서자 태생 등), 비범한 능력, 위기와 극복, 또다시 위기를 맞음, 그리고 최종 승리자가 되는 서사적 구조를 가진다. 특히 영웅 일대기적 소설에서는 신선이 인간 세상에 내려와 주인공을 조력하거나 주인공이 하늘과 연관된 조력자의 도움을 받는 특징이 있다. 하지만 홍길동은 천상 세계에서 내려온 조력자의 도움 없이 스스로 도술을 부리며 고난을 극복해낸다. 이것은 홍길동이 다른 영웅 소설적 인물에 비해 독립적이며 진취적인 면모를 갖추고 있음을 보여준다.

집중!

BAAM!

	영웅 일대기적 구조	홍길동전
혈통	고귀한 혈통	
태생	비정상적인 태생	
능력	비범한 능력	
위기①	여러 번 죽을 고비를 겪음	
고난	조력자를 만나 위기를 탈출하거나 뛰어난 본인 능력으로 위기 탈출	
위기②	여러 번 위기를 맞음 (어릴 적 위기 극복 후 성인 때 또 위기 닥침)	
결말	위기 극복과 최후 승리자	

○ 국어공신의 감상 꿀팁

이 작품은 고전 소설로 길동이 살았던 조선 시대의 사회 문화 제도를 이해하는 것이 중요하단다. 앞서 언급했듯 엄격한 신분제도와 축첩제도, 적자와 서자, 유교적 출세주의를 비롯한 가난한 백성들을 괴롭히는 탐관오리들의 횡포 등 당시의 사회상을 살펴보며 감상해보자. 또한 길동이 세상을 살아가면서 겪는 갈등과 그것을 해결해가는 모습을 통해 길동의 생각과 가치관을 이해해보자.

6 '길동'의 뇌 구조

○ 책 내용을 참고하여 '길동'의 뇌 구조를 자유롭게 작성해봅시다.

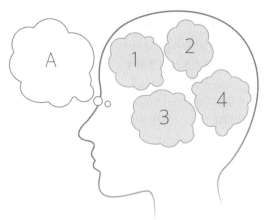

Ⓐ - 부조리한 현실을 바꿔야겠어!

1 - 적서 차별, 유교적인 출세주의 부당한 모든 것을 바꿔야 해.

2 -

3 -

4 - 율도국을 정벌하고 왕이 되어 태평성대를 펼쳐야겠어.

7 서술형 대비 문제

○ 다음 문제를 읽고, 서술형으로 답해봅시다.

1 다음은 허균이 쓴 「유재론」과 「호민론」의 내용을 요약한 것입니다. 두 글의 내용을 참고하여 허균이 「홍길동전」을 창작한 의도가 무엇인지 말해 봅시다.

> 허균은 「유재론」에서 하늘이 인재를 세상에 보내는 것은 그 시대에 쓰이게 하기 위한 것인데 조선은 적서 차별이라는 신분 제도로 인재를 스스로 버린다고 탄식하였다. 또한 「호민론」에서는 백성을 항민(恒民), 원민(怨民). 호민(豪民)으로 구분하는데, 항민은 눈앞의 일만 생각하고 법을 지키며 지배층에 부림을 당하는 백성을 뜻하고, 원민은 끝없이 착취당해 지배층을 원망하는 백성을 뜻하며, 호민은 사회 현실에 불만을 품고 세상을 바꾸려는 마음을 지닌 채 기회를 엿보는 백성을 뜻한다. 허균은 이 중에서 지배층이 가장 두려워해야 할 백성은 호민이라고 하였다.

2 홍길동이 타임머신을 타고 우리가 사는 현재로 왔습니다. 그렇다면 길동은 조선시대와 달리 신분 차별이 없는 현재 세상에 감탄할까요 아니면 법적으로 신분차별은 없어졌지만 여전히 곳곳에 남아있는 빈부 격차와 그에 따른 차별 문제에 대해 비판할까요. 홍길동이 현재를 방문했을 때를 가정하여 「홍길동전」의 속편을 작성해 봅시다.

8 토론해보기

○ 다음 논제를 파악한 후 주장과 근거를 서술하시오.

논제 : 홍길동이 율도국으로 떠난 것은 현실적인 선택이었다. VS 홍길동이 율도국으로 떠난 것은 비겁한 선택이었다.

논제	홍길동이 자신을 따르는 무리를 이끌고 율도국으로 떠난 것은 현실적인 선택이었다.	홍길동이 조선을 개혁하고 바꾸기보다는 자신을 따르는 무리만 이끌고 떠난 것은 비겁한 선택이었다.
주장		
근거		

🙂 간단히 내용 파악하기 --------------------------------

○ 다음 문제를 읽고 올바른 내용에는 O, 틀린 내용에는 X 표시를 하시오.

1 길동은 총명하기가 보통 사람보다 뛰어나서 집안 사람들에게 칭찬을 받았다.
[O | X]

2 홍 판서는 길동에게 평생 '호부호형'하는 것을 허락하지 않았다. [O | X]

3 '소인'은 신분이 낮은 사람이 자기보다 신분이 높은 사람을 상대하여 자기를 낮추어 이르던 말이다. 반면, '소자'는 아들이 부모를 상대하며 자기를 낮추어 이르는 말이다. [O | X]

4 길동의 아버지와 어머니는 '서자' 출신인 것이 길동뿐이 아니기 때문에 갈등하지 말라며 현실에 순응하는 태도를 보인 반면, 길동은 부당한 현실을 비판하며 저항하고 있다. [O | X]

5 이 소설의 성격은 '현실적', '사회비판적', '의지적'이라 할 수 있다. [O | X]

○ 다음 문제를 읽고 올바른 답을 단답형으로 작성하시오.

1 길동이 천한 신분임을 알 수 있는 사실들을 두 가지 이상 서술하시오.
[   ]

2 서자인 길동이 홍 판서 앞에서 사용할 수 있는 말은 무엇인가요?
[   ]

3 다음 밑 줄친 부분에서 알 수 있는 사상은 무엇인가요?

> 길동이 "소인이 마침 달빛을 즐기는 중입니다. 그런데, 만물이 생겨날 때부터 오직 사람이 귀한 존재인 줄 아옵니다. 그러나 소인에게는 귀함이 없사오니 어찌 사람이라 하겠습니까?"

4 길동이 집을 떠나려는 이유를 서술하세요.
[   ]

5 길동이 남의 천대를 받는 것이 불가(不可)하다고 했습니다. 길동의 현실 대응 태도는 무엇인가요?
[   ]

실전 문제로 작품 정리하기 --------------------------

1 이 작품의 주제로 알맞은 것은?

① 부모와 자식 간의 갈등
② 양반 자제들의 풍요로운 생활
③ 임금에게 임하는 신하의 도리
④ 사회적 모순 제도의 개혁과 이상국 건설
⑤ 상황에 따라 달라지는 모습을 보이는 인간의 특성

2 이 작품에 나타난 당시 사회의 모습으로 알맞은 것은?

① 첩을 둘 수 없었다.
② 신분 질서가 흔들리고 있었다.
③ 유교적 학문을 숭상했다.
④ 서자는 글을 배울 수 없었다.
⑤ 서자는 관직에 오를 수 없었다.

3 이 글에 나타난 인물에 대한 설명으로 적절한 것은?

① 곡산댁은 자애로운 인물이다
② 홍길동은 모든 사람이 평등하다는 인식을 갖고 있다.
③ 홍길동은 서자라는 자신의 처지에 만족한다
④ 홍 판서는 길동의 심정을 이해하지 못한다
⑤ 홍길동의 어머니는 당시 사회 제도가 부당하다고 생각한다

4 글의 내용과 일치 하지 않는 것은?

① 홍길동은 아버지에게 인정받기 전까지 집에서 나가려 하지 않는다.
② 곡산댁은 길동의 어머니를 싫어하나, 길동을 잘 챙겨준다
③ 홍길동은 불평등한 사회를 개혁하고자 한다
④ 홍길동은 입신양명하기를 원한다
⑤ 어머니는 홍길동의 마음이 좁아 큰 인물이 되지 못할 것이라 여긴다.

5 이 작품을 읽고 답할 수 없는 질문은?

① 곡산댁이 길동 모자를 미워하는 이유는?
② 길동이 호부호형하지 못하는 이유는?
③ 길동이 자신의 처지를 한탄하는 이유는?
④ 홍 판서가 길동의 출가를 허락한 이유는?
⑤ 길동이 집을 나가려는 이유는?

글쓰기 --

○ 다음 글을 읽고, '홍길동'에 대해 평가해보자.

홍길동은 '도적' 또는 '의적'이라는 의견이 나누어진다. 과연 길동은 도적일까 아니면 의적
일까? 또한 홍길동을 긍정적으로 바라보는 반면, 부정적으로 보는 사람들도 많다. 다음 네
가지 항목을 토대로 홍길동을 평가해보자.

첫째, 길동은 자신을 죽이러 온 자객을 죽인다. 길동의 능력으로는 자객을 죽이지 않아도
충분히 겁을 줄 수 있었으나 용서하지 않았다. 또한 자객을 명령한 사람은 홍판서가 아끼
는 첩이라는 이유로 길동이 그녀를 살려둔다. 길동이 자객을 죽인 것은 길동이 말한 '만물
이 생겨날 때부터 오직 사람이 귀한 존재'라고 했던 말과 모순된다.

둘째, 길동은 아버지 홍 판서에게 아들로 인정받았지만 결국 집을 떠난다. 이는 어머니 춘
섬의 마음에 대못을 박는 행위이다. 본문에서 '대장부가 세상에 태어나 공맹을 본받지 못
하면, 차라리 병법을 외워'라고 하는 대목에서 이 시대는 공자와 맹자의 가르침, 즉 유학의
가르침이 중요했다. 부모를 공경하고 효를 중시한 사회적 배경을 보면 길동은 결코 시대
의 가르침을 중시하지 않았다.

셋째, 길동은 활빈당의 두목이 되어 탐관오리들의 재물을 빼앗아 백성들에게 나눠준다. 이
때문에 길동이 의적으로 평가받지만, 법적으로 보면 그 누구의 재물도 훔쳐서는 안 된다.
부정한 방법으로 영웅이 되는 것은 결코 옳지 못한 행동이다.

넷째, 길동은 도술로 임금과 아버지를 혼란하게 하고 병조 판서 자리까지 얻는다. 이것은
개인의 비범한 능력을 부정하게 개인의 복수를 위해 사용한 것이다. 세상에 부정한 것, 차
별에 대한 비판 등 올바른 길로 가는 데 활용했다면 더욱 좋았을 것이다.

과연, 홍길동에 대한 평가를 좋게만 볼 수 있을 것인가?

즐겁게
글쓰기 해보아요!

✦ 모순된 사회 제도, 개혁으로 새로운 세상을 이루고자 한 ✦ 홍길동!

〈홍길동전〉은 조선시대의 적서 차별 제도의 문제와 지배층의 무능함을 비판하고 있는 고전 소설입니다. 양반가의 본처와 첩에서 태어난 자식 적자와 서자가 구별되었고, 이러한 적서 차별로 서자는 자식의 대우를 제대로 받지 못했습니다. 이뿐만 아니라 문관 벼슬길에도 나아가지 못했습니다. 또한 탐관오리들의 횡포는 심각해 부정한 방법으로 재물을 얻으려는 관리들도 많았습니다. 이러한 부조리와 모순을 비판하기 위해 '길동'이라는 인물을 두고 정의를 구현하기 위한 이야기가 시작됩니다.

〈홍길동전〉에서는 갈등 양상을 구체적으로 살펴볼 필요가 있습니다. 문학에서 갈등은 내적갈등과 외적갈등이 있습니다. 〈홍길동전〉에서는 입신양명과 호부호형을 하고자 하는 길동의 이상과 서자 출신으로 문관이 될 수 없고 호부호형을 할 수 없는 현실로 인한 내적갈등을 살펴볼 수 있습니다. 또한 외적갈등으로는 인물과 인물의 갈등 관계도 살펴볼 수 있습니다. 초란이 춘섬의 아들 길동을 죽이려 하는 것, 서자인 길동의 능력이 적자인 인형보다 뛰어나서 인형이 열등감을 느끼는 것, 불합리한 사회제도에 출세하는 인형을 길동이 못마땅하게 여기는 갈등의 구조를 볼 수 있습니다. 또한 임금이 홍 판서가 길동을 통해 일부러 자신을 농락하는 것으로 오해하는 모습, 홍 판서가 길동을 도덕적으로 불합리하게 잡아들이려는 임금을 이해할 수 없는 갈등 구조 등을 볼 수 있습니다.

〈홍길동전〉에는 적서 차별 철폐와 봉건적 사회제도 개혁을 주장하는 인간 평등과 인본주의사상이 드러납니다. 또한 활빈당의 활약으로 부정부패 척결과 빈민구제를 위한 노력, 아버지와 형을 위태로움에서 구하고자 하는 유교의 효 사상, 길동의 율도국과 이상국 건설이라는 사상을 구체적으로 살펴볼 수 있습니다.

마지막으로, 〈홍길동전〉은 영웅소설로서의 면모를 갖추고 있습니다. 홍 판서 아들이라는 고귀한 혈통을 지닌 인물, 시비 춘섬의 소생이라는 비정상적인 출생, 총명하기가 보통을 넘고 도술에도 능한 차별성, 자객이 길동 모자를 죽이려는 시련과 고난의 연속, 자객을 죽이고 살아난 뒤 집을 떠나 도적의 무리에 들어가 조력자를 만나는 것, 그리고 병조판서에 제수되고 요괴를 물리친 뒤 율도국의 왕이 되어 위기를 극복하고 승리자가 된다는 것 등입니다. 이처럼 〈홍길동전〉은 사회비판적 요소와 뛰어난 문학적 요소 등을 갖춘 작품으로 인정받고 있습니다. 각 요소를 깊이 있게 살펴보면서 작품을 감상해보세요.

✦토끼전✦

토끼

작가에 대해 알아볼까요?

작자 미상

조선 후기의 판소리계 소설로 작가는 알 수 없다. 토끼와 거북의 이야기를 바탕으로 풍자와 해학을 담은 우화 소설로, 구전되던 것이 조선 후기에 기록되며 여러 가지 판본이 남아 있다. 현재 가장 널리 읽히는 판본은 소설가 이혜숙 씨가 한글 필사본 〈토처사전〉과 〈토공전〉 등을 읽고 새롭게 구성한 것이다.

만화로 미리 주제 파악하기

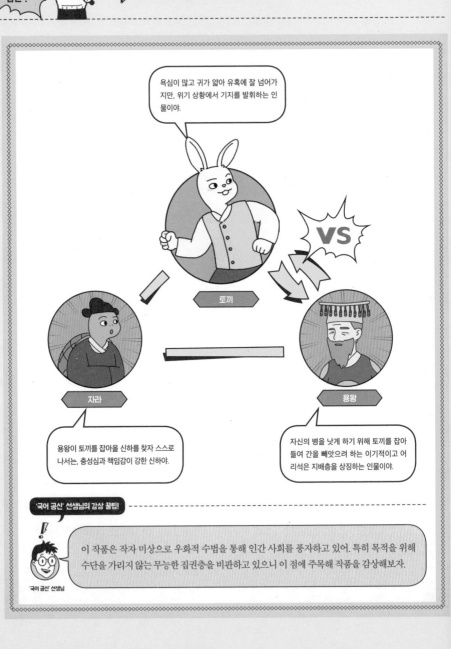

욕심이 많고 귀가 얇아 유혹에 잘 넘어가지만, 위기 상황에서 기지를 발휘하는 인물이야.

토끼

VS

자라

용왕

용왕이 토끼를 잡아올 신하를 찾자 스스로 나서는, 충성심과 책임감이 강한 신하야.

자신의 병을 낫게 하기 위해 토끼를 잡아들여 간을 빼앗으려 하는 이기적이고 어리석은 지배층을 상징하는 인물이야.

'국어 공신' 선생님의 감상 꿀팁!

이 작품은 작자 미상으로 우화적 수법을 통해 인간 사회를 풍자하고 있어. 특히 목적을 위해 수단을 가리지 않는 무능한 집권층을 비판하고 있으니 이 점에 주목해 작품을 감상해보자.

'국어 공신' 선생님

'용왕의 병'과 '토끼의 간'이 상징하는 의미는?

〈앞부분 줄거리〉

남해의 용왕이 병을 얻자 신하들은 용왕의 병을 낫게 하려고 온갖 방법을 동원했으나 차도가 없었다. 그러던 어느 날, 세 명의 도사가 나타나 용왕의 병에 토끼의 간이 효험 있다고 말한다. 그러자 용왕은 수궁의 대신들을 불러들여 육지에 나가 토끼의 간을 구해올 신하를 찾는다. 이에 신하들이 서로 언쟁하며 결정을 내리지 못하던 중 별주부가 자청해 토끼의 간을 구하러 육지로 나간다.

"형의 관상을 보아하니 골격이 맑고 훌륭하나 인중이 짧은 게 아쉽소. 그러니 어찌 오래 살기를 바라겠소.❶"

그러자 토끼가 의심이 생겨 가만히 솔잎을 뜯어 자신의 인중에 견주어 보니 비록 끝을 잡았으나 떨어져 버리는 것이 아닌가.

"내 아무리 인중이 짧다 해도 수국에 들어가면 그 화를 면하고 장수(長壽)할 수 있겠소?"

"수국에서 수백 세 동안 장수하고 일품 벼슬에 오른 자들 중 그대보다 인중이 한 치나 짧은 자들이 무수히 많소. 내 말을 믿지 못하겠거든 내 인중을 보시

내신 준비!

❶ 실제 토끼의 인중이 짧다는 점을 이용하여 독자의 흥미를 유발하며 해학적 분위기를 조성한다.

'국어 공신' 선생님

오. 이 짧은 인중으로 인간 세계에 있었으면 벼슬은 고사하고 지금껏 목숨이나 부지할 수 있었겠소? 그대가 산중 세계를 낙원으로 여기고 수국을 꺼리는 것도 아마 인중이 짧은 탓인 듯하오. 그러니 가려거든 가시고, 말려거든 마시오. 그대가 수국에 들어가서 아무리 높은 자리에 오른다 한들, 내 몸과 무슨 상관이 있고 내게 무슨 이득이 있겠소.❷ 정 싫거든 관두시오. 오늘 오시(오전 11시부터 오후 1시)에 김 포수가 쏜 총알이 '탕' 하고 긴 허리에 맞으면……❸"

"아이고, 이보시오. 제발 '탕' 소리는 빼시오. 우리 삼대가 다 총으로 망했다오. 한데, 수국에 가면 총이 없소?"

"본디 총이라 하는 것은 불이 일어나야 작동하는 물건인 것을, 물속에서 어찌 총을 쏠 수 있겠소?"

"수할치(매사냥꾼)는 없소?"

"없소."

"사냥개는 없소?"

"없소."

"농부나 목동은 없소?"

"없소."

이에 토끼가 몇 번을 생각하다가 문득 깨닫고는 '사내대장부가 죽을지언정 어찌 친구의 말을 듣지 아니하리오❺' 하고 속으로 굳게 마음을 먹는다.

"앞으로 더는 의심하지 않겠소. 자, 같이 갑시다."

그러자 별주부 기뻐하며 토끼와 함께 물가로 간다.

"저 물은 깊소?"

여러분, 집중해야 해요!

'국어 공신' 선생님

❷ 토끼의 부귀영화가 자신과 무관함을 말하며 토끼를 위하여 한 말임을 강조한다.
❸ 토끼의 두려움을 이용하는 별주부
❹ 토끼가 두려워 하는 대상이다.
❺ 토끼가 별주부를 따라 수국으로 가기로 결정한다.

"깊소."

"그럼 형이 먼저 들어가시오. 어디 한번 봅시다."

"알겠소."

별주부는 의심하는 기색^(마음이 얼굴에 나타나는 빛) 없이 물속으로 들어가 네발로 물을 휘저으며 헤엄친다.

"이보, 내 몸도 이리 뜨는데 토 생원은 발목이나 젖겠소?"

토끼가 앞발로 그루터기를 휘어잡고 서서히 뒷발을 담글 때⑥, 자라가 쏜살같이 달려들어 토끼의 뒷다리를 낚아챈다.⑦

"에라 요놈, 들어가자."

와라락 하고 잡아당기니 토끼가 허위허위^(손발 따위를 이리저리 내두르는 모양) 텀벙 물속으로 들어간다.

토끼를 등에 업은 별주부는 서산에 해 지듯 푸른 물결 위를 유유히 떠 간다.

그렇게 돛대 없는 당도리선^(바다로 다니는 큰 목조선)처럼 보였다 잠겼다 하며 바닷속으로 들어가니 숨이 막힌 토끼가 소리친다.

"아이고, 나 죽는다. 숨 막힌다, 놓아다오. 귓가에 물소리 앵앵한다, 놓아다오."

"어허, 이놈아, 입 다물어라. 짠 바닷물 들어가면 간 녹을라. 이놈아, 이제 어쩔 수 없으니 내 등에 업혀 이곳저곳 얌전히 구경이나 해라.⑧"

물소리에 간장^(간과 창자)이 녹는 듯하나 이제는 어찌할 방도가 없다. 별주부 등에 바짝 매달린 토끼는 정신을 잃지 않으려고 고군분투한다. 곧 물소리 잠잠해지고 사방이 고요해진다.

"자, 이제 다 왔으니 내리시오."

"형의 말 중에 내리란 말이 가장 듣기 좋소.⑨"

---

⑥ 물에 대한 두려움으로 조심스럽게 물로 다가가고 있다.

⑦ 별주부의 행동이 '육지'에서와는 다름을 알 수 있다.

⑧ 비속어를 사용해 해학적인 분위기를 조성하고 있다.

⑨ 겁이 많은 '토끼'의 성격을 드러낸다.

'국어 공신' 선생님

토끼가 재빨리 내려 주변을 살피니 귀신 형상의 물고기들이 큰 문을 지키고 서 있는데, 문 위에는 순금으로 쓰인 '남해 영덕전 수정문'이라는 현판(글자나 그림을 새겨 문 위나 벽에 다는 널조각)이 달려 있다.

이에 토끼가 황홀한(어떤 사물에 마음이나 시선이 혹하여 달뜬 상태) 마음에 별주부에게 찬사를 늘어놓는다.[10]

"형의 말이 거짓이 아니라는 것을 이제 깨달았소. 우리 인간 세상에 흰쌀에 뉘(찧어지지 않아서 겉껍질이 벗겨지지 않은 채 쌀 속에 섞여 있는 벼 알갱이)만큼만 이러한 세상이 있다 해도 내 이리 힘든 걸음은 하지 않았을 것이오."[11]

"여러 해 동안 온갖 고생을 하다가 이렇게 선경(경치가 신비스럽고 그윽한 곳)을 마주하니 '고생 끝에 낙(樂)이 온다.'라는 말을 이제야 알 것 같소. 내 기쁜 마음 한량없지만(끝이나 한이 없다) 이제 잘살고 못사는 일은 오로지 형에게 달렸으니 부디 나를 좋은 곳으로 천거해(어떤 일을 맡아 할 수 있는 사람을 그 자리에 쓰도록 소개하거나 추천함) 주시오."[12]

그러자 별주부는 속으로 비웃으면서도 겉으로는 내색하지 않는다.[13] 별주부가 문밖에서 토끼를 기다리게 하고 대궐로 들어가 용왕에게 토끼를 잡아온 사연을 소상히 아뢰니, 용왕이 기쁨을 감추지 못하며 말한다.

"험한 세상은 무탈히 잘 다녀왔으며 노독(먼 길을 오가느라 지치고 시달려서 생긴 피로나 병)은 심하지 않은가?"

용왕이 별주부를 위로한 뒤 서둘러 토끼를 잡아들이라 명한다. 불안한 마음에 귀를 기울이며 궁궐 소식을 엿듣던 토끼는 별안간 "잡아들이라."라는 고함 소리가 크게 들리자, 덜컥 의심이 들어 궁문 뒤 물풀 사이로 재빨리 몸을 감춘다.

곧 군사를 거느리고 나온 별주부가 주변을 살피니 토끼 온데간데없다. 이에 잠시 주변을 둘러보던 별주부가 큰 소리로 토끼

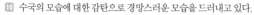

수능에 나올 수도 있어!

[10] 수국의 모습에 대한 감탄으로 경망스러운 모습을 드러내고 있다.
[11] 육지에는 이런 곳이 쌀 속에서 간혹 볼 수 있는 벼 알갱이만큼도 없다는 뜻으로 육지 생활의 힘듦을 드러낸다.
[12] 수국에 가면 귀하게 된다고 했던 '별주부'의 말을 믿고 있다. '토끼'의 허욕이 드러난다.
[13] '용왕'에게 무사히 데려가기 위해 '토끼'의 허욕을 속으로 비웃고 있다.

'국어 공신' 선생님

를 부른다.

"토 생원 대체 어디 계시오? 이곳의 '잡아들이라.'라는 말은 인간 세상의 '모셔 들이라.'라는 말과 같소.[14]"

하지만 토끼는 의심을 거둘 수 없어 성큼 나서지 못한다. 이미 토끼의 얕은꾀[15]를 파악하고 있던 별주부는 무사를 시켜 다시 한번 소리치게 한다.

"이번에 새로 훈련대장을 제수(임금이 직접 관리를 임명하는 일) 받으신 토 생원 어디 계십니까?[16]"

그 말을 들은 토끼가 반가운 마음에 재빨리 모습을 드러낸다.[17] 이에 수국 군

"아니, 훈련대장 제수한다더니 대체 무슨 짓이오?"

"본래 그러하오."

"우리 인간 세상에서는 벼슬아치들이 입궐할 때 지위에 따라 백마나 수레를 태우거나 못해도 비쩍 마른 당나귀라도 태우고 가는데, 이리 묶는 것은 대체 무슨 까닭이오?"

"이보시오, 토 생원. 몰라도 한참 모르시는구려. 자고로 예의 법도란 것은 읍마다 다르고 동마다 다르거늘, 인간 세상과 수국의 법도가 어찌 같을 수 있겠소. 우리 수국에서는 꽁꽁 묶을수록 벼슬이 더 높아진다오."

그러자 토끼가 눈을 깜빡이며 생각에 잠긴다.

'젠장, 벼슬 두 번만 더 하다가는 명줄 끊어지겠군. 하지만 이왕 벼슬을 하려거든 더 높은 벼슬이 좋겠지.[18]'

토끼가 몸을 삐끗 돌린다.

"이보시오. 이쪽이 덜 묶인 듯하니 단단히 동여매 주시오.[19]"

"예, 그러지요."

[14] 수국이 익숙하지 않은 '토끼'를 속여 '용왕'에게 데려가기 위해 '별주부'가 꾀를 내고 있다.
[15] 토끼의 생각이 깊지 못함을 의미한다
[16] 벼슬을 하고 싶어 하는 '토끼'의 심리를 이용한다.
[17] 벼슬에 탐을 내는 '토끼'의 허욕이 드러난다.
[18] 높은 벼슬을 하고 싶은 '토끼의 허욕'이 드러난다.
[19] 상황 판단을 하지 못한 '토끼의 어리석은 행동'으로 해학적 분위기를 조성한다.

'국어 금산 선생님

이에 군사들이 달려들어 토끼를 더 꽁꽁 묶고는 영덕전 너른 마당에 너덧 바퀴를 돌려 내동댕이친다. 토끼가 눈을 깜짝깜짝하며 좌우를 살피니, 온갖 물고기들이 겹겹이 에워싸고 있다.

'이놈들이 모두 수국의 신하들인가? 만만치 않겠구나.'

토끼가 눈을 말똥말똥 뜨고 늘어선 물고기들을 바라보고 있을 때, 용왕 역시 토끼를 샅샅이 살핀다. 한데, 토끼를 살피던 용왕이 "어라, 그놈 배 속에 간 많이 들었겠다. 토끼 배 따고 간 내어 소금 찍어 올려라." 하고 명했으면 아무 탈이 없었을 것을, 토끼가 타국에서 온 귀한 짐승이라 그에게 말을 시킨 것이 화근이 되었다.[20]

"토끼는 듣거라. 내 우연히 병을 얻어 어떤 약도 효험이 없던 중 마침 하늘에서 도사가 내려와 진맥(병을 진찰하기 위하여 손목의 맥을 짚어 보는 일)을 하고는 '살아 있는 토끼의 간을 구하여 먹으면 곧 나으리라.' 말하기에 내 어진 신하를 보내 너를 잡아왔느니라. 그러니 죽는다고 한탄(원통하거나 뉘우치는 일이 있을 때 한숨을 쉬며 탄식함)하지 마라. 네 비록 죄가 없으나 과인(덕이 적은 사람이라는 뜻으로, 임금이 자기를 낮추어 이르던 말)의 한 몸이 너와 다르니,[21] 만약 과인이 불행해지면 일국의 백성과 신하들을 보존하기 어렵다는 것을 네 설마 모르겠느냐. 너 죽고 과인이 살아나면[22] 수국의 만백성을 살리는 것이니 네가 바로 일등 충신이로다. 그러니 너 죽고 나면 네 몸 고이 묻어 나무 비석이라도 세워 줄 것이니라. 또한 설, 한식, 단오, 추석 제사 착실히 지내줄 것이니 너는 죽는 것을 조금도 한탄하지 마라. 할 말 있거든 하고 죽어라."

그러자 토끼는 그제야 별주부에게 속은 것을 깨닫고 가슴을 친다.[24] 하지만 지금은 어쩔 도리가 없다. 토끼가 잠시 눈을 깜짝깜짝하더니 재빨리 한 가지 묘수(妙手)를 생각해내고는 배

ZAP!

[23]

[20] 서술자가 개입하여 앞으로 일어날 일에 대한 암시한다.
[21] '토끼'의 목숨을 중요하게 여기지 않는 '용왕'의 이기적인 면모를 보여준다.
[22] 피지배층의 생명을 함부로 대하는 지배층의 부정적인 모습을 드러낸다.
[23] 피지배층의 목숨을 함부로 취하려는 지배층의 부정적인 모습이 드러난다.
[24] 용왕의 말을 듣고 상황을 이해하고 자신의 잘못을 깨닫게 되었다.

'국어 귀신' 선생님

를 앞으로 쭉 내민다.

"자, 어서 내 배를 따 보시오."

그러자 용왕은 덜컥 의심이 난다.

'저놈이 죽지 않으려고 온갖 변명을 늘어놓을 줄 알았건만, 이리 의심 없이 배를 내미는 것을 보니 무슨 까닭이 있는가 보다.**㉕**'

"무슨 까닭인지 말이나 하고 죽어라."

"말할 것도 없소. 어서 소토(토끼가 자신을 낮춰 부르는 말)의 배나 따 보시오."

"어허, 이놈아 말을 해라."

"말해도 곧이듣지 않을 터, 그러니 어서 배나 따 보시오.**㉖**"

"어허, 이놈이! 어서 말을 하래도!"

"그럼 말을 하라니 하오리다. 전하의 하교(임금의 명령을 구두로 전하던 일) 이리 감사하오니, 신은 백번 죽어도 영광이옵니다. 전하의 옥체가 낫기만 한다면 이 한 몸 어찌 아깝겠습니까.**㉗** 다만 그러지 못할 사연이 있어 원통할 따름이니 통촉하여 주시옵소서."

"대체 그 사연이라는 게 무엇이냐?"

"소토의 배를 갈라 간이 있으면 좋겠지만, 만약 간이 없으면 가엾은 소토의 목숨만 끊어지게 될 터, 소토가 죽고 나면 누구에게 간을 달라고 하며, 어찌 다시 구할 수 있겠사옵니까?"

"이놈, 네놈의 말이 참으로 간사하도다. 의서에 이르기를, 비장(위의 왼쪽 뒤에 있는 내장의 한 가지)에 병이 들면 음식을 먹지 못하고, 쓸개에 병이 들면 말을 하지 못한다 했다. 또 콩팥에 병이 들면 듣지 못하고, 간에 병이 들면 보지 못한다고 하였느니라. 그러니 허튼 소리 하지 마라. 간이 없으면 어찌 눈으로 만물을 볼 수 있단 말이냐?"

㉕ 토끼의 의도대로 '용왕'이 '토끼의 행동'에 관심을 보이고 있다.

㉖ 이유를 말하지 않음으로써 '용왕'의 궁금증을 유발한다. '토끼'의 주도면밀하고 대담한 면이 드러난다.

㉗ '용왕'을 위해 기꺼이 죽을 수 있다는 의미이다. 당대 사회의 지배층과 피지배층 사이의 관계를 보여준다.

'국어 공산 선생님'

그러자 토끼가 더 당돌하게 말한다.

"소토의 간은 달의 정기를 받아 만들어진 것이라 보름이 되면 간을 꺼냈다가 그믐이 되면 다시 집어넣사옵니다. 간을 꺼낼 때마다 세상의 온갖 병든 자들이 하도 간을 달라고 아우성이기에 꺼낸 간을 파초 잎에 꽁꽁 싸고 칡넝쿨로 칭칭 동여매 영주산 바위 위 계수나무 늘어진 가지 끝에 매달아 두었사옵니다. 하여, 이번에도 간을 꺼내 나무에 매달아 놓고 계곡 사이 흐르는 맑은 물에 발을 씻으러 내려왔다가 우연히 별주부를 만나 수국이 흥미가 좋다고 하기에 구경차 왔사옵니다."

여기까지 말하던 토끼가 갑자기 별주부를 노려본다.

"원통하도다, 별주부야. 미련하도다, 별주부야.㉘ 대왕께서 병환이 나셨다는 사실을 속이고 그저 감언이설(甘言利說, 귀가 솔깃하도록 남의 비위를 맞추거나 이로운 조건을 내세워 꾀는 말)로 나를 꾀어냈구나. 신하된 도리로 네 어찌 그럴 수 있단 말이냐?㉙"

그러고는 토끼 다시 고개를 돌려 용왕을 바라본다.

㉚ "소토가 별주부를 만난 건 보름이 갓 지났을 때였습니다. 갈 길이 급하니 서둘러야 한다며 별주부가 다그치기에 이전에 꺼내 둔 간을 미처 가져오지 못하였사옵니다. 하오니, 며칠 말미를 주시면 인간 세상 간 꺼내둔 곳에 다녀와 저의 간뿐만 아니라 친구들 간까지 널리 구해 오겠사옵니다."

그러자 용왕이 크게 꾸짖는다.

"이놈, 당치도 않은 소리 마라. 사람이나 짐승이나 몸에 든 내장은 다를 바 없는 것을, 어찌 간을 내고 들이는 것을 네 마음대로 한다는 것이냐? 내 처음엔 듣기 좋은 말로 네놈을 타일렀거늘, 감히 너같이 미천한 것이 요망한 말로 나를 속이려 하다니, 너는 이제 죽어도 공이 없으리라.㉛"

'국어 공산' 선생님

㉘ 판소리계의 소설의 특징으로, 3-4조 또는 4-4조의 운문체가 섞여 쓰인다.
㉙ '별주부'의 잘못을 지적하여 자신의 말을 합리화하고 있다.
㉚ '토끼'가 기지를 발휘하고 있다. 토끼로 대표되는 민중이 저력을 나타내고 있음을 의미한다.
㉛ 피지배층의 생명을 하찮게 여기는 지배층의 태도가 드러난다.

그러고는 무사에게 호령하여 궁문 밖으로 끌어내어 속히 배를 가르라 엄명을 내린다.

그러자 토끼는 낯빛 하나 바꾸지 아니하고 웃으며 더욱 당당하게 말한다.[32]

「"대왕께서는 어찌 하나만 알고 둘은 모르시옵니까? 복희씨[33]는 어찌하여 뱀의 몸에 사람 얼굴을 하고 있고, 신농씨[34]는 어찌하여 사람 몸에 소의 얼굴을 하고 있는 것이옵니까?」[35] 「대왕의 꼬리가 이리 길고 소토의 꼬리가 이리 생긴 까닭은 또 무엇이옵니까? 대왕의 몸은 비늘이 번쩍번쩍 빛나고 소토의 몸은 이리 털이 송살송살한 까닭은 또 무엇이옵니까?」[36] 까마귀로 말할 것 같으면 오전 까마귀 쓸개 있고, 오후 까마귀 쓸개 없다 하였사옵니다. 그럼에도 대왕께서는 인간이나 날짐승, 길짐승 그리고 물고기 들 모두가 매한가지라 하오시니 신은 그저 답답할 따름이옵니다."

"하면, 네 몸에 간을 내고 들이는 표가 있느냐?[37]"

"있습지요."

"어디 보자."

"자, 보십시오."

이에 용왕이 들여다보니 빨간 구멍 세 개가 나란히 있다.

"저 구멍은 모두 어디에 쓰이는 것이냐?"

"한 구멍으로는 대변을 보고, 또 한 구멍으로는 소변을 보며, 다른 한 구멍으로는 간을 통째로 내고 들이고 있사옵니다."

"간은 어떻게 내고 들인다는 것이냐?"

[32] '토끼'는 위기에서도 굴하지 않는 태도를 보여준다.
[33] 삼황오제의 첫머리에 꼽는 중국 고대의 전설상의 제왕 또는 신, 그물을 만들어 사람들에게 고기잡이를 가르치고 팔괘를 만들었다고 전한다.
[34] 중국의 전설에 나오는 삼황의 하나. 사람들에게 농사짓는 법을 가르쳤으며, 팔괘를 겹쳐 육십사괘로 점을 보는 방법을 만들고, 오현금을 만드는 등 농업, 의약, 음악, 점술, 경제의 시조로 알려져 있다.
[35] 고전을 예로 들어 '토끼'가 용왕을 설득하고 있다.
[36] 자신과 '용왕'의 생김새가 다르다는 점을 근거로 '용왕'을 설득하고 있다.
[37] '용왕'이 토끼의 말에 관심을 보이기 시작한다.

국어 공산 선생님

그제야 토끼가 크게 한숨을 쉰다.

"낼 때는 밑구멍으로 내고 들일 때는 입으로 넣사옵니다. 간을 내고 들이는 것은 천지의 기운을 따르는 것이기에 해와 달의 기운이 섞이고 아침 안개, 저녁 이슬이 함께 녹아 있사옵니다.[38] 소토의 간이 산삼 혹은 우황보다도 낫다고 하는 것은 바로 이러한 까닭이옵니다."

"그렇다면 네 간으로 효험을 본 자가 더러 있느냐?"

"여부가 있겠사옵니까? 경치 구경을 좋아하는 소토 부친이 이곳저곳 산을 다니던 중, 앙금앙금 좁은 벼랑길을 돌아들다 발을 헛디뎌 그만 물에 풍덩 빠져 죽을 뻔한 일이 있사옵니다. 때마침 신선 찾으러 놀러 왔던 동방삭이 소토의 부친을 물에서 덤벙 건져 살아났지요. 그 은혜에 보답하고자 소토의 부친께서 간을 세 조각 내어 주었더니, 동방삭이 받아먹고 삼천갑자육(십갑자의 삼천 배. 곧 18만 년을 이름)을 살았사옵니다.[39] 이뿐만이 아니옵니다. 하루는 소토의 조부께서 간을 내어 달빛을 쏘인 뒤 맑은 물에 담가 헐렁헐렁 씻고 있었는데, 팔십을 궁핍하게 산 강태공(중국 주나라 초기의 정치가. '태공망'을 세속에서 일컫는 이름)이 그 물빛을 보고는 심상치 않다고 여겨 잔을 꺼내 그 물을 덤뻑 떠서 세 모금을 마셨습니다. 그 후에 그는 온갖 부귀영화를 누리며 팔십을 더 살았다고 하옵니다.[40] 이러한 소문이 널리 퍼져 남녀노소 지위 고하를 불문하고 소토를 찾아와 '연로하여 병환이 깊은 부모님 살리게 간 조금만 빌려주시오', '홀로 사는 가장 살리게 간 조금만 빌려주시오', '삼대독자 외아들 사경을 헤매고 있으니 간 조금만 팔아

ZAP!

---

38 '토끼'의 간이 약으로 효험이 있는 이유이다.
39 '토끼'의 말에 대한 '용왕'의 믿음이 더 강해졌다.
40 '토끼'가 말한 자신의 간으로 효험을 본 경우이다.

'국어 금산' 선생님

주시오.' 하며 간청하는 소리가 끊일 날이 없었사옵니다. 결국 이 소리가 옥황상제의 귀에까지 들어가 상제께서 이르시길 '어찌하여 너는 하나의 간으로 거둬들일 목숨을 똑똑 살려 하늘의 섭리를 그르치는 것이냐? 요망하도다(요사스럽고 망령되다).' 하고 꾸짖으시기에 그 후로는 누구에게도 간을 내어주지 않았사옵니다. 하오나 남해궁을 다스리시며 백성들의 생사를 쥐고 계신 대왕께 어찌 간을 내어 드리지 않을 수 있겠사옵니까? 대왕께서 소토의 간을 잡수시기만 하신다면 반드시 무병장수(無病長壽)하실 것이옵니다."

"그렇다면 간은 어디에 두었느냐?⁴¹"

"예, 간을 내어둔 곳을 말씀드리겠사옵니다. 인간 세상 깊은 곳에 영주산이라는 곳이 있는데 그 산꼭대기에는 천 년 묵은 소나무가 있사옵니다. 그 소나무의 늘어진 가지들 중 셋째 가지 끝에 매달아 놓았습니다. 약봉지 동여매듯 칡잎으로 꽁꽁 싸서 매달아 놓았으니 옥황상제가 아니면 누구도 감히 그것을 가져가지 못할 것이옵니다.⁴²"

그러자 용왕이 좌우의 신하들을 살피며 말한다.

"배를 갈라 간이 있으면 좋겠으나 만약 없다면 공연히 가련한 목숨만 끊고 간은 구하지 못할 터, 토끼를 살려 주는 것이 어떻겠소?⁴³"

이에 여러 신하들이 함께 머리를 조아린다.

"전하의 하교(임금의 명령) 마땅하나이다."

이때 금붕어가 앞으로 나와 조심스럽게 아뢴다.

"전하, 세상 일이란 것은 누구도 알 수가 없사옵니다. 하여, 토끼에게 간을 내어둔 곳을 물어본 뒤 별주부만 보내 찾아오게 하는 것이 좋을 듯하옵니다."

이에 토끼가 금붕어를 보며 싱긋 웃는다.

"그 말도 일리가 있사오나 소신이 어찌 조금이라도 속일 생각을 하

41 '용왕'이 '토끼'의 말을 완전히 믿고 있다. 지배층의 어리석음을 드러낸다.
42 자신만이 간을 가져갈 수 있다는 것을 강조하고 있다.
43 간을 얻으려는 욕심으로 사리 분별을 하지 못하는 지배층의 어리석은 모습을 보여준다. 지배층의 어리석음과 무능함에 대한 비판적 의식이 담겨 있다.

'국어 골신' 선생님

겠사옵니까? 그 머나먼 길 소토 역시 또 한 번 다녀오기 싫사옵니다. 별주부만 보낸 뒤 그사이 여독이라도 풀면 오죽 좋겠사옵니까. 하오나 인간 세상은 수국과 달리 산천이 험하고 초목이 무성하여 늘상 그 길을 다니는 소토마저도 동서남북을 분별하지 못할 때가 많사옵니다. 그러니 별주부에게 간을 내어둔 곳을 일러준다 한들 어디서 찾을 수 있겠사옵니까? 낯선 길을 두루 돌아다니다 행여 별주부의 목숨이라도 위태로워질까 심히 염려되옵니다. 인간 세상 산천 길이 얼마나 험한지는 별주부 역시 잘 알고 있사옵니다."

용왕이 묶여 있는 토끼를 풀어주고 윗자리에 오르게 하니 별주부가 울면서 만류(어떤 일을 하지 못하게 타일러 말림)한다.

"본디 토끼는 간사한 족속이옵니다. 배 속에 있는 간을 꺼내지도 않고 도로 보낸다면 아마 초목금수(온갖 풀과 짐승 등)도 비웃을 것이옵니다. 일곱 번 풀어준 맹획을 다시 일곱 번 잡아들인 제갈량의 재주⁴⁴도 없으니, 한번 놓아준 토끼를 어찌 다시 잡아들이오리까? 그러니 당장 배를 갈라 보시옵소서! 만약 간이 없다면 소신에게 엄벌을 내리신다 해도 달게 받겠사옵니다. 부디 소신의 말을 들으시고 당장 토끼의 배를 갈라 보시옵소서."

듣고 있자니 토끼 기가 막힌다.

"이놈, 별주부야. 네 이놈, 별주부야. 대체 너는 나와 무슨 원수를 졌길래 그리 모진 말을 내뱉는 것이냐? 내 배를 갈라 간이 있다면야 좋겠으나 만약 없다면 백 년을 더 살 네 용왕 하루도 목숨 부지하기 어려울 것이다. 나 역시 네 나라 원귀(원통하게 죽어 한을 품고 있는 귀신)가 되어 한날한시에 조정의 신하들을 모조리 몰살(모조리 다 죽거나 죽임)시킬 것이다. 아나(상대편의 분수에 맞지 않는 희망이나 꿈에 대하여 조롱할 때 쓰는 말), 옛다. 배 갈라라. 내 배를 갈라서 보아라."

이렇듯 토끼가 악을 바락바락 쓰니 용왕도 신하들에게

여러분, 집중해야 해요!

'국어 공신' 선생님

---

44 칠종칠금: 마음대로 잡았다 놓아주었다 함을 이르는 삼국지의 내용을 인용했다.

더는 아무 말도 하지 못하게 한다.

"다들 멈추시오. 지금부터 토 공을 해하는 말을 하는 자는 그물이 쳐진 곳으로 유배를 보내겠소! 별주부는 듣거라. 지금 당장 토 공에게 진수성찬을 내어주고, 식사를 마치면 토 공이 편히 쉴 수 있도록 하라."

식사를 마친 토끼는 좌불안석(앉아도 자리가 편안하지 않다는 뜻)이었다. 용왕은 신하에게 명해 토끼가 편히 쉴 수 있도록 배려해 주었다. 토끼가 신하를 따라간 곳은 영롱한 빛을 뿜어내는 병풍과 진주로 엮은 주렴이 가득했으나 토끼 눈에 그게 들어올 리 없었다.

토끼는 '내 비록 잠시 용왕을 속이긴 했으나 오래 버티진 못할 것이다.' 하는 생각에 밤새 뜬눈으로 뒤척이며 다음 날 용왕을 뵙고 아뢰었다.

"용왕님 병환이 심상치 않아 보이니, 한시라도 빨리 육지에 나가 간을 가져와야 할 것 같사옵니다. 청컨대, 제 작은 정성을 굽어 살펴주옵소서."

이에 용왕은 기뻐하며 별주부를 불러들였다.

"별주부는 듣거라. 그대는 지금 당장 토 공과 함께 인간 세상에 다녀오거라."

그러고 나서 용왕은 토끼의 손에 진주 수십 개를 쥐여주며 말하길, "변변치 않은 것이나 과인의 정성이니 받아주고, 꼭 간을 가지고 무탈히 돌아오게."

[뒷부분 줄거리]

별주부와 함께 육지로 나간 토끼는 육지에 도착하자 자라를 꾸짖고 조롱하며 숲속으로 도망가버린다. 토끼를 놓친 별주부는 이대로 수국에 돌아가면 벌을 받을 것이 두려워 소상강 대숲으로 들어가 살게 된다. 한편, 별주부가 돌아오기만을 기다리던 용왕은 자신의 어리석음을 깨닫고 세상을 떠난다. 뒤이어 왕위를 이어받은 세자는 별주부의 충절과 덕을 기린다.

OOPS!

내신·수능 만점 키우기

1 작가 소개

이 소설은 '작자 미상'이다. <구토지설(龜兔之說)>을 근원 설화로 판소리 <수궁가(토별가)>가 문자로 정착되면서 고전소설 <토끼전(별주부전)>으로 탄생한 판소리계 소설이다. 신소설로는 <토끼의 간>으로 등장하며 다양한 형태로 전해졌다.

2 핵심 정리

꼭 알아야 할 부분이야! BAAM!

○ 다음 내용에서 괄호 안에 알맞은 답을 쓰시오.

갈래	고전 소설, 판소리계 소설, 우화 소설
성격	해학적, 풍자적, 우의적, 우화적, 교훈적
배경	시간적 : 조선시대로 짐작하거나 그 이전. 공간적 : 용궁, 바닷가, 산속
시점	· 3인칭 (❶)시점
구성	· (❷)의 4단 구성, 시간과 공간 이동 순서에 따라 이어지는 사건으로 전개 됨
주제	· 표면적 주제 : (❸)를 지혜롭게 벗어날 수 있도록 교훈을 준다. 임금에 대한 (❹)과 헛된 (❺)을 버리도록 교훈을 준다. · 이면적 주제 : 봉건적 지배 계층에 대한 (❻)과 (❼)를 직·간접적으로 제시하고 있다.
특징	· 내용적 특징 : '토끼전'은 (❽)에 대한 비판의식이 잘 드러나 있어, 당시 (❾)을 짐작할 수 있고, 백성들이 추구하고자 하는 방향(봉건사회 비판)을 짐작할 수 있다. · 표현적 특징 : (❿)인 수법을 활용하여 (⓫)를 풍자했다. (동물을 인간화)

◈ 그래픽 구조로 글의 짜임 한 번 더 이해하기

절정

전개

발단

결말

발단	전개	절정	결말
별주부를 따라 용궁으로 간 토끼	토끼가 육지에 간을 두고 왔다며 용왕을 속임	용왕은 토끼를 후하게 대접하며 육지에 다녀올 것을 허락함	토끼는 도망가고 별주부는 산속에서 지냄. 용왕은 자신의 어리석음을 깨달음.

3 이 글의 짜임

○ 다음 내용에서 괄호 안에 알맞은 답을 쓰시오.

구분	소설 구성 단계에 따른 갈등 양상 단계와 내용
발단	토끼는 (**1**)를 따라 용궁에 오게 되고, 용왕 앞에 끌려간다.
전개	용왕이 (**2**)을 원하는 것을 알게 되자 토끼는 육지에 간을 두고 왔다고 거짓말하여 용왕을 속인다.
위기	토끼 말에 속은 용왕이 토끼를 후하게 대접하고 육지에 다녀올 것을 허락한다.
결말	토끼는 육지에 도착하자 숲으로 사라지고, 별주부는 산속에 들어가 산다. 용왕이 이 소식을 듣고, 자신이 (**3**)을 깨닫고 세상을 뜬다.

4 소설의 특성과 전개 과정에 따른 변화 양상

1 주요 인물 소개 및 특성

○ 다음 각 인물에 대한 올바른 설명을 연결하시오.

그룹 채팅(주요 인물 소개)

토끼 ㉮

㉠ 용왕이 토끼를 잡아올 신하를 찾자 스스로 나선다. 충성심과 책임감이 강한 신하로 명분을 중시하며 처벌을 두려워한다.

별주부 ㉯

㉡ 부귀영화를 누릴 수 있다는 유혹에 수국으로 간다. 용왕을 속이고 다시 육지로 돌아온다. 욕심이 많고, 귀가 얇아 유혹에 잘 넘어가지만 지혜롭다. 이 인물은 지혜로운 백성을 상징한다.

용왕 ㉰

㉢ 자신의 병을 치료하고자 토끼를 잡아오게 한다. 토끼의 말에 속아 토끼를 다시 육지로 보낸다. 이기적이면서 어리석고 판단력이 흐리다. 이 인물은 어리석고 이기적인 지배층을 상징한다.

2 사건 전개에 따른 인물들의 심리 변화

○ 다음은 사건에 따른 각 인물들의 심리 변화이다. 카톡 대화를 하듯 ①~④의 알맞은 답변을 쓰시오.

그룹 채팅(인물들의 심리)

국어 공신: 토끼가 처음 별주부의 말을 듣고 용궁에 왔을 때 토끼와 별주부의 심리는 어땠어?

학생: ❶

국어 공신: 그런데, 토끼가 자신의 간을 내놔야 할 상황이 되자 토끼와 별주부는 어떻게 반응했어?

학생: ❷

국어 공신: 토끼가 위기 상황에서 벗어나려고 용왕을 설득했을 때는 어땠니?

학생: ❸

국어 공신: 육지로 나온 토끼가 별주부를 비웃고 사라질 때에는 어땠어?

학생: ❹

5 '고전 소설과 현대 소설'의 차이점을 살펴봅시다.

	고전 소설	현대 소설
주제	(**1**)	다양한 주제
결말	행복한 결말	다양한 결말
문체	운문체, 낭송체, 문어체	(**5**)의 산문체
표현	과장, 나열, 한문 문장	정확하고 (**6**) 묘사
인물	(**2**) 인물	(**7**) 인물
구성	추보식 구성	다양한 구성방식
사건	우연적, (**3**)적	(**8**) 사건 전개
배경	막연하고 비현실적인 배경	(**9**)적이고 현실적인 배경
시점	(**4**)	다양한 시점

6 '토끼'의 뇌 구조

◯ 책 내용을 참고하여 '토끼'의 뇌 구조를 자유롭게 작성해봅시다.

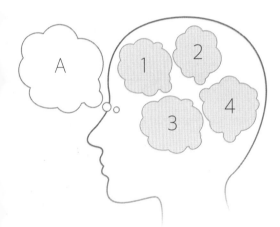

정말 꼭 알아야 해요!

Ⓐ - 내 간을 빼앗아 가겠다고?

1 - '나'는 조금의 허욕은 있지만 위기에서 내 목숨을 지킬 줄은 알지!

2 -

3 -

4 - 일단, 육지로 돌아가서 나의 생각을 이야기하자. 내 '간'은 권력, 폭력, 착취로부터 끝까지 지켜야 할 민중들의 삶과 같아.

7 작품 깊이 이해하기

○ 다음 문제를 읽고, 서술형으로 답해봅시다.

1 이 소설의 시대 상황과 작가의 의도를 살펴봅시다.

2 옛날 사람들의 시간 개념을 살펴봅시다.

해시계는 하루를
2시간씩 끊어서
계산

혹시, 여러분이 태어난 시간을 알고 있나요?
그렇다면 여러분은 옛날 개념으로 몇 시에 태
어났나요? 옆에 시계를 보면서 찾아봅시다.
예) 오후 4시 30분은 '신시'입니다.

3 이 소설의 갈등 전개 구조에 따라 '토끼와 용왕의 외적갈등'을 살펴봅시다.

인물	토끼		용왕
갈등 상황			

4 별주부는 왜 용궁으로 돌아가지 않고, 숲속으로 들어가 혼자 살았을까요? 여러분이 만약 별주부였다면 용궁으로 돌아갔을지 생각해봅시다.

8 토론해 보기

● 다음 논제를 파악한 후 주장과 근거를 서술하시오.

논제 : 충신은 시키는 대로 모두 다 한다. VS 모든 명령을 다 받든다고 충신은 아니다.

논제	'충신'은 왕이 시키는 대로 다 한다.	모든 명령을 다 받든다고 충신은 아니다.
주장		
근거		

OOPS!

간단히 내용 파악하기 --------------------------------

o 다음 문제를 읽고 올바른 내용에는 O, 틀린 내용에는 X 표시를 하시오.

1 '토끼의 인중이 짧다'는 점을 이용하여 독자의 흥미를 유발하며 해학적 분위기를
조성한다. [O | X]

2 별주부는 육지와 용궁에서의 행동이 같다. [O | X]

3 토끼가 꽁꽁 묶였으나, 토끼는 오히려 한쪽이 허술하게 묶인 듯하니 단단하게 동
여매달라고 하면서 토끼의 어리석은 행동을 통해 해학적 분위기를 조성하고 있음
을 알 수 있다. [O | X]

4 토끼는 용왕을 설득할 때 속담을 활용하였다. [O | X]

5 용왕은 토끼의 말을 완전히 믿었기에 이는 지배층의 어리석음을 나타낸다고 할
수 있다. [O | X]

o 다음 문제를 읽고 올바른 답을 단답형으로 작성하시오.

1 토끼는 벼슬을 탐내며 (   )을 드러낸다.

2 이 소설은 서술자가 개입하여 앞으로 일어날 일에 대해 (   )한다.

3 '전하의 옥체가 낫기만 한다면 이 한 몸 무엇이 아깝겠습니까만'이라는 내용을 통
해 토끼는 용왕을 위해 기꺼이 죽을 수 있다는 의미로 당시 사회의 (**1**
)층과 (**2**   )층 사이의 관계를 보여준다.

4 이 작품의 표현적 특징은 (**1**   )적인 수법을 활용하여 (**2**   )
사회를 풍자한 것이다.

5 이 작품의 표면적 주제와 이면적 주제를 각각 쓰시오.

실전 문제로 작품 정리하기 ----------------

1 토끼가 수국에 가기로 마음먹은 이유로 가장 적절한 것은?

① 안전한 곳에서 살고 싶기 때문이다.
② '별주부'를 도와주고 싶었기 때문이다.
③ '별주부'와 같이 살고 싶었기 때문이다.
④ 새로운 세계에 도전해보고 싶었기 때문이다.
⑤ 사회에 대해 비판적인 인식을 갖고 있었기 때문이다.

2 별주부에 대한 설명으로 볼 수 없는 것은?

① 용왕의 잘못된 판단에 간언하는 용감한 인물이다.
② '용왕'에게 충성을 다하기 위해 '토끼'를 데려왔다.
③ 수국의 관리이며 당대의 지배층을 상징하는 인물이다.
④ '토끼'를 안심시키기 위해 능청스럽게 거짓말을 하고 있다.
⑤ '토끼'를 '토 생원'이라고 부르며 평소에 가졌던 존경심을 표하고 있다.

3 '용왕'과 '신하들'의 모습을 통해 짐작해 본 당대의 사회 상황으로 가장 적절한 것은?

① 백성들은 지배층과 평등한 지위를 보장받았다.
② 백성들은 지배층을 두려운 존재로 생각하여 비판하지 못했다.
③ 백성들은 지배층의 어리석음과 무능함을 비판적으로 보고 있었다.
④ 지배층은 가난한 백성들을 구제하기 위한 다양한 정책을 실시하고 있었다.
⑤ 백성들은 지배층에게 자신이 겪고 있는 어려움을 털어놓을 기회가 많았다.

4 이 글에 대한 설명으로 알맞지 않은 것은?

① 고전 소설의 특성이 드러난다.
② 동물을 의인화한 우화 소설이다.
③ 당시 지배 계층의 입장에서 쓴 소설이다.
④ 판소리 사설의 영향을 받아 정착된 소설이다.
⑤ 소설이 창작되었을 당시 사회의 신분 구조가 반영되어 있다.

5 간을 가져가려는 용왕을 설득하기 위해 토끼가 내세운 근거로 알맞지 않은 것은?

① 몸에 간을 내고 들이는 구멍이 있다.
② '용왕'의 꼬리와 자신의 꼬리가 다르게 생겼다.
③ '별주부'가 보채는 통에 미처 간을 가져오지 못했다.
④ 사람이나 짐승이나 한 몸에 든 내장은 다를 바가 없다.
⑤ '복희씨'는 뱀의 몸에 사람 얼굴을 가졌으며, '신농씨'는 사람 몸에 소 얼굴을 가졌다.

OOPS!

글쓰기

● **다음 글쓰기 논제를 읽고, 한 편의 글을 완성하세요.**

　　<토끼전>에 등장하는 인물 토끼, 용왕, 별주부의 성격과 그 상징적 의미, 그리고 이 작품이 우리
　　사회에 어떠한 교훈을 주는지 작성하세요.

즐겁게
글쓰기 해봐요!

지혜로운 자와 헛된 욕심에 눈먼 자! 그들의 운명은?

〈토끼전〉은 인물에 따라 교훈적 특성이 다릅니다. 토끼는 육지에 살다가 별주부의 꾀임에 용궁으로 갑니다. 사실 고전 원문 해석본들을 살펴보면, 〈토끼전〉의 앞 부분 줄거리에 토끼가 얼마 전 혼례를 치른 부인에게 인사도 없이 용궁으로 떠나는 장면이 있습니다. 이러한 점은 토끼가 혼자 부귀영화를 누리겠다는 욕심을 엿볼 수 있는 부분입니다. 그리고 토끼는 위기에서 탈출하는 지혜를 보여주기도 합니다. 임기응변으로 용왕과 신하들을 모두 속이고 용궁 밖으로 탈출하는 데 성공을 합니다. 이런 면에서 토끼는 헛된 욕심을 꿈꾸는 탐욕자이면서 임기응변에 능하고 지혜로움을 갖춘 동물로 묘사됩니다.

용왕도 헛된 욕심을 꿈꾸는 자로 표현됩니다. 용왕은 자신의 병을 고치기 위해 토끼의 간을 빼앗으려고 합니다. 자신의 몸과 삶은 소중하고 타인의 삶은 존중하지 않는 권위적이고 탐욕스러운 면모를 보여줍니다. 이는 당시 지배층의 탐욕스러움을 잘 반영하고 있습니다. 자라(별주부)는 용왕에 대한 맹목적인 충성심을 보입니다. 용왕이 토끼를 잡아올 신하를 찾으니 스스로 나서면서 용왕에 대한 충성심과 책임감이 강한 신하로 명분을 중시하면서 한편으로는 처벌을 두려워하는 인물로 표현됩니다.

〈토끼전〉은 다양한 결말 구조를 갖추고 있습니다. 우리 책에서는 토끼는 살고, 용왕은 죽습니다. 그러나 자라는 소상강 대숲으로 들어가 산다는 결말로 끝이 납니다. 자라는 용궁으로 돌아가지 못하고 숲으로 들어가 살지만, 다른 한편으로는 자라 자신이 용왕에게 충성을 다하지 못한 것을 자책하며 스스로 목숨을 끊는다는 결말도 있습니다. 용왕은 돌아오지 않는 자라를 기다리다 자신의 어리석음과 헛된 욕망이었음을 깨닫고 죽습니다. 그 외에도 숲으로 들어간 자라가 소임을 다하지 못한 것에 대한 책임을 느끼고 유서를 쓰고 죽으려 하자 충성심에 감탄한 산신령이 나타나 용왕의 병을 고칠 약을 준다는 내용도 있습니다. 이렇게 다양한 결말이 존재한다는 것은 구전적 요소가 강하다는 의미입니다.

〈토끼전〉은 당시 인간 사회를 우화적 요소로 풍자한 것입니다. 헛된 욕망을 꿈꾼 자는 자신의 꾀에 넘어가 죽음의 위기에 봉착하거나 죽음을 맞이한다는 결론을 보여줍니다. 각 인물들의 입장에서의 교훈적 의미를 생각하고 다양한 비유적 표현을 살펴보며 감상해 봅시다.

🐷 내신·수능 만점 키우기 -- 정답 및 해설

1. 「자전거 도둑」 정답 및 해설

<내신 수능 만점 키우기>

---

2. 핵심 정리
①전지적 작가시점 ②물질적 이익 ③부도덕성 ④이기적인 ⑤눈 ⑥양심 ⑦도덕성 ⑧현대인 ⑨심리

3. 이 글의 짜임
①점원 ②불안함 ③자전거 ④갈등 ⑤고향

4. 소설의 특성과 전개 과정에 따른 변화 양상
① 주요 인물 소개 및 특성
㉮-㉠, ㉯-㉣, ㉰-㉡, ㉱-㉢, ㉲-㉤

② 사건 전개에 따른 수남이의 심리 변화
①XX상회는 완전히 장사꾼이야. 혐오감을 느낄 만큼 인색하고 비열한 사람이야. 정당히 지불해야 할 물건 값을 안 주려고 했다니까!
②정말 앞이 깜깜하고, 뭘 어떻게 해야 할지 난감하더라구!

5. 창의융합 학습 이해하기
◎ 고향으로 돌아간 수남이에게 격려의 문자를 보내봅시다.

수남아. 서울에서 고생 많았어! 고향으로 돌아가니 마음이 좀 편해졌니?
서울에서 물질만 중요시 여기는 사람들을 수남이 너처럼 순수하고 착한 아이가 견디기엔 너무나 힘들었을 거야.
자전거 사건 땜에 마음이 더 무거웠을 텐데, 이제는 다 잊고 순수한 마음 영원히 간직한 채 살길 바란다.

6. '수남'의 뇌 구조
② XX상회 주인에게 받은 만 원을 빼앗길 수는 없었어.
③ 주인 영감님은 고맙고 따뜻한 사람이지만, 부도덕하고 속물적인 사람이야.

7. '자전거 도둑'에서 나타난 갈등 양상과 해결 과정을 알아보자.
① 다음 빈칸에 들어갈 말을 <보기>에서 찾아 작성해보시오.

문학 작품에서 인물끼리 생각이나 의견이 맞지 않는 상황을 (①갈등)이라고 한다. 갈등에는 인물의 마음 속에서 일어나는 (②내적)갈등과 주변 상황에 따라 발생하는 (③외적) 갈등으로 구분된다. 외적 갈등은 인물과 (④인물), 인물과 (⑤사회), 인물과 (⑥운명), 인물과 (⑦자연) 또는 집단과 (⑧집단) 등에서 발생한다. 갈등은 주로 (⑨소설)이나 (⑩희곡) 등의 문학 작품에서 등장 인물 사이에 일어나는 대립과 충돌로, 갈등의 진행과 해결 과정을 통해 작품의 (⑪주제)가 드러난다.

② <자전거 도둑>에서 나온 수남이의 갈등 양상과 해결 과정을 파악하여 ①~③에 알맞은 답변을 쓰시오.
①XX상회 주인에게 수남이는 오늘 받을 돈은 급하게 은행에 내야 할 돈이라는 인식을 심어주고, 돈을 받을 때까지 가게 안에서 버티며 끈질긴 면모를 보이며 자신에게 주어진 문제를 해결하려고 한다.
②신사는 부유한 모습이지만 수남이에게 끝까지 자동차 수리비용을 받아내려는 모습으로 인정 없는 사람으로 묘사된다. 수남이는 신사를 인색하고 인정 없는 어른, 이기적이고 물질적인 것만을 추구하는 장사꾼으로 생각하며 자물쇠가 채워진 자전거를 들고 도망가며 상황을 모면하고 있다.
③수남이는 자신의 도덕성과 부도덕성에 대한 갈등 속에서 망설인다. 자신이 자전거를 가지고 도망친 것은 도둑질이라 생각하며 양심의 가책을 느끼는 반면, 도둑질을 하면서도 신사의 태도를 생각하며 죄책감보다는 쾌감을 느낀다.

8. 서술형 대비 문제
(9번 문제 토론해 보기를 참고하세요.)

9. 토론해 보기
다음 논제를 파악한 후 주장과 근거를 서술하시오.
논제 정당하다 (찬성)
주장 수남이가 자전거를 가지고 간 것은 직접적 잘못

이 없고, 본인 소유의 자전거 이므로 정당하다.

수납이가 먼저 자전거를 주차한 것인지, 자동차가 먼저 주차한 것인지 정확히 나와 있지는 않다.

근거 만약 수납이가 먼저 자전거를 주차한 것이라면 신사의 자동차가 자전거 옆에 주차한 것이 잘못이므로 수납이가 자전거를 가지고 간 것은 정당하다.

또한 자동차가 먼저 있었다 하더라도 수납이는 자전거를 잘 세워뒀으나 예상치 못한 세찬 바람에 의해 넘어진 것이므로 자연현상에 따른 재난이지 수납이가 직접적이고 의도적으로 자동차에 흠집을 낸 것이 아니다.

수납이가 의도적으로 한 일이라는 증거, 수납이의 자전거가 넘어져 흠집이 났다는 직접적 근거가 부족하므로 수납이는 자전거를 가지고 간 것은 정당하다.

논제 정당하지 않다 (반대)

주장 수납이가 자신의 자전거라 할지라도 신사의 자동차를 긁은 원인이 자전거에 있으므로 합의하지 않은 채 묶인 자전거를 가지고 간 것은 정당하지 않다.

근거 수납이의 자전거는 수납이의 소유물이다. 본인 소유물이 타인의 소유물을 망가뜨렸다면 책임져야 한다. 이는 재물손괴죄(형법366조)에 해당하기 때문이다. 자전거를 아무리 잘 세워뒀다고 하더라도, 세찬 바람에 의해 간판이 떨어져 나가고 바람이 심상치 않다는 것은 이미 수납이가 인지했을 것이다. 그렇기 때문에 수납이는 자전거도 세찬 바람에 날아갈 수 있음을 인지했고, 그것이 넘어지거나 움직일 때 위험을 일으키거나 사고를 일으킬 가능성도 충분히 알 수 있었다.

또한 자전거가 넘어지면서 신사의 자동차에 흠집을 낸 것이 수납이의 직접적인 행위가 아니었더라도 분명한 것은 수납이 소유의 자전거이므로 자전거가 자동차의 흠집을 낸 것이 명백하면 분명 책임을 져야 한다.

특히 신사와 합의 되지 않은 상황에서 묶여 있는 자전거를 가지고 도망친 것은 책임 회피이고, 그저 상황을 모면하고자 한 것이므로 정당한 행동이 아니다.

<간단히 내용 파악하기>

---

*다음 문제를 읽고 올바른 내용에는 O, 틀린 내용에는

X 표시를 하시오.

1. X / 순진하고, 순수한 성격으로 열심히 일하는 점원이다. 주인 영감은 실수를 하면 습관처럼 수납이에게 알밤을 먹이지만, 누구보다 수납이의 능력을 인정하고 있다.

2. O

3. O / 세찬 바람에 넘어져 신사의 자동차에 흠집이 나는 사건이 전개된다. 이후 수납이와 신사의 갈등이 시작된다.

4. X / 자전거로 자신의 차를 막은 것이 아니라 흠집을 냈기 때문에 보상하라고 야박하게 행동했다.

5. O

*다음 문제를 읽고 올바른 답을 단답형으로 작성하시오.

1. 바람

2. 물질 중심주의 가치관

3. 자동차 수리비 / 수납이는 자동차 수리비를 주지 않으려고 신사에게 용서를 빌었으나 신사는 자동차 수리비를 받으려고 수납이 자전거에 자물쇠를 채웠다.

4. 자물쇠가 채워진 자전거를 들고 도망쳤다.

5. 물건 대금 / 수납이는 오늘 꼭 수금을 해야 하고, XX상회 주인은 어떻게든 미뤘다가 적게 주려고 한다.

<실전 문제로 작품 정리하기>

---

1. ③전기 도매용품 도매상 일에 익숙하다.

2. ③구경하던 사람들은 또 다른 사고가 나지 않도록 대책을 세우기보다는 전선 도매집 주인이 치료비를 물어내야 한다는 걱정이 앞섰다.

3. ②3인칭 전지적 작가 시점으로 소설 밖에서 서술자가 이야기를 전달하는 구조이다.

4. ④바람 때문에 전선 가게 간판이 떨어져 지나가던 아가씨가 다쳤다. 이로 인해 수납이는 불길한 기운을 감지한다.

5. ④수납이는 자신의 이익만 생각하는 이기적이고 속물적인 어른들과 도시의 삭막함에 환멸을 느끼고 고향으로 돌아갈 결심을 한다.

2. 「선생님의 밥그릇」 정답 및 해설

<내신 수능 만점 키우기>

---

2. 핵심 정리
①1950 ②한 중학교 ③1인칭 관찰자 ④도시락 통 ⑤ 사랑과 배려 ⑥ 마음 ⑦교차 ⑧상징적

3. 이 글의 짜임
①회식 ②도시락 통 ③약속

4. 소설의 특성과 전개 과정에 따른 변화 양상
1 주요 인물 소개 및 특성
① ㉮-㉡, ㉯-㉠, ㉰-㉢

2 사건 전개에 따른 선생님의 심리 변화
① 당시 점심시간에 노느라 바빠서 도시락을 안 먹는 학생들이 종종 있었다. 그래서 학생들이 식사를 거르지 않기를 바라는 마음으로 도시락 통 검사를 해서 벌 청소를 시켰지. 그런데 그때는 가정 형편이 어려워 본의 아니게 도시락을 싸 오지 못하는 학생들이 있다는 생각을 미처 하지 못했지. 나중에 그 사실을 알고 나서는 나의 짧은 생각이 아이들에게 상처를 준 것은 아닐까 하는 미안함에 얼굴이 화끈거렸지.
② 밥의 절반을 덜어내는 행동은 그저 습관 같은 거라고 보면 될 것 같다. 하루에 밥을 세 번 먹잖니? 하루에 세 번씩 밥을 덜어내면서 매일 세 번씩 이웃과 나누는 삶을 살자고 결심한단다. 사실, 내가 밥을 덜어내는 행동이 어려운 이웃에게 직접적인 도움을 주지 못한다는 것은 잘 알고 있다. 하지만 그 행동을 통해 스스로를 다잡고 다른 방법으로 어려운 일을 돕기 위해 부족하나마 나름대로 노력해왔단다.
③ 괜찮다. 남들에게 보여주기 위해서 한 행동도 아니었고, 그저 스스로와의 약속을 지켰을 뿐이니까.

5. 창의융합 학습 이해하기
◎ 내가 만약 회식 자리에 참석해 문상훈과 선생님의 대화를 들었다면, 회식이 끝나고 선생님께 어떤 문자를 보낼까요?
선생님, 아까 회식 자리에서 선생님의 말씀을 들으면서 많은 생각을 했습니다. 그때 그 결심을 평생 지켜 오신 선생님을 보면서 선생님이 존경스러운 반면, 저는 제가 바쁘다는 이유로, 또 삶이 팍팍하다는 이유로 남들을 생각하며 살지 못했던 것이 많이 부끄러웠습니다. 늦었지만 이제부터 저도 좀 더 이웃과 나누는 삶을 살도록 하겠습니다.

6. 노진 선생님의 '뇌 구조'에 대해서 알아봅시다.
② 상훈이의 도시락 통의 속사정을 알게 됐으니 다시는 학생들의 도시락 통을 검사하지 않겠어!
④ 나는 이제 식사 때마다 내 몫의 절반을 덜어내고 먹겠어!

7. 작품 깊이 이해하기
*다음 문제를 읽고, 서술형으로 답해봅시다.
① 1950년대는 6.25전쟁이 끝난지 얼마 되지 않은 시점인데다 아직 전후 복구도 완전히 이루어지지 못한 상황이라 국민의 절반이 빈곤층이었던 시절이다. 따라서 학교에 결식아동이 많았고, 소설가는 그런 상황을 고려해 이 시기를 소설의 시간적 배경으로 잡았을 것이다.
만약 소설의 시간적 배경을 현재로 바꿔서 소설을 다시 쓴다면, 결식아동들에게 제공되는 복지카드를 사용해 끼니를 때울 때는 제자를 선생님이 우연히 목격하게 된다는 설정으로 소설을 바꿔보면 좋을 것 같다.
② ㉠-빈곤층, ㉡-결식아동
③ ㉠-문상훈에게 있어서 '밥'은 어린 시절의 가난과 그것을 애써 숨기려 했던 자신의 어린 시절을 떠올리게 한다. 하지만 동시에 '밥'을 볼 때마다 선생님께서 어딘가에서 자신을 위해 늘 당신의 몫을 덜고 있다는 사실을 떠올리게 하며, 어려운 처지에도 긍정적으로 살아갈 수 있는 원동력이 되었을 것이다.
㉡-선생님에게 있어서 '밥'은 자신의 경솔한 생각으로 상처를 주었을 아이들을 떠올리게 함과 동시에 그때 그 일을 반성하는 의미로 이웃과 나누는 삶을 살겠다는 결심을 상기시키는 매개체가 되었을 것이다.

8. 토론해 보기
다음 논제를 파악한 후 주장과 근거를 서술하시오.
논제 좋은 방법이다.

주장 밥그릇 덜기 자체는 상징적인 행동일 뿐 실제로는 다른 좋은 일을 하고 계실 것이다.

근거 선생님은 원래 겸손하셔서 자신의 선행을 드러내지 않는 성격을 갖고 계시다. 그렇다면 선생님의 밥그릇 덜기는 그저 상징적인 행동일 뿐이고, 선생님은 알게 모르게 실질적으로 이웃을 돕는 선행을 해오셨을 가능성이 높다. 다만 선생님의 성격이나 소설의 전개상 그런 언급이 안 되어 있을 뿐이지, 상식적으로 생각해봐도 선생님이 실질적 도움을 주지 않고 밥그릇만 덜고 계셨을 리는 없다고 본다.

논제 좋은 방법이 아니다.

주장 밥그릇 덜기는 선생님의 자기만족일 뿐, 어려운 이웃에게는 실질적 도움되지 않는다.

근거 밥을 짓기 전에 절반의 쌀을 따로 떼어서 어려운 이웃에게 전달한다면 모를까 이미 지은 밥을 덜어 놓는 것은 어려운 이웃들에게 실질적인 도움이 되지 않을뿐더러, 음식물 쓰레기만 만들게 될 뿐이다. 차라리 밥을 덜기보다는 지속적으로 기부나 봉사활동을 하는 것이 어려운 이웃들에게 실질적인 도움이 될 것이므로, 선생님의 밥그릇 덜기는 어려운 이웃을 돕는 좋은 방법이라고 볼 수 없다.

<간단히 내용 파악하기>

*다음 문제를 읽고 올바른 내용에는 O, 틀린 내용에는 X 표시를 하시오.
1. O
2. X / 노진 선생님은 학생들과 함께하고 또래 친구처럼 즐겁게 잘 보살펴주셨다.
3. O / 부모님이 안 계시다는 내용은 없다. 다만, 가정 형편이 어려워 빈 도시락 통은 가지고 왔다.
4. X / 노진 선생님이 회식 자리에서 상훈에게 사과하라는 내용은 없다.
5. O

*다음 문제를 읽고 올바른 답을 단답형으로 작성하시오.
1. 청소 당번
2. 역순행적 구성 방식
3. 밥그릇의 절반을 덜어 놓고 먹기로 했다.

4. 교훈적, 회고적
5. 이웃들과 직접 나눌 순 없더라도 누군가가 늘 자신의 몫을 절반으로 나누고 있다는 것을 뜻한다.

<실전 문제로 작품 정리하기>

1. ③ 선생님의 말투나 표정 속에는 분명 지금까지와는 좀 다른 어떤 그윽하면서도 새삼스런 감회의 빛이 어리고 있었다.
2. ③ 상훈의 도시락 통이 비어 있는 것은 모두가 알고 있는 사실이었다.
3. ① '선생님의 밥그릇'은 형편이 어려운 사람을 생각하며 식사 때마다 자신의 밥을 덜어내며 마음을 나누려는 선생님의 따뜻한 배려를 상징한다.
   ② 과거와 현재를 오가는 구성이다.
4. ② 문학 작품을 내면화한다는 것은 문학 작품에 나타난 삶의 모습에 공감하고, 이를 토대로 자신의 삶을 되돌아보는 것을 뜻한다.

3. 「꿩」 정답 및 해설

<내신 수능 만점 키우기>

2. 핵심 정리
①전지적 작가 ②편견 ③자유 ④꿩 ⑤심리 ⑥태도

3. 이 글의 짜임
①학교 ②머슴살이 ③책 보퉁이 ④꿩 ⑤당당

4. 소설의 특성과 전개 과정에 따른 변화 양상
① 주요 인물 소개 및 특성
㉮-㉡, ㉯-㉠, ㉰-㉢

② 사건 전개에 따른 용이의 심리 변화
①아버지가 동네 머슴살이를 하니까 동네 아이들이 머슴의 아들인 용이도 책 보퉁이를 메는 게 당연하다고 생각한 거야.
②그런데 날아가는 꿩을 보고 자신이 참 못났다고 생각했었나 봐. 이제는 당당히 책 보퉁이를 안 메겠다고 다짐하고 용기를 내서 아이들에게 말했어.

5. 창의융합 학습 이해하기

◎ 용이에게 격려의 문자를 보내봅시다.

용이야, 넌 참 대단해. 친구들도 너도 당연하다고 생각했던 책 보퉁이 메는 일을 '꿩'이라는 동물을 보고 너도 힘든 일을 도맡아하는 사람이 아니라는 것을 깨달았으니까. 자신의 생각과 감정, 의견을 하늘로 솟구치는 꿩처럼 자신 있게 말할 수 있는 너의 모습을 보면서 나도 용기를 많이 얻었어. '꿩'이 용이 너에게 용기와 자신감, 그리고 당당함을 주니까, 왠지 나도 동물에게 많은 걸 배울 수 있을 것 같아. 오늘부터 나도 자신 없었던 일들에 용기를 가져 볼게.

6. 용이의 '뇌 구조'

② 아버지가 머슴 일을 안 하면 나도 책 보퉁이를 안 메도 돼.

③ 힘껏 날아오르는 꿩을 보니 나도 못할 일이 없을 것 같아. 아이들의 책 보퉁이를 던져 버려야겠어!

7. 작품 깊이 이해하기

1 ①용이는 어머니께 올해 아버지가 남의 집 머슴살이하는 것을 그만둔다는 얘기를 듣고 한 해만 더 참으면 된다는 희망으로 밥도 잘 먹고 학교도 잘 가며 어머니와의 갈등을 해소한다.

②용이는 꿩이 날아오르는 것을 보고 용기를 가지며 아이들의 책 보퉁이를 던진다. 또 아이들이 책 보퉁이를 주워 오라고 하자 용이는 돌멩이를 들고 아이들에게 당당하게 맞서며 더 이상 주눅들지 않았다. 이로써 아이들과의 갈등이 해소된다.

③아버지의 머슴살이 문제가 해결되자 용이의 가슴속에 있던 내면의 갈등이 풀리고, 아이들에게 당당히 맞서자 두려움이 용기로 바뀌며 내면의 갈등이 해소된다.

2 ①책 보퉁이를 메고 가는 것이 부끄러워 학교에 안 가려함.

②초등학교도 졸업 못하면 어떻게 하려고 하냐며 걱정이 많음.

③아버지가 올해까지만 머슴살이를 한다고 말하자, 용이는 그 말을 듣고 학교에 감.

8. 토론해 보기

다음 논제를 파악한 후 주장과 근거를 서술하시오.

논제 스스로 극복 가능하다

주장 아무리 어려운 일이라도 충분히 극복이 가능하다.

근거 •아무리 어려운 일이라도 '용이'처럼 마음만 먹으면 충분히 이겨낼 수 있다. 용이는 아버지가 머슴살이를 하므로 자신도 친구들의 책 보퉁이를 들어야 한다는 편견을 깨고 친구들에게 당당히 맞서 자신의 생각을 이야기했다.

•장영희 수필가는 자신의 신체적 장애 때문에 학교 생활이 매우 힘들었고, 대학과 대학원 입학 때에도 불이익을 당했지만, 끝까지 노력해서 영문학 교수이자 수필가가 되었다.

논제 스스로 극복하는 것은 불가능하다

주장 어려운 일일수록 혼자서 극복하는 것은 불가능하므로 반드시 조력자의 도움이 필요하다.

근거 •<꿩>은 소설이다. 또한 이 소설 속에서 용이를 도운 조력자는 '꿩'이다. 스스로 극복한다는 것은 어떠한 도움도 받지 않는 것이다. 이 소설에서 용이는 '꿩'의 간접적 도움으로 극복을 한 것이므로 온전히 자신의 힘으로 극복했다고 보기는 어렵다.

•사람이 스스로 극복할 수 없는 어려움에 직면했을 때 극단적 선택을 하는 경우가 많다. 단 한 명이라도 극단적 선택을 하는 것은 막아야 하므로 예방적 차원에서라도 스스로 극복할 수 있도록 도움을 주는 것이 옳다.

<간단히 내용 파악하기>

*다음 문제를 읽고 올바른 내용에는 O, 틀린 내용에는 X 표시를 하시오.

1. X / 용이가 학교에 가기 싫은 것은 초등학교 4학년이 되어서도 남의 책 보퉁이를 메고 다니는 게 부끄럽기 때문이다.

2. O / 용이는 아버지가 머슴살이를 올해만 하고 그만두신다는 어머니의 말을 듣고 마음이 놓여 학교에 간다. 이로써 어머니와 용이의 갈등이 해소된다.

3. X / 용이 아버지가 같은 동네에서 머슴살이를 하

고 있고, 용이는 머슴의 자식이기 때문에 남의 짐을 나르는 것이 당연하다고 생각했기 때문이다.

*다음 문제를 읽고 올바른 답을 단답형으로 작성하시오.
1. 자격지심(自激之心) - 자기가 한 일에 대해 자기 스스로 미흡(未洽)하게 여기는 마음.
2. 꿩을 의미한다.
3. 꿩이 힘차게 날아가는 소리이다. 그 소리는 용이에게 힘을 주고 있다.
4. 시원하고 후련했다.
5. 용이의 갑작스러운 행동 변화에 놀라며 각자 자신의 책 보퉁이를 주우러 갔다.

<실전 문제로 작품 정리하기>

1. ④ 이 소설은 편견에 의해 당연시되는 것들을 바로잡아 편견에 당당히 맞서는 자유와 용기의 중요성을 강조하고 있다.
2. ④ 용이는 힘차게 솟구치는 꿩을 보고 용기와 자신감을 얻는다. 그 자리에서 힘껏 뛰어오르며 하늘로 날아오를 듯한 느낌을 받은 용이는 발에 채이는 책 보퉁이를 하나 집어 들어 골짜기로 던졌다. 그렇게 책 보퉁이를 전부 던져 버리자 이내 속이 시원해졌다.
3. ⑤ 날개를 쫙 펴고 꽁지를 쭉 뻗고 아침 햇빛에 눈부신 모습으로 산을 넘어가는 꿩을 바라보는 용이의 온몸에 갑자기 어떤 힘이 마구 솟구쳤다. 이후 친구들의 책 보퉁이를 하늘로 던진 뒤 그동안 자신이 진짜 못난 아이였다는 것을 깨닫고 친구들 앞에 당당히 맞섰다.
4. ① 용이는 순이처럼 글자를 몰라 놀림 받을 것이 두려워 학교에 가기 싫었던 것이 아니라, 아버지가 머슴살이를 하니 자신도 머슴처럼 친구들의 책 보퉁이를 메야 한다는 사실이 싫어 학교에 가기 싫었던 것이다. 순이는 용이의 뒷집에 살며 작년에 초등학교에 입학했는데, 아이들이 곰보딱지라 놀려 학교를 그만두게 되어 글자를 모르는 아이다.

4. 「소를 줍다」 정답 및 해설

<내신 수능 만점 키우기>

2. 핵심 정리
①갈등 ②사랑 ③해학적

3. 이 글의 짜임
①아버지 ②강물 ③외양간

4. 소설의 특성과 전개 과정에 따른 변화 양상
① 주요 인물 소개 및 특성
㉯-㉢ , ㉰-㉠, ㉱-㉡
② 사건 전개에 따른 동명이의 심리 변화
①시큰둥 ②송아지 ③정든 소를 주인에게 다시 돌려주어야 한다는 생각에 슬펐지만, 아버지가 소를 사오겠다고 하셔서 마음 졸이면서 기다리고 있었어. 그런데 그 집도 그 소 없이는 살 수 없다며 빈손으로 돌아온 아버지의 모습을 보고 속상했어. 오히려 나보다 더 슬퍼하며 눈물 흘리는 아버지의 모습을 보고 마음이 너무 아팠어. 소에게 정을 덜 줄 걸 그랬나봐.

5. 창의융합 학습 이해하기
◎ 소를 정성껏 키웠지만 떠나보내야 하는 동명이에게 문자를 보내봅시다.
동명아, 소를 갖고 싶어 하는 너의 마음 잘 이해해. 항상 다른 집 소를 맡아주는 아버지를 보고 너희 집 소유인 소를 갖고 싶었겠지. 그래서 물에 떠내려 온 소를 주웠을 때 너무 기뻤을 거야. 너의 것이 생겼다는 생각에 기분이 얼마나 들떴겠어. 하지만 아버지는 주인이 있을 수도 있으니 소에게 너무 정을 주지 말라고 하셨지. 그럼에도 넌 소에게 엄청난 정성을 쏟았고 석 달 동안 정이 들고 말았지. 소의 주인을 찾았을 때 네 마음이 얼마나 슬펐을지 알 것 같아. 그리고 끝내 소를 사오지 못했을 때 상심했을 너와 아버지의 마음 모두 이해하지만, 잠시나마 너만의 소중한 것을 갖게 되었던 귀한 경험을 했다고 생각하며 힘냈으면 좋겠어.
6. '동명'의 뇌 구조
②우리 집에도 드디어 소가 생기다니, 너무 기뻐!
③남의 소에게 정을 줬다가 상처받는다고 그만두라

니, 아버지두 참! 그래도 잘 키울 거야.

7. 작품 깊이 이해하기

❶ '소'에 대한 '아버지'의 심리 변화를 아래와 같이 정리해 보자.
①남의 물건을 가지는 것은 잘못되었다고 생각함.
②주인이 있을지도 모르는 소에게 정을 줬다가 '나'가 상처받을 것을 걱정함.
③석 달 동안 소를 돌보면서 소에게 정이 듦.
④소에게 정이 들기도 했고 소를 열심히 돌보면서 정 들었던 아들이 슬퍼할 생각에 마음이 아픔.

❷ '아버지'와 '나'에게 '소'가 어떤 의미인지 적어봅시다.
'나': 친구 같은 존재.
'아버지': 노동력. 아들을 키울 재산.

❸ '나'와 '아버지'의 외적 갈등은 무엇이고, 어떻게 해소되었는지 작성해 봅시다.
아버지는 소를 돌려주어야 한다고 말했지만 소를 보러 가서 밤늦도록 집에 오지 않고, 잘못을 인정하지 않는 '나'를 혼내며 '나'의 가방을 모깃불에 던져 넣었다. 한편 '나'는 소를 키우고 싶다고 했지만 야단치는 아버지께 잘못을 빌지 않고 땅바닥에 벌렁 드러누워 마당을 쓸며 울었다. 이러한 부분에서 '나'와 '아버지'의 외적 갈등을 엿볼 수 있다.
그러나 갈등은 해소되기 마련이다. 아버지는 나를 콩밭으로 데려가 일을 시키고 난 후 다시 학교에 데리고 갔고, 새 가방과 학용품을 사주며 소 주인이 나타날 때까지 소를 키우며 기다리자고 하여 갈등은 해소된다.

❹ 이 소설의 서술자인 '나'의 역할과 특징에 대해 서술해 봅시다.
어린아이인 '나'는 사건에 대한 시각이 순수하고 천진난만해 '아버지'의 심리를 정확히 파악하지 못한 채 자신의 눈에 보이는 대로 사건을 전달한다. 아버지는 소를 사오지 못해 속상해할 가족들을 생각하면서 고기를 샀지만 '나'는 아직 어린 마음에 그런 아버지를 이해하지 못하고 소를 잡았다고 생각한다. 즉, 어린아이인 '나'를 서술자로 설정해 소에 얽힌 사건을 어린아이의 순수한 눈으로 바라보며 독자에게 그대로 전달하고 있는 것이다.

8. 토론해 보기
다음 논제를 파악한 후 주장과 근거를 서술하시오.
논제 '나'의 소유권을 주장한다
주장 길에 떨어져 있는 것은 주인이 없으므로 주운 사람이 임자다.
근거 •<소를 줍다>에서 서술자 '나'가 강에서 주운 것들을 오쟁이에게 말함으로써 그동안 찾으러 온 주인은 없었기 때문에 '소'도 '나'의 것임을 주장한다. 강에서 주운 참외, 수박, 세숫대야, 양푼, 염소 모두 주인이 찾으러 오지 않았다. 그러므로 오쟁이의 말이 틀렸고 '나'의 말이 맞음을 증명하고 있다. 따라서 길에서 주운 것은 주인을 찾을 수 없으므로 '나'의 것이 된다.
•<소를 줍다>에서 소가 떠내려온 강 위에는 동네가 매우 많기 때문에 소의 주인을 찾는 것은 매우 어려운 일이다. 따라서 소의 주인이 자신의 것임을 증명하기란 쉽지 않으므로 주운 사람이 소유권을 주장한다.

논제 주인을 찾아 준다
주장 길에 떨어진 것은 엄연히 주인이 있는 것이므로 주인을 찾아주어야 한다.
근거 •<소를 줍다>의 시대적 배경은 1970년대이다. 당시 소의 가치를 따져보면 적은 돈으로 살 수 없는 매우 귀한 것이다. 또한 자녀들의 교육비를 충당할 수 있을 만한 중요한 역할을 하는 재산이기 때문에 '소'를 잃어버렸다 할지라도 분명 주인은 어떻게든 찾아내려 할 것이다. 따라서 나중에 주인이 나타나 소유권을 주장하면 결국 '소'를 데려갈 뿐 아니라 주워온 '나'는 절도범이 될 수 있기 때문에 주인을 찾아주는 것이 옳다.

<간단히 내용 파악하기>

*다음 문제를 읽고 올바른 내용에는 O, 틀린 내용에는 X 표시를 하시오.
1. X / 1인칭 주인공 시점이다.

2. O

3. O

4. O

5. X / 동명이는 소가 있는 강으로 아이들에게 한 놈도 들어오지 말라고 소리쳤다. 동명이 혼자 소를 구하고 차지하고 싶은 마음이 드러난다.

*다음 문제를 읽고 올바른 답을 단답형으로 작성하시오.

1. 소가 무척 비싸기 때문이다.

2. 혼자 소를 구하고 차지하고 싶은 마음이 컸기 때문이다.

3. 물에 혼자 들어가는 것은 위험하고, 아들이 자신의 목숨을 소중히 다루지 않았기 때문이다.

4. 소 주인이 나타났다.

5. 원래 소 주인은 그 소가 없으면 농사고 뭐고 아무것도 할 수 없어 생계를 이어갈 수 없기 때문이다.

<실전 문제로 작품 정리하기>

1. ⑤ 외부 이야기와 내부 이야기가 구분되어 있지 않다.

2. ④ 아버지는 주인이 나타날 때까지만 소를 키우는 것을 허락했고 주인이 나타나지 않자 소에게 쟁기질을 연습시켰다.

3. ⑤ 소를 둘러싼 아버지와 '나'의 갈등과 사랑을 다룬 작품이다.

4. ① 아버지는 농사일을 하는 농부였다. ④ '나'는 아침저녁으로 오쟁이로 돌아가며 꼴을 베다 주는 일을 귀찮아했다.

5. 「목걸이」 정답 및 해설

2. 핵심 정리

①전지적 작가 ②허영심 ③운명 ④반전 ⑤충격적인 ⑥서술자 ⑦성격

3. 이 글의 짜임

①허영심 ②목걸이 ③파티 ④빚 ⑤회상 ⑥가짜

4. 소설의 특성과 전개 과정에 따른 변화 양상

1 주요 인물 소개 및 특성

㉮-㉣, ㉯-㉢, ㉰-㉠

2 사건 전개에 따른 윤희의 심리 변화

③너무 놀라서 두려움과 절망에 빠졌죠. 빚을 내어서라도 목걸이를 꼭 돌려주려고 했어요.

④엄청난 허탈감과 좌절감을 느꼈죠. 목걸이를 잃어버렸을 때 잔에게 말하지 않은 것이 너무 후회됐어요. 하지만 결국 그 불행의 근본적인 원인은 나 자신에게 있었겠죠.

5. 창의융합 학습 이해하기

◎ 루아젤 부인의 삶의 파멸을 생각하며 루아젤 부인에게 편지를 써봅시다.

루아젤 부인, 중요한 모임에 참석할 때 외모에 신경 쓰고 남에게 잘 보이고 싶어하는 심정은 공감이 갔어요. 하지만 너무 심한 헛된 욕심에 사로잡혀 불행한 삶을 살게 될 수도 있죠. 루아젤 부인에게는 배운 것이 많아요. 우리가 애써 얻고자 노력하는 삶의 목표도 가짜 목걸이처럼 가치 없는 것에 지나지 않을지도 모른다는 생각을 하게 됐어요.

6. 루아젤 부인의 '뇌 구조'에 대해서 알아봅시다.

② 이 다이아몬드 목걸이라면 기 죽지 않겠어!

③ 10년이란 세월이 걸렸지만 빚을 다 청산하니 속이 후련해.

7. 작품 깊이 이해하기

1 루아젤 부인이 꿈꾸는 '환상의 삶'과 '현실의 삶'의 차이를 생각하며 표를 채워 봅시다.

①무도회, 무도회복

② 다이아몬드 목걸이

③ 허름한 옷

④ 가난한 하급 공무원 아내의 삶

⑤ 낡은 마차

2 목걸이는 극적 반전을 담고 있는 소설입니다. 친구에게 빌린 다이아몬드 목걸이가 가짜라는 반전을 암시해 주는 복선에는 어떤 것들이 있는지 작성해 봅시다.

포레스티에 부인이 값비싼 다이아몬드 목걸이를 쉽게 빌려 줌.

보석상 주인이 보석함만 제공했을 뿐 잃어버린 목걸이는 자기네 가게의 제품이 아니라고 말함.

새로 산 목걸이를 돌려주었을 대 포레스티에 부인이 목걸이 상자를 열어 보지도 않음

③ 목걸이의 상징적 의미를 생각하고, 작가가 이 소설을 통해 전하려고 한 바를 작성해 보세요.

목걸이는 헛된 것에 대한 인간의 욕망과 허영심을 의미한다.

작가는 목걸이라는 매개물을 통해 헛된 욕심에 사로잡힌 어리석은 인간은 불행한 삶을 살게 된다는 교훈과 함께 우리가 애써 얻고자 노력하는 삶의 목표도 가짜 목걸이처럼 가치 없는 것에 지나지 않을지도 모른다는 성찰의 계기를 제공하고 있다.

8. 토론해 보기
다음 논제를 파악한 후 주장과 근거를 서술하시오.
논제 젊음이 무엇보다 중요하다
주장 젊음은 돈으로 살 수 없는 귀한 가치를 가졌다.
근거 •돈보다 중요한 것은 시간이다. 흔히 시간은 그냥 주어지는 것으로 착각하지만 그렇지 않다.
•젊은 날 고생해서 돈을 모을 순 있지만 시간을 저축할 수는 없다. 또한 아름다운 미모를 가꾸는 것도 젊었을 때부터 노력해야 한다. 〈목걸이〉에서 루아젤 부인이 목걸이를 잃어버리고 10년간 일하며 빚을 갚느라 시간도 잃고, 아름다운 외모도 잃었다. 반면 포레스티에 부인은 10년이 지나도 아름다움과 여유로움을 그대로 가지고 있었다.

논제 돈이 무엇보다 중요하다
주장 돈은 우리가 살아가기 위한 최소한의 경제 수단이며 돈을 통해 가치를 실현할 수 있는 것들이 많다.
근거 •돈은 최소한의 경제 생활을 영위할 수 있는 수단이기 때문에 아무리 가치 있는 것이라 할지라도 돈이 없으면 이룰 수 없거나 해결할 수 없다.
또한 돈이 없다면 젊음도 마음대로 누리지 못할 것이다. 마찬가지로 〈목걸이〉에서 포레스티에 부인은 돈으로 자신의 외모뿐 아니라 원하는 것을 이루며 살아가기 때문에 여유가 있고, 그만큼 아름다움을 유지할 수 있었던 것이다. 반면 루아젤 부인은 돈의 노예가 되어 자신의 아름답고 매력적인 외모를 모두 잃게

된 것이다.

<간단히 내용 파악하기>

*다음 문제를 읽고 올바른 내용에는 O, 틀린 내용에는 X 표시를 하시오.
1. O
2. O
3. X / 포레스티에 부인은 루이젤 부인의 친구로 너그럽고 여유 있는 성격이다.
4. X / 상속받은 돈과 빌린 돈을 합쳐 진짜 목걸이를 구해 주었다.
5. O

*다음 문제를 읽고 올바른 답을 단답형으로 작성하시오.
1. 화려하고 물질적으로 풍요로운 삶, 쾌락을 누리는 삶을 꿈꾼다.
2. 발단
3. 초라한 차림새로 파티에 참석할 수 없기 때문이다.
4. 초라한 겉옷을 입은 자신의 모습을 남들에게 보여주고 싶지 않았기 때문이다.
5. 충격을 받은 포레스티에 부인의 심리를 드러내고자 했다.

<실전 문제로 작품 정리하기>

1. ⑤전지적 작가 시점
2. ⑤성격이 바뀐 부분은 찾을 수 없다.
3. ⑤사치와 쾌락을 추구했던 과거의 삶을 완전히 잊지 못함.
4. ②반전을 통한 극적 결말을 이루고 있다.

6. 「고무신」 정답 및 해설

<내신 수능 만점 키우기>

2. 핵심 정리
①애상 ②바다 ③순수한 연정 ④묘사 ⑤시간의 흐름

3. 이 글의 짜임

①엿장수 ②옥색 고무신 ③시집 ④이별 ⑤고개

4. 소설의 특성과 전개 과정에 따른 변화 양상

1 주요 인물 소개 및 특성

① ㉮-㉤ ② ㉯-㉠ ③ ㉰-㉲ ④ ㉱-㉢ ⑤ ㉲-㉣

2 사건 전개에 따른 남이의 심리 변화

①당연히 별로였지! 생긴 것도 꾀죄죄한데다 그때만 해도 애들을 꼬드겨서 내 고무신을 가져갔다고 생각해서 나도 엄청 화가 나 있기도 했고 고무신 돌려달라고 막 쏘아붙이던 상황이었으니까.

②벌을 잡았던

5. 창의융합 학습 이해하기

◎ 아버지를 따라 떠나는 남이를 울음 고개에서 바라보던 엿장수에게 격려의 문자를 보내봅시다

좀 더 용기를 내 남이한테 적극적으로 다가갔으면 좋았을 텐데 아쉬워요. 하지만 엿장수님의 순수한 사랑은 감동이었어요. 용기 잃지 마시고 씩씩하게 사세요.

6. '엿장수'의 뇌 구조

③ 왜 하필 벌이 남이의 가슴패기에 앉아서…… 창피하게…….

④ 옥색 고무신을 신고 아버지를 따라가는 남이를 울음 고개에서 바라볼 수밖에 없었다.

7. 작품 깊이 이해하기

*다음 문제를 읽고, 서술형으로 답해봅시다.

① 만약 소설 중간에 엿장수가 남이에게 고무신을 선물하는 장면이 있었다면 소설이 너무 뻔해지고, 독자들의 상상력은 제한받게 될 것이다. 하지만 소설가는 그 장면을 일부러 생략해서 독자들의 궁금증을 자아낸 뒤, 소설 마지막에 엿장수가 선물로 고무신을 주었을 것이라 짐작할 수 있는 약간의 단서만 남기면서 궁금증을 살짝 해소해줌과 동시에 독자들이 상상 속에서 나름의 이야기를 만들어 나갈 수 있는 여지를 남겨준 것으로 볼 수 있다.

② 이 소설에서 '고무신'은 구성 단계별로 역할이 다릅니다. 각 단계에서 어떤 역할을 하고 있는지 알아

봅시다.

 1. 남이와 엿장수의 만남의 매개체가 됨
 2. 남이와 엿장수 간의 사연(엿장수가 남이에게 새 옥색 고무신을 선물함)을 짐작하게 함
 3. *소중한 물건 / *추억이 담긴 물건 / *애정의 징표 / *이별의 상징

③ 남이는 왜 아버지를 따라 순순히 떠났을까요? 여러분이 남이라면 어떻게 행동했을지 이야기 해 보세요.

당시의 가부장적인 시대 상황과 18살이라는 남이의 나이를 고려해 볼 때 아버지가 주선한 혼사를 거부하는 것은 매우 어려운 일이었을 것이다. 하지만 만약 내가 남이였더라면 원치도 않는 생판 모르는 남자와 혼인하는 것보다는, 내가 원하는 사람을 만나 결혼하는 길을 택할 것 같다. 아마 소설 속의 상황이라면 아버지에게 좀 더 생각할 시간을 달라고 시간을 끈 뒤 엿장수와 야반도주를 했을 것 같다.

8. 토론해 보기

다음 논제를 파악한 후 주장과 근거를 서술하시오.

[논제] 결혼은 사랑이 중요하다

[주장] 사랑하는 사람과 결혼해야 행복한 결혼이 될 수 있다.

[근거] • 애초에 결혼의 목적은 사랑이 되어야 한다.
 • 사랑하지 않는 사람과 사는 것은 고역이 될 수밖에 없다.
 • 정말로 사랑하면 어떤 어려운 일도 극복할 수 있다.
 • 아무리 조건이 좋아도 사랑하지 않는 사람과 사는 것은 허울뿐인 결혼이 될 것이다.
 • 중매로 결혼하던 과거보다 연애로 결혼하는 현재의 이혼율이 더 높은 것은, 여성의 사회활동이 늘어서 이혼이 과거보다 하기 쉬워졌기 때문이지 예전이 더 행복했던 것은 아니다.

[논제] 결혼은 조건이 중요하다

[주장] 결혼은 현실이다. 사랑만으로는 해결되지 않는 부분도 있다. 따라서 사랑이 중요하지 않은 것은 아니지만 상대의 조건도 무시할 수 없다.

[근거] • 아무리 사랑하는 사람과 결혼해도 현실이 어

려우면 점점 사이가 틀어지고 멀어질 수밖에 없다.

•사랑의 유효기간은 3년이라고 하는데, 처음에는 사랑으로 현실을 참아낼 수 있지만 나중에 사랑이 식으면 점차 현실 문제에 부딪치게 될 것이다.

•조건이 맞는 사람과 결혼하면 갈등도 그만큼 적어질 것이고 싸움도 적을 수밖에 없다.

•부부들은 결국 사랑보다는 정으로 산다고들 한다. 조건이 맞아서 결혼했다 하더라도 결국 정들고 사랑하게 된다.

•예전에는 대부분의 남녀가 중매로 만나서 결혼했고 지금은 대부분 연애로 결혼하지만, 이혼율은 지금이 더 높다.

<간단히 내용 파악하기>

---

*다음 문제를 읽고 올바른 내용에는 O, 틀린 내용에는 X 표시를 하시오.

1. O / '귀환 동포'가 누더기처럼 살고 있다는 것에서 알 수 있다. 귀환 동포는 전쟁이나 징용으로 외국으로 나갔다가 고국으로 돌아온 사람을 부르는 말이다.

2. O / 평소 궤짝 속에 감춰두고 특별한 출입이 있을 때만 신으며, 비누로 씻고 닦는 등 매우 아낀다.

3. X / 남이는 엿장수가 영이와 윤이를 꼬드겨 옥색 고무신을 가져갔다고 생각했고, 엿장수는 자기가 아이들을 꾄 것이 아니라고 하면서 멋쩍어했다.

4. O / 남이를 만나기 위해 애쓰고, 남이를 못 만나는 날에는 기분이 좋지 않기도 하며 남이에게 잘 보이고 싶어 한다.

5. X / 선볼 것을 강요한 것이 아니라 결혼을 강요했다.

*다음 문제를 읽고 올바른 답을 단답형으로 작성하시오.

1. 남이에게 엿을 그냥 줌으로써, 엿장수는 자신의 마음을 표현하고 있다. 그러나 이러한 장면에서 엿장수의 안타까움을 느낄 수 있다.

2. 슬픔

3. 소중한 물건, 애정의 징표, 이별, 추억이 담긴 물건 등

4. 엿장수와 남이의 서먹한 관계를 해소하는 역할을 하면서 엿장수와 남이를 연결하는 또 하나의 매개체

이다.

5. 남이의 아버지를 통해 봉건적이고 가부장적인 사회 분위기를 확인할 수 있다. 또한 자유 연애가 일반적이지 않아 부모님이 짝지어준 사람과 결혼해야 하는 모습을 살펴볼 수 있다.

<실전 문제로 작품 정리하기>

---

1. ② 마을 사람들의 형편이 가난하다는 것은 알 수 있으나 빈부 격차는 드러나지 않는다.

2. ③ '남이'는 '엿장수'가 벌에 쏘여 앙감질을 하는 행동이 우스꽝스럽다고 여겨 웃기만 할 뿐, 벌에 쏘인 것이 자기 때문이라고 생각하거나 '엿장수'를 안쓰러워하지는 않는다.

3. ① 결말에서 '남이'가 신고 가는 옥색 고무신은 '엿장수'가 새로 사 준 것이라고 추측되는 소재로, '남이'와 '엿장수'의 추억, 사랑과 이별을 상징하는 소재이다.

4. ② 개가 짖은 이유는 남이를 보러 엿장수가 동네로 찾아왔기 때문이다.

7. 「홍길동전」 정답 및 해설

<내신 수능 만점 키우기>

---

2. 핵심 정리

①전지적 작가 ②적서 차별 ③빈민 구제 ④한글 소설
⑤영웅적인
⑥사회 제도

3. 이 글의 짜임

①입신양명 ②활빈당 행수 ③탐관오리 ④비판 ⑤병조판서
⑥조선

4. 소설의 특성과 전개 과정에 따른 변화 양상

1 주요 인물 소개 및 특성

㉮-㉣, ㉯-㉢, ㉰-㉠, ㉱-㉡

2 사건 전개에 따른 길동의 심리 변화

①내가 나타나지 않으면 아버지와 형이 화를 당할 게 뻔했기 때문에 가족을 구하기 위한 선택이었어. 뭐, 그리고 잡힌 뒤에 탈출할 자신도 있었고 말이야.

②아버지와 형이 나를 가족으로 대하기보다는 신분의 차별을 두고 나를 대한 것은 맞아. 하지만 그것은 그들이 나빠서라기보다는 조선 사회의 신분 질서를 넘어서서 생각하지 못한 한계라고 생각해. 비록 아버지가 나를 천대하기는 했지만, 속으로는 내 재주를 아까워하고 나의 천한 신분을 안타까워하셨으니 차마 아버지와 형을 저버릴 수 없었어.

5. 작품 깊이 이해하기

혈통 홍 판서의 아들로 태어남

태생 서자로 태어남 (양반과 천비 사이의 혼외 자식임)

능력 총명하고 도술에 뛰어남

위기① 주위 사람들의 음모로 생명의 위협을 받음

고난 도술로 위기를 벗어남

위기② 활빈당을 조직하자 관아에서 홍길동을 잡아들이려 함

결말 국가 권력을 물리치고 율도국의 왕이 됨

6. 길동의 뇌 구조

2) 아버지를 아버지라 부르지 못하고, 형을 형이라 부르지 못하는 세상이라니!

3) 가난한 백성들의 재물을 빼앗는 부패한 관리가 이리도 많다니!

7. 서술형 대비하기

① 다음은 허균이 쓴 「유재론」과 「호민론」의 내용을 요약한 것입니다. 두 글의 내용을 참고하여 허균이 『홍길동전』을 창작한 의도가 무엇인지 말해 봅시다.

허균이 「유재론」에서 밝혔듯 하늘이 인재를 보내는 것은 그 시대에 쓰이게 하려는 것인데, 조선은 적서 차별을 하는 불평등한 신분 제도로 인해 인재를 제대로 쓰지 못하고 있다. 허균은 이러한 조선의 현실을 비판하고 있다. 또한 「호민론」에는 천하에 두려워할 만한 자는 오직 백성뿐이라고 하면서, 부패한 지배층이 백성을 가볍게 여기며 착취하는 현실을 비판하고 있다. 이를 종합해 보면 허균은 적서 차별을 하는 불평등한 신분 제도와 백성을 착취하는 탐관오리를 비판하기 위해서 『홍길동전』을 지었을 것이라고 유추해 볼 수 있다.

② 자유롭게 작성해보세요.

8. 토론해 보기

다음 논제를 파악한 후 주장과 근거를 서술하시오.

논제 홍길동이 자신을 따르는 무리를 이끌고 율도국으로 떠난 것은 현실적인 선택이었다.

주장 홍길동이 율도국으로 떠나지 않고 조선을 개혁하려 했다면 내전이 벌어졌을 것이고, 내전으로 인해 백성들은 더 큰 고통을 받았을 것이다.

근거 •길동이 왕조를 교체하고 새로운 나라를 세우려고 했다면 왕과 조정 대신들이 가만히 있지 않았을 것이다. 그러면 내전이 일어났을 것이고 그 과정에서 많은 백성들이 서로 싸우다 죽고 다쳤을 것이다. 따라서 홍길동이 내전을 벌이기보다 자신을 따르는 무리만 이끌고 조선을 떠난 것은 비겁하다고 평가하기보다는 현실적인 것으로 보아야 한다.

•조선에 남은 백성들이 불쌍하다는 의견도 있는데 홍길동은 이미 조선에서 유명인사가 되었고 백성들 중에서 마음만 있었다면 홍길동을 따르는 것은 누구든 할 수 있는 일이었다. 결국 길동을 따르지 않고 조선에 남아서 고통 받는 것은 그 누구의 탓도 아닌 바로 자신의 탓이다.

논제 홍길동이 조선을 개혁하고 바꾸기보다는 자신을 따르는 무리만 이끌고 떠난 것은 비겁한 선택이었다.

주장 혁명은 원래부터 피를 흘리지 않고서는 이룰 수 없는 것이다. 길동이 혁명을 일으키기보다 율도국으로 무리를 이끌고 떠난 것은 어렵게 살아갈 조선 백성들을 외면한 비겁한 행동이었다.

근거 •과학기술이나 정보통신기술이 발달하지 않은 당시로서는 백성들이 홍길동에 대한 제대로 된 정보를 얻기 어려웠을 것이다. 그런데 그런 상황 속에서 길동을 따르지 않은 백성은 스스로 그런 선택을 한 것이라고 하기엔 무리가 있다. 따라서 길동이 제대로 된 정보를 얻지 못한 백성들을 구하기 위해서라도 새로운 나라를 세우는 것이 맞다.

•내전이 일어나면 많은 사람이 죽을 수 있다고는 하지만 백성들은 지금보다 더 나은 삶을 위해서 희생할 각오가 충분히 되어 있을 수 있다. 그런 백성들의 의지를 폄하하는 것은 옳지 않다. 게다가 길동은 도술을 쓸 줄 알기 때문에 내전이 일어난다 해도 희생은 의외로 크지 않을 수 있다. 그런데도 시도조차 하지 않고 스스로 나라를 떠나는 것은 이해하기 어렵다.

<간단히 내용 파악하기>
---

*다음 문제를 읽고 올바른 내용에는 O, 틀린 내용에는 X 표시를 하시오.

1. X / 길동이 총명하기가 보통 사람보다 뛰어난 것은 사실이지만 집안 사람들에게 칭찬받지는 못했다. 당시 적서 차별로 인해 서자인 길동은 집안에서 환대를 받을 수 없었다.

2. X / 홍 판서는 길동이 집을 나갈 때 '호부호형'하는 것을 허락했다.

3. O 4. O 5. O

*다음 문제를 읽고 올바른 답을 단답형으로 작성하시오.

1. 호부호형을 하지 못한다. 종들에게 천대를 받는다.

2. 소인, 대감 / 서자 길동이 홍 판서 앞에서 사용할 수 있는 말은 자신을 가리키는 호칭인 '소인'과 홍 판서를 부르는 호칭 '대감'이다.

3. 인본주의, 만민평등사상, 천부인권사상 등

4. 신분에 따른 천대를 받지 않기 위해, 입신양명을 위해, 곡산댁에게 큰 화를 당하지 않기 위해 등

5. 현실 비판적 태도

<실전 문제로 작품 정리하기>

※ 다음 문제를 읽고 알맞은 답을 고르시오.

1. ④ 적서 차별을 향한 비판과 저항, 탐관오리의 응징과 빈민 구제, 또한 적서 차별 제도 타파와 이상국 건설에 대한 의지로도 볼 수 있다.

2. ③ 유교적 학문을 숭상했다는 것은 "무릇 대장부가 세상에 태어나 공맹을 본받지 못하면, 차라리 병법을 외워 대장군의 도장(圖章)을 허리에 비껴 차고 여러 나라를 정벌하여 입신양명하는 것이 마땅히 장

부가 해야 할 일이라."라고 하는 길동의 말에서 유교적 학문을 숭상했음을 알 수 있고, 서자인 길동에게 문관의 길이 막혀 있음을 알 수 있다.

3. ② "소인도 마침 달빛을 즐기고 있었사옵니다. 무릇 하늘이 만물을 내실 적에 오직 사람만이 귀하다 하였사오나 소인에게는 그 귀함이 없으니 어찌 사람이라 하오리까?"라는 대목에서 길동이 '만물이 생겨날 때부터 오직 사람이 귀한 존재'라고 말하는 것은 만민 평등 사상을 의미하는 것이다.

4. ⑤ 이 글의 내용과 일치 하지 않는 것은? ①홍길동은 아버지에게 인정받고 싶어 한다.

②곡산댁은 홍길동의 어머니와 길동을 시기하여 미워한다.

③홍길동은 불평등한 사회를 개혁하고자 한다.

④홍길동은 입신양명하기를 원한다.

⑤어머니는 홍길동의 마음이 좁아 큰 인물이 되지 못할 것이라 여긴다.

"재상가 천비의 소생이 너뿐이 아니거늘, 네 어찌 마음을 좁게 먹어 이 어미의 속을 태우느냐?"라는 대목에서 어머니는 길동이 마음을 좁게 먹어 현실에 순응하지 않는 것을 책망하고 있으나 길동이 마음이 좁아 큰 인물이 되지 못한다고 여기는 것은 아니다.

5. ④ 홍 판서에게 자신의 신세를 하소연하였으나 길동은 오히려 꾸지람을 듣고 돌아온다. 홍 판서가 길동의 출가를 허락했다는 결정적 근거는 없다.

8. 「토끼전」 정답 및 해설

<내신 수능 만점 키우기>
---

2. 핵심 정리
①전지적 작가 ②발단-전개-절정-결말 ③위기 ④충성 ⑤욕심
⑥비판 ⑦풍자 ⑧봉건사회 ⑨사회상 ⑩우화적 ⑪인간사회

3. 이 글의 짜임
①별주부 ②토끼의 간 ③잘못했음

4. 소설의 특성과 전개 과정에 따른 변화 양상

① 주요 인물 소개 및 특성

㉮-㉝ ㉯-㉠ ㉰-㉡

② 사건 전개에 따른 인물의 심리 변화

①토끼는 용궁을 처음 보고 너무 화려해서 눈이 왕방울만 해졌어. 별주부는 용왕의 병을 고칠 수 있다는 기대감과 안도감을 동시에 가지고 있었어.

②토끼는 죽을지도 모른다고 생각해서 낙담했어. 반면 별주부는 책임을 다했다는 임무 완수에 대한 책임감과 자부심을 느끼고 있었어.

③토끼는 절망감과 공포감 그리고 초조한 감정이 앞섰고, 별주부는 토끼의 꾸중을 듣고 화가 났을 것 같아.

④토끼는 이제 풀려났다는 안도감으로 매우 기뻐했지만, 별주부는 암담한 절망감에 빠졌어.

5. '고전 소설과 현대 소설'의 차이점을 살펴봅시다.

①권선징악 ②평면적, 전형적 ③비현실적 ④전지적 작가시점

⑤언문일치 ⑥간결한 ⑦개성적, 입체적 ⑧필연적

⑨구체적

6. '토끼'의 뇌 구조

② 별주부는 충성심이 대단하구나! 일단 속는 척 한 번 따라가보자.

③ 용왕은 자신의 이익을 위해서라면 타인의 생명도 서슴없이 취하려고 하는구나! 게다가 어리석고 무능해.

7. 작품 깊이 이해하기

*다음 문제를 읽고, 서술형으로 답해봅시다.

① 이 소설의 시대 상황과 작가 의도를 살펴봅시다.

이 글의 주제가 '지배 계층에 대한 비판'이라는 점에서 미루어볼 때, 작가는 왕이 제대로 나라를 다스리지 못하는 것에 대해 우회적으로 비판하고 있다고 볼 수 있다. 그래서 당시 사회의 전반적인 불합리한 상황을 들춰내고 싶었지만, 그러기 위해서는 자신의 목숨을 내놔야 할 수도 있는 처지이기에 작가의 이름을 밝히지 않았고, 인물도 동물로 표현한 것으로 짐작할 수 있다. 이 작품에서 토끼는 힘없는 백성을 상징하는데, 토끼를 통해 욕심으로 어려운 상황에 빠지기 쉬운 당시 백성의 처지와 지혜를 통해 어려움을 극복해내는 면모를 동시에 드러낸다. 아마도

이 작품은 백성에 초점을 맞춰 '토끼전'으로 이름을 붙였을 것이라 생각한다.

② 옛날 사람들의 시간 개념을 살펴봅시다.

(생략)

③ 이 소설의 갈등 전개 구조에 따라 '토끼와 용왕의 외적 갈등'을 살펴봅시다.

토끼 • 간을 빼앗기지 않으려고 한다.

•임기응변으로 용왕을 속이려고 한다.

용왕 •토끼 간을 빼앗으려고 한다.

•토끼의 거짓에 속지 않으려고 지속적으로 의심한다.

④ 별주부는 왜 용궁으로 돌아가지 않고, 숲속으로 들어가 혼자 살았을까요? 여러분이 만약 별주부였다면 용궁으로 돌아갔을지 생각해봅시다.

별주부는 토끼에게 속은 것을 알고, 육지에서 매우 혼란스러워한다. 그런데 이대로 돌아가면 용왕에게 토끼에게 속인 것이 들통나고, 명분을 중시하는 별주부에게는 용납할 수 없는 일이었다. 그래서 차라리 잡혀 죽는 것보다는 자신이 사라지는 것이 모두에게 좋을 것이라 생각하며 숲속으로 들어가 살게 된다. (어떤 책에서는 별주부가 자결한다고도 나온다. 그만큼 별주부는 책임감을 중요시 여기고 명분을 중시한다는 것을 알 수 있다.)

8. 토론해 보기

다음 논제를 파악한 후 주장과 근거를 서술하시오.

논제 '충신'은 왕이 시키는 대로 다 한다.

주장 충신은 왕이 시키는 일에 모든 사활을 걸고 해야 한다.

근거 •왕의 말은 곧 법도이다. 그러므로 왕의 명령을 어기는 것은 곧 국법을 어기는 것이다. 따라서 충신은 곧 왕의 말을 잘 듣고 이행하는 것이다.

•별주부도 왕이 하사하는 것에 눈이 멀어 스스로 나서서 토끼 간을 찾으려 한다. 이것은 곧 별주부가 충신이라는 것을 보여주기 위한 하나의 장치이다.

논제 모든 명령을 다 받든다고 충신은 아니다.

주장 모든 명령을 다 받든다면 부정한 것, 즉 불법적인 것마저 왕의 명령을 따라야 하는데 그것은 옳지 않다.

근거 •토끼의 간을 가져오라고 한 왕의 말에 따라 별주부는 토끼를 데려온다. 하지만 왕의 명령이라 할지라도 동물의 생명을 함부로 다루는 것은 옳지 않다. 이럴 때에는 더욱 전략적인 방법으로 왕의 명령을 피할 수 있어야 한다.

<간단히 내용 파악하기>

---

*다음 문제를 읽고 올바른 내용에는 O, 틀린 내용에는 X 표시를 하시오.

1. O
2. X / '토끼가 앞발로 그루터기를 휘어잡고 서서히 뒷발을 담글 때, 자라가 쏜살같이 달려들어 토끼의 뒷다리를 낚아챈다.'는 내용에서 알 수 있듯이 별주부는 육지와 용궁에서의 행동이 서로 다르다.
3. O
4. X / "대왕께서는 어찌 하나만 알고 둘은 모르시옵니까? 복희씨는 어찌하여 뱀의 몸에 사람 얼굴을 하고 있고, 신농씨는 어찌하여 사람 몸에 소의 얼굴을 하고 있는 것이옵니까?"라는 고전을 활용하여 용왕을 설득하였다.
5. O

*다음 문제를 읽고 올바른 답을 단답형으로 작성하시오.
1. 허욕
2. 암시
3. ①지배 ②피지배
4. ①우화 ②인간
5. *표면적 주제: 위기를 지혜롭게 벗어나는 법.
  *이면적 주제: 봉건적 지배층에 대한 비판과 풍자.

<실전 문제로 작품 정리하기>

---

*다음 문제를 읽고 알맞은 답을 고르시오.
1. ① 토끼는 수국에는 '총, 수할치, 사냥개, 농부, 목동'과 같이 자신의 목숨을 위협하는 존재가 없다는 별주부의 말을 듣고 그와 함께 가기로 결심했다.

2. ⑤ 토끼를 '토 생원'으로 부른 이유는 숨은 토끼를 불러 용왕에게 데려가기 위해 꾀를 냈기 때문이다.

3. ③ '용왕'과 '신하들'은 당시의 지배층을 상징한다. 이들은 피지배층을 억압하는 동시에 쉽게 속는, 어리석고 이기적인 성격으로 묘사된다.
4. ③ 이 작품이 지배 계층을 비판하고 풍자하는 내용을 담고 있는 것으로 보아, 당시 민중들의 입장이 많이 반영된 소설이라고 할 수 있다.
5. ④ '사람이나 짐승이나 한 몸에 든 내장은 다를 바가 없다.'는 말은 간을 몸에서 마음대로 뺄 수 있다는 토끼의 말에 반박하기 위해 용왕이 한 말이다.